Jason Starr
Hard Feelings
Roman
*Aus dem Amerikanischen von
Bernhard Robben*

Diogenes

Titel der 2002 bei
Vintage Books, New York,
erschienenen Originalausgabe: ›Hard Feelings‹
Copyright © 2002 by Jason Starr
Umschlagfoto von Steven Vote
Copyright © Getty Images/Image Bank/Stevenvotedotcom
(Ausschnitt)

*Für Sandy
Und Chynna*

Alle deutschen Rechte vorbehalten
Copyright © 2003
Diogenes Verlag AG Zürich
www.diogenes.ch
70/03/8/1
ISBN 3 257 86094 3

I

Ich wartete darauf, die Fifth Avenue überqueren zu können, als mein Blick auf Michael Rudnick fiel, mit dem ich in Brooklyn zusammen aufgewachsen war. Er stand auf der gegenüberliegenden Straßenseite, trug einen schwarzen Anzug sowie eine dunkle Sonnenbrille und schaute direkt zu mir herüber, schien mich aber nicht zu sehen. Seit unserer letzten Begegnung – vor etwa zweiundzwanzig Jahren, als ich zwölf und er siebzehn Jahre alt gewesen war – hatte er sich ziemlich verändert; eigentlich konnte ich kaum glauben, daß ich ihn überhaupt wiedererkannt hatte. Damals war er dick gewesen, das Gesicht mit Aknepickeln übersät, und er hatte strubbeliges dunkelblondes Haar gehabt. Jetzt war er hochgewachsen und muskulös; das dichte, dunkle Haar hatte er mit Gel nach hinten gekämmt.

Die Fußgängerampel sprang auf Grün um, und die Menge strömte von zwei Seiten aufeinander zu. Selbst als uns nur noch wenige Schritte trennten, schaute ich Michael weiterhin unverwandt an und wartete darauf, daß er mich wiedererkannte, doch er ging stur geradeaus, den Blick in eine unbestimmte Ferne gerichtet. Dann aber, als wir auf gleicher Höhe waren, streifte er mich plötzlich mit seiner Schulter, und wir blieben mitten in der Menge stehen. In seiner Sonnenbrille entdeckte ich mein Spiegelbild – zwei blasse Gesichter, die mich anstarrten. Noch ehe ich etwas sagen konnte, knurrte er verärgert etwas und ging weiter.

»Arschloch«, brummte ich.

Auf der anderen Seite drehte ich mich noch einmal nach ihm um, aber er war bereits verschwunden. Offenbar wollte er zur West Side und war schon in der Menge untergetaucht.

Nachdem ich Raymond, unserem Abendportier, begrüßt hatte, holte ich die Post – nichts als Rechnungen – und fuhr mit dem Fahrstuhl in den fünften Stock. Otis bellte, sobald ich die Wohnung betrat.

»Schnauze!« schrie ich, aber der überdrehte Cockerspaniel hörte nicht auf zu kläffen und sprang immer wieder an meinen Beinen hoch.

Also machten Otis und ich unseren üblichen Spaziergang auf der East Sixty-fourth Street, kehrten danach in die Wohnung zurück, und ich warf mich in Unterwäsche auf die Couch, starrte in die Glotze und grübelte über meine Arbeit nach.

Am Nachmittag hatte ich eine Besprechung mit Tom Carlson gehabt. Carlson war bei einer Versicherungsgesellschaft in Midtown Finanzdirektor und verantwortlich für ein Computer-Netzwerk mit hundert Usern. Zur Zeit lief das Netz mit einer alten Novell-Version, doch er wollte auf Windows NT aufrüsten und dafür neue PCs und Server kaufen. Es war unsere dritte Besprechung gewesen, und ich hätte nicht ohne einen unterzeichneten Vertrag aus seinem Büro gehen dürfen, doch als der richtige Augenblick gekommen war, hatte ich gezögert, und der Hundesohn war mir wieder entwischt. Jetzt mußte ich ihn morgen erneut anrufen – was immer miese Prozente bedeutete – und ihn bitten, mir einen unterzeichneten Vertrag zuzufaxen. Trotzdem bot Carlson die beste Aussicht auf einen erfolgreichen Abschluß. Wenn es damit nichts wurde, wußte ich nicht, was ich sonst noch anstellen sollte.

Ich lag gedankenverloren auf der Couch und starrte in die Röhre, als Paula gegen halb neun mit Pumps und Designerkostüm nach Hause kam. Sie beugte sich über die Couch, gab mir einen Kuß und fragte, wie mein Tag gewesen sei, doch ehe ich auch nur ›mies‹ sagen konnte, rief sie: »Ich habe phantastische Neuigkeiten – einen Augenblick, ich erzähl sie dir gleich«, und ging ins Schlafzimmer. Otis lief ihr nach, wedelte mit dem Schwanz und bellte.

Ich wußte, was es mit diesen ›phantastischen Neuigkeiten‹ auf sich hatte. Paulas Schwester in San Francisco sollte nächste Woche ein Kind kriegen, aber offenbar war es ein paar Tage früher gekommen.

Einige Minuten später betrat Paula in Shorts und T-Shirt wieder das Wohnzimmer. Genau wie ich hatte sie in den letzten Jahren kein Fitneßstudio mehr von Innen gesehen. Früher war sie schlank gewesen und hatte straffe Muskeln gehabt, doch seit sie keinen Sport mehr trieb, brachte sie fast fünfzehn Kilo mehr auf die Waage. Jetzt redete sie ständig davon, wie dick sie sei und daß sie abnehmen müsse, aber mir gefiel die etwas fülligere Figur – jedenfalls wirkte sie dadurch viel weiblicher. Vor kurzem hatte sie ihr langes, glattes, blondes Haar kurz geschnitten. Wenn sie mich fragte, sagte ich ihr, die neue Frisur schmeichle ihrem Gesicht und betone ihre Wangenknochen, aber eigentlich fand ich langes Haar schöner.

»Also«, sagte sie, »willst du meine Neuigkeiten hören?«
»Kathy hatte einen Jungen gekriegt.«
»Rate nochmal.«
»Ein Mädchen.«
»Ihr Termin ist doch erst nächste Woche.«
»Ich gebe auf.«
»Komm schon, Rich, es ist was Wichtiges.«
Ich stellte die Flimmerkiste mit der Fernbedienung aus.
»Ich bin befördert worden«, rief sie lächelnd.
»Ehrlich?«
»Ist das nicht unglaublich? Ich hatte fest damit gerechnet, daß Brian die Stelle kriegt – so wie der sich ewig bei Chris angebiedert hat. Aber heute Nachmittag bat mich Chris in sein Büro, um mir seine Entscheidung mitzuteilen – und vor dir siehst du die neue Vizepräsidentin der Abteilung Unternehmensanalyse.«
»Klasse«, sagte ich und versuchte, begeistert zu klingen.
»Ich kann dir gar nicht sagen, wie erleichtert ich bin«, sagte Paula. »In den letzten Wochen ging es im Büro einfach wie verrückt zu – arbeite du mal an drei Berichten gleichzeitig und hab diese Beförderungsgeschichte im Nacken. Ich meine, irgendwann wollte ich nur noch, daß es endlich vorüber ist, so oder so, aber daß die Sache jetzt so ausging, das ist einfach irre. Wußtest du überhaupt, daß mir deshalb auch mein Gehalt erhöht wird?«
»Prima.«
»Mein Grundlohn liegt jetzt bei siebzigtausend im Jahr.«
Zehn mehr als mein Grundlohn, dachte ich.
»Wirklich phantastisch«.
»Ich schätze, das dürfte uns wieder ein bißchen Luft ver-

schaffen. Vielleicht können wir uns sogar etwas auf die Seite legen, die Schulden bei den Kreditkartenfirmen abbezahlen...«

»Das sollten wir am Wochenende feiern.«

»Wollen wir nicht gleich heute abend Essen gehen? Komm schon, ich zieh mich bloß noch rasch um – in zehn Minuten bin ich fertig.«

»Ach, mir ist heute abend nicht danach.«

»Nun hab dich nicht so. Wann waren wir das letzte Mal zusammen essen? Laß uns zu diesem neuen Vietnamesen in der Third Avenue gehen. Es ist ein wunderschöner Abend; wir könnten draußen sitzen, eine Flasche Wein bestellen...«

»Ich sag doch, ich bin nicht in Stimmung.« Ich hatte den Blick abgewandt, konnte aber spüren, daß Paula mich anschaute.

Schließlich fragte sie: »Was ist?«

»Nichts.«

»Besonders glücklich wirkst du heute abend aber nicht gerade.«

»Ich bin bloß müde.«

»Und über meine Beförderung scheinst du dich auch nicht sonderlich zu freuen.«

»*Was?*« rief ich, als hätte sie eine völlig lächerliche Bemerkung gemacht. »Was redest du denn da? Ich find es einfach irre, daß du befördert worden bist, aber mir ist nun mal nicht danach, heute abend essen zu gehen. Ist das vielleicht nicht erlaubt?«

Ich stellte den Fernseher wieder an und schaltete von einem Sender zum nächsten. Paula saß neben mir auf der

Couch, die Beine untergeschlagen, und starrte ausdruckslos auf die Mattscheibe. Sie war noch wütend auf mich, ich hatte aber keine Lust mehr, mich mit ihr zu streiten.

Also fragte ich schließlich: »Sag mal, wie geht es Kathy eigentlich?«

»Wir müssen miteinander reden, Richard.«

»Jetzt nicht.«

»In letzter Zeit benimmst du dich ziemlich seltsam – zumindest seit einigen Wochen. Ständig wirkst du irgendwie abwesend und behältst alles für dich. Langsam fürchte ich, daß sich das auch auf unsere Ehe auswirkt.«

Ich haßte es, wenn Paula von ›unserer Ehe‹ sprach, aber uns selbst meinte, oder wenn sie mich zu analysieren versuchte. Seit fünf Jahren ging sie einmal in der Woche zum Seelenklempner, und seither erzählte sie mir andauernd, daß ich mich körperlich klarer ausdrücken müsse, daß ich zu ›passiv-aggressiv‹ sei, zu viel ›projiziere‹, meine Gefühle verdränge oder was für ein Psycho-Schwachsinn ihr sonst noch einfiel.

»Ich bin für so was echt nicht in Stimmung«, sagte ich auf dem Weg in die Küche.

Sie lief mir nach und sagte: »Siehst du? Genau das hab ich gemeint.«

Ich fischte die Speisekarte vom Chinesen aus einem der Schubfächer. Letztes Jahr hatten wir die Küche renoviert – eine Snack-Bar einbauen, neue Fliesen legen und die Schränke streichen lassen. Diese Modernisierung und die tollen Klamotten, die Paula für ihre Arbeit brauchte, waren eigentlich schuld daran, daß unsere Konten mit zwanzigtausend Dollar überzogen waren.

»Du kannst nicht einfach wegrennen«, sagte Paula. »Wenn du Probleme hast, mußt du darüber reden.«

»Was hältst du von Garnelen mit Hummersoße?«

»Du ärgerst dich, weil ich befördert wurde«, sagte sie. »Dein männliches Ego fühlt sich bedroht – der Jäger hat Angst, er könnte nicht länger für die Familie sorgen.«

»Hör auf, mich zu analysieren, okay? Ich bestell jetzt. Willst du auch was?«

»Warum gibst du nicht einfach zu, daß dir meine Beförderung zu schaffen macht?«

»Also einmal Moo-Shu-Chicken für dich.«

Ich gab die Bestellung im Wohnzimmer auf. Paula baute sich vor mir auf und stemmte die Hände in die Hüften.

»Gib's zu«, sagte sie.

»Was soll ich zugeben?«

»Daß es dir lieber wäre, wenn ich weniger Geld verdienen würde als du.«

»Ist ja lächerlich«, sagte ich. »Je mehr du verdienst, um so besser. Von mir aus kannst du zweihundert-, dreihunderttausend im Jahr verdienen, denn wie es zur Zeit bei mir läuft, werden wir alles Geld brauchen, das sich auftreiben läßt.«

Otis begann wieder zu bellen. »Schnauze!« schrie ich und ließ mich dann auf die Couch fallen. Paula setzte sich neben mich, wartete einige Sekunden und sagte dann: »Wie ist das Verkaufsgespräch gelaufen?«

»Na wie wohl?«

Sie legte eine Hand in meinen Schoß.

»Tut mir leid«, sagte sie. »Vielleicht solltest du lieber kündigen.«

»Was redest du denn für einen Schwachsinn?« Ich stand

auf, weil ich ihre Berührung nicht länger ertrug. »Glaubst du, ich kann da morgen einfach reinspazieren und kündigen? Das würde sich richtig gut auf meinem Zeugnis ausmachen – war sieben Monate dabei und hat nichts verkauft. Klingt doch klasse, wenn ich mich damit um eine Stelle bewerben will.«

»Ist ja nicht deine Schuld...«

»Wessen Schuld ist es dann?«

»Du könntest eine Menge Erklärungen vorbringen«, sagte Paula. »Die Firma wurde umstrukturiert; du hattest persönliche Differenzen mit deinen Vorgesetzten...«

»Solchen Quatsch durchschauen die doch aus einer Meile Entfernung.«

»Aber du mußt dich deshalb nicht so unter Druck setzen«, sagte Paula, »das macht alles doch nur noch schlimmer. Mit meiner Gehaltserhöhung...«

»Was kriegst du denn schon? Fünfzehn Riesen mehr im Jahr? Und was bleibt nach Abzug der Steuern davon übrig? Acht, neun Tausender? Na klasse. Hast du dir in letzter Zeit mal die Kreditkartenrechnungen angesehen? Kapier doch endlich, wir leben von einem Gehaltsscheck zum nächsten. Und was passiert, wenn wir noch mal renovieren wollen? Oder wenn wir irgendwann aus der Stadt fortziehen? Vielleicht möchtest du aber auch lieber die Wohnung verkaufen und hunderttausend Miese einstreichen...«

»Laß den Blödsinn«, sagte Paula und stand auf. »Bloß weil du einen schlechten Tag gehabt hast, mußt du deinen Ärger nicht an mir auslassen. Ich habe heute allen Grund, mich zu freuen, aber dich interessiert das offenbar einen Scheißdreck.«

Paula stürmte ins Schlafzimmer und knallte die Tür hinter sich zu. Otis begann wieder zu kläffen. Ich warf ein Sofakissen nach ihm, das ihn am Hintern traf und dann zu Boden fiel. Der Hund bellte noch einmal trotzig und schlich dann mit eingeklemmten Schwanz in die Küche.

Mit dem Kopf in den Händen blieb ich auf der Couch sitzen, bis das chinesische Essen gebracht wurde. Anschließend klopfte ich an die Schlafzimmertür und entschuldigte mich dafür, die Beherrschung verloren zu haben. Kurz darauf setzte sich Paula zu mir an den Tisch.

Wir aßen, sprachen aber fast kein Wort miteinander. Sie stocherte in ihrem Essen herum und erklärte, sie habe Kopfschmerzen.

»Vielleicht ist Glutamat drin«, sagte ich. »Ich habe vergessen, beim Bestellen Bescheid zu sagen.«

»Nein, ist nur meine Migräne. Ich leg mich besser hin.«

Paula ging wieder ins Schlafzimmer, und ich räumte ab und unternahm mit Otis einen letzten Spaziergang um den Block. Als wir in die Wohnung zurückkehrten, schlief Paula bereits.

»Tut mir leid wegen vorhin«, flüsterte ich über sie gebeugt.

»Ist schon in Ordnung«, murmelte sie im Halbschlaf.

»Fühlst du dich besser?«

»Ein bißchen«.

»Es tut mir ehrlich leid. Ich hätte meinen Frust nicht an die auslassen sollen, und ich freue mich wirklich sehr über deine Beförderung. Eine großartige Sache, und ich würde sie morgen abend gern mit dir feiern.«

»Okay«, sagte sie.

»Wie wäre es mit sieben Uhr?«
»Prima.«
»Gute Nacht, Liebes.« Ich drückte ihr einen Kuß auf die Lippen.
»Gute Nacht« wisperte sie und drehte sich auf ihre Seite.

Nachdem ich den Abwasch erledigt hatte, legte ich mich zu Paula ins Bett und las noch einige Kapitel in *Wie werde ich ein Verkaufsgenie*, dem neusten Buch über erfolgreiche Geschäftsstrategien, das ich mir auf das Nachtschränkchen gelegt hatte. Doch plötzlich überkam mich die Müdigkeit. Ich ließ das Buch auf die Brust sinken und schloß die Augen. Michael Rudnick fiel mir ein, dem ich am Nachmittag auf der Fifth Avenue begegnet war, und dann sah ich mich selbst als zehn- oder elfjährigen Jungen vor unserem Haus in der Stratford Road in Brooklyn. Ich war allein und spielte auf dem Bürgersteig mit meinem Basketball, als Michael Rudnick vor mir auftauchte. Er war zu dick, ein Teenager mit einem Gesicht voller Pickel, und die buschigen Augenbrauen wuchsen über seiner Nase beinahe zusammen, weshalb ihm ein paar Jungs aus dem Wohnblock den Spitznamen ›Raupe‹ verpaßt hatten. Michael fragte, ob ich im Keller mit ihm Tischtennis spielen wollte. In der High-School und in meinem Block zählte er schon zu den Großen, weshalb es für mich eine besondere Ehre war, daß er mich zum Tischtennis einlud. »Klar«, erwiderte ich aufgeregt. »Sofort!« Michaels Eltern waren nicht daheim, und das Haus war dunkel und leer. Wir stiegen hinab in den kalten, muffig riechenden Keller, und ich schaute zu, wie Michael das Netz spannte. Dann erklärte er die Spielregeln –

wenn ich gewänne, bekäme ich fünf Dollar, wenn er gewänne, würde ich für einen Abrubbler herhalten müssen. Ich verstand unseren Handel nicht ganz, willigte aber ein. Natürlich standen die Chancen gegen mich, da er der bessere Tischtennisspieler war. Er gewann haushoch und kassierte fast jeden Ball. Ihm fehlte noch ein Punkt zum Gewinn, als mein Ball das Tischende verfehlte. Prompt warf er den Schläger hin und schrie: »Jetzt kriegst du was zu spüren!« Ich lachte hysterisch, glaubte, das gehöre noch zum Spiel und rannte vor ihm davon, bis er mich von hinten schnappte, mir gleich an den Bauch griff und das Gummiband meiner Unterhose nach unten zog. Der Abrubbler tat weh, aber ich hörte nicht auf zu lachen. Mir gefiel nicht, was er tat, doch fürchtete ich, er würde mich nicht mehr im Keller Tischtennis spielen lassen, wenn ich mich jetzt beschwerte. Außerdem war er viel größer und stärker als ich, und er zerrte so heftig an mir herum, daß ich den Boden unter den Füßen verlor. »Hör auf! Hör auf!« schrie ich, lachte aber immer weiter, weil ich noch glaubte, daß wir ein Spiel spielten. Dann schubste er mich auf das Sofa. Ich wand mich, versuchte zu entkommen, doch er preßte mein Gesicht ins klebrige schwarze Kunstleder. Ich wußte nicht, warum er mir das antat – warum er es so lustig fand. Ich lag mit dem Gesicht nach unten auf dem Sofa, und er lag auf mir, keuchte und schwitzte.

Abrupt riß ich die Augen auf; mein Herz raste, als hätte ich gerade einen Sprint eingelegt. Paula lag neben mir, schlief tief und fest und schnarchte leise. Ich stand auf. Otis wollte mir nachlaufen, aber ich zog vor seiner Nase die Schlafzimmertür zu, ging in die Küche, machte den Kühlschrank auf und kippte mir den Orangensaft direkt aus der Flasche in den Hals. Ich brauchte frische Luft. Ich ging durch das Wohnzimmer auf den Balkon.

Es war eine warme, stickige Nacht, und ich glaubte, kaum Luft zu bekommen. Während ich mich an das Geländer lehnte und hinab auf die stark befahrene Third Avenue starrte, hörte ich Michael Rudnick wieder mit hoher Fistelstimme schreien: »Jetzt wirst du aber was zu spüren kriegen!« Die Worte waren so deutlich, als stünde er auf dem Balkon nebenan. Selbst sein Gewicht konnte ich noch auf mir spüren, und ich fühlte mich unter ihm gefangen, hatte schreckliche Platzangst und roch erneut den widerlichen Geruch von billigem Rasierwasser – bestimmt das seines Vaters.

Ich ging zurück in die Wohnung und schloß die Balkontür. Als ich mir im Badezimmer kaltes Wasser ins Gesicht spritzte, fiel mir ein Artikel aus der *Times* ein, in dem es geheißen hatte, daß manche Menschen traumatische Vorfälle aus ihrer Kindheit verdrängten, um sich Jahre später wieder plötzlich daran zu erinnern, doch fand ich den Gedanken unerträglich, daß mir so etwas passiert sein sollte.

Als ich mich wieder ins Bett legte, wurde Paula wach.

»Wo warst du?«

»Auf dem Balkon.«

»Warum?«

»Ich brauchte frische Luft.«

»Alles in Ordnung, Liebling?«

»Sicher.«

»Ganz bestimmt?«

»Klar doch.«

»Tut mir leid wegen vorhin.«
»Mir auch.«
Dabei wußte ich gar nicht mehr, worüber wir uns überhaupt gestritten hatten.

2

Paula schob die Tür der Duschkabine auf. Ich hatte sie nicht ins Badezimmer kommen hören, und das Geräusch schreckte mich aus meinen Gedanken auf.

»Ich muß los«, sagte sie.

»Warte.«

Ich spülte mir den Seifenschaum aus dem Gesicht und gab ihr einen Kuß. Gestern abend hatte ich mich ziemlich dämlich benommen, und ich wollte es wiedergutmachen.

»Vergiß nicht«, sagte ich, »daß wir heute abend deine Beförderung feiern wollen.«

»Mach ich nicht«, sagte sie. »Ich freu mich darauf.«

»Soll ich uns für sieben Uhr einen Tisch bestellen?«

»Lieber für halb acht. Ich ruf dich an, falls es später wird.«

Sie verabschiedete sich noch einmal, und ich schob die Duschkabinentür wieder zu. Es war zwanzig nach sechs. Meist ging Paula erst gegen sieben zur Arbeit, doch nahm ich an, daß sie heute etwas früher anfing, um einen guten Eindruck zu machen.

Paula hatte ziemlich hart für ihre Karriere gearbeitet – drei Jahre lang war sie zur Abendschule gegangen, um einen Abschluß in Betriebswirtschaft vorweisen zu können, dann hatte sie sich bei ihren Vorgesetzten eingeschmeichelt und endlos Überstunden geschoben, um auf der Erfolgsleiter einige Stufen nach oben klettern zu können. Ich wußte, wieviel ihr die Beförderung zur Vizepräsidentin bedeutete, und heute abend wollte ich ihr das Festessen spendieren, das sie sich redlich verdient hatte.

Gegen halb acht verließ ich die Wohnung. Ich nahm immer denselben Weg zur Arbeit – über die Third Avenue bis zur Forty-eighth Street, dann quer durch die City zur Sixth Avenue. Nur manchmal – meist bei schlechtem Wetter oder an kalten Wintertagen – rief ich mir ein Taxi, benutzte aber niemals öffentliche Verkehrsmittel.

Nachdem ich mit der Magnetstreifenkarte die Eingangstür geöffnet hatte, betrat ich kurz vor acht Uhr die Firma, nahm mein hausinternes Handy vom Tisch und ging über den langen Flur, vorbei an den Glaskabinen der Sekretärinnen, zu meinem Büro in der Verkaufsabteilung.

Bei Network Strategies, meiner alten Firma, in der ich nur ein einfacher Verkaufsagent gewesen war, hatte ich ein großes Eckbüro mit herrlichem Blick auf den East River gehabt. Bei Midtown Consulting dagegen steckte man mich als leitenden Verkaufsagenten in eine enge, stickige Kammer mit einem einzigen Fenster, das auf die Rückwand eines anderen Gebäudes blickte. Ich vermißte das Prestige, das einem ein Eckbüro verlieh. Saß man in einem der größten, komfortabelsten Büros einer Firma, wurde man ganz besonders zuvorkommend behandelt. Auf den Fluren oder am Wasserspender lächelten die Leute und fragten, wie das Wochenende gewesen sei und ob man in letzter Zeit einen guten Film gesehen hatte. Oder sie boten sich an, einem beim Kopierer zu helfen und fragten, ob sie mir etwas vom

Deli mitbringen könnten. Hier dagegen schenkten mir die Leute kaum Beachtung. Manchmal lächelte ich auf dem Flur jemandem zu und wurde so ausdruckslos angestarrt, als ob ich unsichtbar wäre.

In letzter Zeit hatte ich die Entscheidung bedauert, die mich vor sieben Monaten veranlaßt hatte, meinen alten Job aufzugeben. Als sich der Headhunter meldete, arbeitete ich seit sechs Jahren bei Network Strategies und dachte nicht daran, dort aufzuhören, aber dann lag plötzlich dieses unglaubliche Angebot auf dem Tisch: sechzigtausend Grundgehalt und beste Sondervergünstigungen. Dabei legte ich normalerweise gleich wieder auf, wenn ein Headhunter anrief, doch an jenem Tag hatte ich zugehört.

Ich konnte damals nicht wissen, daß der Wechsel zu Midtown Consulting womöglich die größte Fehlentscheidung meines Lebens war.

Mein Tag begann wie jeder Arbeitstag – ich stellte den Computer an, las meine E-Mails, hörte die Voice-Mail ab – ging zum Kaffeeautomaten und holte mir einen Kaffee, schwarz, mit drei Stück Zucker. Sobald ich wieder am Schreibtisch saß, rief ich den Lotus Notes Programmplaner auf. Heute hatte ich keine Termine außer Haus, mußte am Vormittag aber einige dringende Rückrufe erledigen, zu denen auch das Gespräch mit Finanzdirektor Tom Carlson gehörte, den ich erst gestern Nachmittag getroffen hatte.

Ich wählte Carlsons Nummer und rechnete damit, von seiner Sekretärin abgewimmelt zu werden, doch war er nach dem zweiten Klingeln selbst am Apparat.

»Guten Morgen Tom«, sagte ich und versuchte, möglichst aufgeräumt zu klingen.

»Wer ist denn da?«

»Richard Segal – Midtown Consulting. Wie geht es Ihnen heute?«

Nach einer langen Pause sagte er: »Ach so, ja.«

»Bestens, danke der Nachfrage«, erwiderte ich. »Ich rufe Sie an, Tom, weil sich gestern keine Gelegenheit mehr fand, Ihnen zum Kostenvoranschlag noch zu sagen, daß wir weitere zwei Prozent einräumen können, was es Ihrer Firma erlauben dürfte, für die Zeit der Vertragsdauer noch einmal zwanzig-, dreißigtausend Dollar einzusparen und...«

»Tja, ich hatte wirklich noch keine Gelegenheit, mir die Sache genauer anzusehen«, unterbrach er mich. »Ich melde mich, wenn ich soweit bin, okay?«

»Wenn irgend etwas unverständlich sein sollte, Tom, oder falls Klärungsbedarf besteht, Tom, wäre ich nur zu froh...«

»Habe ich Ihnen gestern nicht gesagt, daß ich Sie anrufe, sobald ich zu einer Entscheidung gekommen bin?«

»Natürlich, aber ich habe mir gedacht, Sie würden bestimmt gern erfahren, daß...«

»Wissen Sie, irgendwie glaube ich, daß Sie mir etwas aufschwatzen wollen, was ich gar nicht haben will«, sagte er, »und das gefällt mir überhaupt nicht.«

»Tut mir leid, wenn ich diesen Eindruck auf Sie mache, Tom«, sagte ich, »aber der eigentliche Grund...«

»Hören Sie, warum vergessen wir nicht einfach die ganze Sache?«

»Ich... wie bitte?«

»Ich habe beschlossen, mich anderweitig zu orientieren.«

»Ich verstehe nicht recht«, sagte ich, ohne meine Enttäuschung noch länger verbergen zu können. »Ich meine, gestern... bei unserem Treffen...«

»Wir entscheiden uns für das Angebot einer anderen Firma, kapiert?«

»Aber haben Sie sich unser Angebot einmal genauer angesehen?«

»Mich interessiert Ihr Angebot nicht mehr.«

Jetzt konnte ich mich nicht länger beherrschen.

»Verdammt, warum waren Sie dann gestern bereit, sich mit mir zu treffen?«

»Wollen Sie es wirklich wissen? Weil mir die verfluchte Verabredung erst wieder eingefallen ist, als Sie plötzlich vor mir standen. Begreifen Sie doch endlich, die Antwort lautet nein, besten Dank auch. Auf Wiederhören.«

Carlson hatte eingehängt. Wie betäubt preßte ich den Hörer ans Ohr, bis ich das Besetztzeichen hörte, dann legte ich auf. Ich war schockiert. Ich konnte es einfach nicht fassen, daß all die monatelange Arbeit, die ich in Carlsons Kostenvoranschlag gesteckt hatte, umsonst gewesen war.

Ich schloß die Augen und stieß einen tiefen Seufzer aus. Dann trank ich einen Schluck Kaffee und machte mich wieder an die Arbeit.

Erst erwischte ich nur irgendwelche Anrufbeantworter, hatte aber schließlich Raschid Hamir am Apparat, den Leiter des Managementinformationssystems bei Prudential, den ich seit mehreren Wochen zu erreichen versuchte.

»Hallo Raschid, hier spricht Richard Segal von Midtown Consulting.«

»Wer?«

»Richard Segal«, wiederholte ich langsam. »Sie erinnern sich? Wir haben uns letzten Monat getroffen, und vor zwei Wochen habe ich Ihnen ein Angebot für die beiden NT-Berater gemacht, die Sie unbedingt haben wollten.«

»Tut mir leid, dafür gibt der Haushalt kein Geld mehr her«, sagte er. »Versuchen Sie es im nächsten Quartal noch mal.«

Als ich einen Vorabtermin für das nächste Quartal ausmachen wollte, legte Raschid auf.

Ich machte ein Dutzend weiterer Anrufe, ehe ich endlich wieder einen potentiellen Kunden am Apparat hatte, doch der erklärte mir, er würde gegenwärtig mit einer anderen Beratungsfirma zusammenarbeiten; ich solle nächstes Jahr noch mal anrufen. Und so wählte ich Nummer um Nummer ohne jeden Erfolg.

Während ich noch auf den Bildschirm starrte, fühlte ich mich schlagartig müde und erschöpft; die ersten Anzeichen nahender Kopfschmerzen meldeten sich. Ich ging über den Flur zur Kaffeeküche und schenkte mir noch einen Becher ein. Eine Stimme in meinem Rücken sagte: »Hallo Richie, wie läuft's denn so?«

Ich blickte über die Schulter und sah die lächelnde Visage von Steve Ferguson. Steve war ebenfalls leitender Verkaufsagent bei Midtown, obwohl ich fand, daß er lieber Schuhe als Computer-Netzwerke verkaufen sollte. Letzten Monat war er zum zweiten Mal in Folge zum Midtown-Verkäufer des Monats ernannt worden, weil er für knapp eine halbe Million Dollar Aufträge an Land gezogen hatte.

»Nicht übel«, sagte ich und warf den dritten Zuckerwürfel in meinen Kaffee. »Und selbst?«

»Hab letzte Nacht wen aufgerissen, kann mich also nicht beklagen«, erwiderte Steve und verzog grinsend die Mundwinkel. Dann hieb er mir auf den Rücken und rief: »Und? Wie läuft die Verkauferei?«

»Bestens«, antwortete ich und haßte ihn von ganzem Herzen.

»Ach ja? Ist der Vertrag mit MHI schon unter Dach und Fach?«

»Nein, noch nicht ganz«, sagte ich und preßte den Deckel auf den Kaffeebecher.

»Hinter dem sind Sie schon eine ganze Weile her, nicht? Woran hapert's?«

»Ich warte nur noch auf den unterschriebenen Vertrag.«

Ich ging um ihn herum und hielt das Gespräch für beendet, aber er blieb an meiner Seite und folgte mir aus der Küche.

»Den Deal mit Chase habe ich übrigens abgeschlossen«, sagte er, als ich ihn fragte, wie es um seine Vertragsabschlüsse stünde.

»Großartig«, erwiderte ich.

»Ach was, vier Berater, ein Projekt über neun Monate – was soll's, kleine Fische. Dürfte mir allerdings eine hübsche Provision einbringen. Außerdem habe ich da noch ein paar nette Projekte in der Mache – springt hoffentlich was Dauerhaftes bei raus. Hast du schon vom Deal mit Everson gehört?«

»Nein«, antwortete ich.

»Mann, das ist diese Anzeigenagentur für Neue Medien in der Forty-second. Hatte gestern den unterschriebenen Vertrag in der Post – dreiundfünfzig Riesen. Ach so, falls du Hilfe bei diesem MHI-Vertrag brauchst, kein Problem. Ernsthaft, brauchst bloß Bescheid zu sagen, wenn ich mal einen Anruf für dich erledigen oder bei einem Meeting dabei sein soll. Ich weiß doch, wie wichtig es ist, endlich die Unterschrift unter den ersten Vertrag setzen zu können.«

»Danke, ich denk drüber nach«, sagte ich und rang mir ein Lächeln ab.

Vor seinem Büro – einem Eckzimmer – blieb Steve stehen und sagte: »Dann also bis zehn Uhr.«

Ich erstarrte.

»Wieso? Was ist denn um zehn?«

»Die Verkaufsbesprechung? Hat Bob dir kein Memo geschickt?«

»Nein.«

»Aha, na ja, dann sehe ich dich eben später.«

Ich ging zurück in mein Büro und rief meine E-Mail ab, aber da war keine Nachricht von Bob wegen eines Meetings um zehn Uhr. Ich rief einen der Typen von der Technik an und sagte, daß es offenbar ein Problem mit meiner E-Mail gebe, aber er meinte, es sei alles in Ordnung.

Ich ging über den Flur zu den Kabinen, in denen Midtowns drei Junior-Verkaufsagenten arbeiteten. Peter Rabinowitz und Rob Cohen hingen am Telefon, aber John Hennessy arbeitete an seinem PC. John war Mitte zwanzig, ein Mann von gepflegtem Äußeren, für den dies der erste oder zweite Job nach dem College war.

»Hallo, John«, sagte ich.

»Na, Richard«, erwiderte er. »Wie läuft's denn so?«

»Nicht übel, gar nicht übel«, erwiderte ich. »Hat man dir ein Memo wegen des Meetings um zehn Uhr geschickt?«

»Ja«, sagte er, »wirst du auch da sein?«

»Schon möglich«, gab ich zurück. »Bin unter Umständen aber auch bei einem Kunden.«

Eine letzte Möglichkeit fiel mir ein. Vielleicht, dachte ich, hatte Bobs Sekretärin Heidi einfach vergessen, mir das Memo zu schicken. Ich rief sie an und bat sie, in den nächsten Stunden meine Anrufe entgegenzunehmen, da ich in meinem Büro arbeiten wollte und dachte, wenn ich an dem Meeting teilnehmen sollte, würde sie mir schon Bescheid sagen. Doch sie war ohne weiteres einverstanden, sich um meine Telefonate zu kümmern.

Ich hatte Ähnliches in anderen Jobs beobachtet und wußte genau, was es bedeutete, wenn man einen Angestellten, vor allem einen leitenden Angestellten, plötzlich von Meetings ausschloß. Dann wurde es für ihn höchste Zeit, die Bewerbungsunterlagen durchzusehen, denn er war schon so gut wie arbeitslos.

Ich lud mir neue Adressen aus meiner Datenbank auf den Schirm und war fest entschlossen, heute noch den Durchbruch zu schaffen. Doch nach zwei Stunden pausenlosen Telefonierens hatte ich nichts erreicht. Als ich mich plötzlich wieder in Michael Rudnicks Keller sah und ihn mit Jungenstimme rufen hörte: »Jetzt kriegst du was zu spüren!« wurde mir schwindlig und übel. Mein Herz raste ganz wie gestern nacht. Verdammt, das war wirklich das Allerletzte, was ich jetzt in meinem Leben gebrauchen konnte.

Ich wollte mich wieder an die Arbeit machen, bekam aber Michael Rudnick nicht mehr aus dem Kopf. Ob das wirklich der Mann gewesen war, den ich gestern auf der

Straße gesehen hatte? Für Rudnick kam er mir im Nachhinein viel zu schlank und zu fit vor, seine Haut hatte fast zu makellos gewirkt. Die ›Augenbrauenraupe‹ hätte ihn natürlich sofort verraten, doch die Brauen des Mannes auf der Straße waren von einer dunklen Sonnenbrille verdeckt gewesen.

Ich wählte mich ins Internet und fragte mit einem Suchbefehl nach ›Michael Rudnick‹ in Manhattan. Die Suche ergab zwei Treffer, einen ›Michael L. Rudnick‹, wohnhaft Washington Street, und einen ›Michael J. Rudnick, Esquire‹, wohnhaft Madison Avenue. Michael J. Rudnick, der Anwalt, schien mir eher in Frage zu kommen, da die angegebene Adresse – vermutlich ein Büro – in der Gegend lag, in der ich ihn gestern an der Straßenkreuzung gesehen hatte. Außerdem schien mir der Gedanke, daß Michael Rudnick Anwalt geworden war, keineswegs abwegig zu sein. Als Teenager war er selbstbeherrscht, arrogant und egozentrisch gewesen – gute Voraussetzungen für eine juristische Laufbahn. ›Anwalt‹ deckte sich auch mit dem Eindruck, den ich an der Straßenecke gewonnen hatte – wohlhabend, erfolgreich und ziemlich selbstbewußt, was Aussehen und Stellung betraf. Außerdem erinnerte ich mich daran, wie er geknurrt hatte, als unsere Schultern sich berührten, fast so, als stünde ich unter ihm und sei deshalb bedeutungslos. Aber als Anwalt vor Gericht konnte ich ihn mir gar nicht vorstellen. Nein, ein Typ wie er würde irgendwas Unpersönliches machen. Bestimmt war er Steueranwalt.

Es ging auf Mittag zu, und niemand war in mein Büro gekommen, um mir zu sagen, daß ich eine Verkaufsbesprechung verpaßte. Als mir aufging, daß ich den ganzen Tag noch nichts gegessen hatte, beschloß ich, rasch einen Bissen zu mir zu nehmen und mich dann wieder ans Telefon zu hängen.

Ich entschied mich für die Pizzeria in der Seventh Avenue, in der ich gelegentlich zu Mittag aß. Die Pizza war nicht besonders, aber was kümmerte mich das? Meist schlang ich den Fraß so schnell in mich hinein, daß ich ebensogut Pappe mit Tomatensoße und Gummikäse hätte essen können, ohne den Unterschied zu bemerken.

Ich setzte mich mit meinen zwei Pizzastücken an einen der hinteren Tische, schluckte die Bissen halb zerkaut runter und grübelte über meinen beschissenen Vormittag und mein noch beschisseneres Leben nach. Ich hatte stets angenommen, daß ich mit Mitte dreißig glücklich verheiratet wäre, in einem großen Haus in der Vorstadt leben, zwei Kinder und reichlich Geld haben würde. Vielleicht hatten Paula und ich früher zuviel ausgegeben, damals, für unseren extravaganten Urlaub auf den Bahamas oder auf Hawaii. Im Gegensatz zum Rest der Welt, der sich an der Börse eine goldene Nase verdiente, waren wir pleite. Dank einer neuen Gebäudeschätzung war unsere Wohnung nur noch halb so viel wert wie das, was wir mal dafür gezahlt hatten. Und bis auf unsere Pensionsfonds hatten wir fast kein Geld auf der hohen Kante, eine ziemlich erbärmliche Leistung für ein Ehepaar in unserem Alter. Dann waren da noch die überzogenen Kreditkarten und die Stromrechnungen und all die zusätzlichen Ausgaben, die ständig wie aus dem Nichts aufzutauchen schienen. Natürlich könnten wir die Wohnung mit Verlust verkaufen und uns für ein paar Jahre eine kleinere Bleibe mieten, bis die Schulden abbezahlt waren. Doch wir waren auf die Steuervergünstigungen angewiesen, die wir als Wohnungseigentümer geltend machen konnten, und wahrscheinlich wäre die Miete genauso hoch wie unsere jetzigen Kosten.

Ich rührte das zweite Stück Pizza nicht mehr an, ging aus dem Restaurant und stand wieder auf der Seventh Avenue. Die Luft war stickig und verqualmt. Eben hatte es noch ein wenig genieselt, doch jetzt klarte der Himmel auf. Ganz in Gedanken lief ich schließlich die Straße entlang und hielt erst inne, als mir plötzlich auffiel, daß ich an der Kreuzung Fifth Avenue und Forty-eighth Street stand, an eben jener Straßenecke, an der ich gestern Michael Rudnick begegnet war. Die Stelle lag mehrere Blocks von der Pizzeria entfernt, und ich hatte keine Ahnung, warum ich hierher gelaufen war.

Aus meinem Büro rief ich das Maison an, ein französisches Lokal in der Second Avenue, und bestellte für halb acht einen Tisch. Ich hatte noch nie da gegessen, wußte aber, daß Paula französische Küche liebte, und um ihre Beförderung zu feiern, wollte ich ein ganz besonderes Restaurant.

Dann führte ich wieder einige Verkaufstelefonate, hatte aber immer noch kein Glück. Gegen halb drei rief Heidi mich an und sagte, ich solle sofort zu Bob kommen. Ich fragte sie, ob sie wisse, worum es gehe, aber sie behauptete, keine Ahnung zu haben.

Als ich Bobs Büro betrat und ihn sah, wie er an seinem Tisch saß und mit ernster Miene auf einen Computerbildschirm starrte, nahm ich an, daß er beschlossen hatte, mich zu feuern. Ich malte mir schon aus, wie ich Paula heute abend die Neuigkeit mitteilte und wie ich am Sonntag die Stellenanzeigen studierte.

»Setzen Sie sich«, sagte Bob, ohne mich anzuschauen.

Als Präsident der Firma besaß Bob natürlich ein riesiges Eckbüro. Durch das nach Norden blickende Fenster hinter seinem Tisch konnte ich einen Zipfel vom Central Park und das Hochhaus von General Electric neben dem Rockefeller Center im Osten erkennen.

Bob war klein – etwa einsachtundsechzig –, und er bedeckte die große, kahle Stelle mitten auf seinem Kopf mit einem schwarzen Gebetskäppchen. Er war Ende dreißig, vielleicht auch Anfang vierzig und schien immer das gleiche, weiße Hemd mit Knopfleiste zu tragen, das er sich achtlos in eine schwarze Hose stopfte. Wenn wir uns auf dem Flur begegneten, blieb er manchmal stehen, um mir den neusten Witz zu erzählen. Ich habe von Anfang an gewußt, daß er mich vor allem deshalb mochte und wohl nur ungern auf die Straße setzen würde, weil ich mit Nachnamen Segal hieß. Beim Vorstellungsgespräch hatte er mich für einen Juden gehalten, und ich hatte ihn in dem Glauben gelassen.

Ich saß in dem Polstersessel vor seinem Schreibtisch. Eine Zeitlang starrte er noch auf den Bildschirm, und ich fragte mich schon, ob er vielleicht vergessen hatte, daß ich in seinem Zimmer war, als er sich schließlich zum Tisch umdrehte und sagte: »Tut mir leid, daß Sie so lange warten mußten. Wie geht es Ihnen?«

»Geht so«, antwortete ich.

»Wird wärmer da draußen, wie?«

»Wärmer?«

»Das Wetter.«

»Ach so«, erwiderte ich, »ja, ist in letzter Zeit gar nicht übel.«

»Mein Frau und ich werden uns bald in unser Landhaus nach Tuxedo verziehen«, sagte Bob.

»Wie schön.«

Wir blickten uns an.

»Egal«, sagte er. »Ich habe Sie zu mir gebeten, um den aktuellen Stand der Verhandlungen mit einigen Ihrer Klienten zu erfahren – damit ich weiß, was Sie so tun und wie es weitergehen soll.«

»Okay«, sagte ich und war erleichtert, daß ich nicht geschaßt wurde, noch nicht jedenfalls.

»Steve hat mir übrigens gesagt, daß Sie kurz davor stehen, den Handel mit Media Horizons abzuschließen.«

»*Steve* hat das gesagt?«

»Also ist es noch nicht soweit?«

»Sie warten nur darauf, daß der Haushalt verabschiedet wird«, sagte ich und nannte damit die naheliegendste Erklärung für eine mögliche Verzögerung.

»Wurde Ihnen gesagt, wann Sie Näheres erfahren?«

»In ein paar Tagen – höchstens noch ein, zwei Wochen.«

»Na ja, hoffen wir, daß es klappt. Haben Sie sonst noch was in Aussicht?«

»Das ein oder andere«, log ich.

»Ausgezeichnet. Was denn?«

»Eine Offerte für einige Berater, dann noch eine Fremdvergabe.«

Ich gab meine Antworten rasch und voller Selbstvertrauen, so daß er gar nicht merken konnte, was für einen Blödsinn ich ihm erzählte.

»Gut – freut mich zu hören, daß Sie einige Eisen im Feuer haben. Hoffentlich schließen Sie alle drei Verträge ab und sind dann auf dem richtigen Weg.«

»Das hoffe ich auch«, erwiderte ich.

»Aber ich will ehrlich zu Ihnen sein, Richard – ich komme meinen Angestellten nur ungern mit irgendwelchen Überraschungen. Als ich Sie eingestellt habe, ließen Sie mich glauben, daß Sie einige Kunden mitbringen würden. Erinnern Sie sich? Und ich nehme an, Sie wissen selbst, daß Sie seit sieben Monaten hier arbeiten und noch nicht einen einzigen Verkauf für uns abgeschlossen haben. Ich weiß, dafür gibt es eine Menge Gründe, für die Sie nichts können, und ich will Ihnen auch überhaupt keinen Vorwurf machen. Allerdings werde ich Ihre Stellung hier bei Midtown überprüfen müssen, wenn sich Ihre Leistungen nicht bessern. Ich weiß, Sie haben in Ihrer alten Firma allerhand geleistet, und ich weiß auch, daß Sie es wieder schaffen können. Außerdem halte ich Sie für einen prima Kerl und hoffe aus tiefstem Herzen, daß Sie unserer Firma noch viele Jahre erhalten bleiben. Doch ich habe nun mal ein Geschäft zu führen und kann mir keinen Verkäufer leisten – in welcher Position auch immer –, nur weil ich ihn nett finde. Sie verstehen mich doch, nicht wahr?«

»Ja«, sagte ich.

»Aber machen Sie sich keine Sorgen, Sie kommen bestimmt drüber hinweg. Schließen Sie einfach die drei Verträge ab, die Sie gerade erwähnt haben, und ehe Sie es sich versehen, kann ich Sie als Verkäufer des Monats auszeichnen. Wenn ich Ihnen übrigens in dieser Firma irgendwie helfen kann, lassen Sie es mich bitte wissen; ich bin gern dazu bereit.«

»Ich weiß das zu schätzen, aber im Augenblick gibt es nichts, was Sie für mich tun könnten«, sagte ich. »Ich brauche die Verträge nur noch abzeichnen lassen, das ist alles.«

»Vielleicht sollten Sie Steve Ferguson zu einem Ihrer nächsten Verkaufsgespräche mitnehmen. Oder Sie begleiten ihn mal zu einem seiner Gespräche. Ich weiß, Sie haben sicher Ihre eigenen Techniken, aber manchmal kann es recht hilfreich sein, jemanden zu beobachten, der so überaus erfolgreich ist.«

»Ich denke nicht, daß mir das helfen würde«, erklärte ich.

»Vielleicht sollten Sie es trotzdem versuchen«, sagte Bob. »Man kann nie wissen, was davon hängen bleibt. – Übrigens, haben Sie schon den von dem Polacken gehört, der seinen Schlüssel im Wagen eingeschlossen hatte? Er brauchte eine Schlinge, um seine Familie zu befreien.«

Ich lachte höflich über diesen blöden Witz.

»Bevor ich es vergesse«, sagte Bob, als ich aufstand. »Sie haben vermutlich schon gehört, daß nächste Woche für das Büro einige personelle Veränderungen anstehen.«

»Nein, davon wußte ich noch nichts«, sagte ich.

»Weil einige neue Leute bei uns anfangen, werden wir unsere Abteilungen für Personalanwerbung und Marketing vergrößern. Und das bedeutet, daß jemand auf sein Büro verzichten muß. Wir haben uns noch nicht entschieden, wer diese Person sein wird, doch war mir wichtig, daß Sie Bescheid wissen. Wie schon gesagt – keine Überraschungen.«

Gelassen ging ich in mein Büro zurück, und dann knallte ich die Tür hinter mir zu, daß die dünnen Wände nur so wackelten.

Ich fragte mich, ob ich meinen alten Boß bei Network Strategies anrufen und ihn bitten sollte, mir meine frühere Stelle wiederzugeben, aber ich wußte, es wäre Zeitverschwendung. Wir hatten uns nicht gerade in bestem Einvernehmen getrennt, und unser Verhältnis hatte sich auch nicht gebessert, als ich – vergebens – versuchte, einige meiner alten Klienten mit nach Midtown zu nehmen.

Am Wochenende würde ich meine Bewerbungsunterlagen auffrischen und mich mit einigen Headhuntern in Verbindung setzen. Unter Umständen fände ich mich sogar mit einer Gehaltskürzung ab, aber für nichts in der Welt würde ich in eine der Kabinen umziehen.

3

Um viertel nach sieben war Paula immer noch nicht von der Arbeit zurück. Ich rief in ihrem Büro an, aber es nahm niemand ab. Meist fuhr sie mit dem Taxi nach Hause, also ging ich davon aus, daß sie im Rush-hour-Verkehr auf dem FDR-Drive oder vor der Fifty-ninth Street Bridge festsaß.

Ich hatte einen Strauß langstieliger, rosafarbener Rosen besorgt und eine Karte, die sie zu ihrer Beförderung beglückwünschte. Wegen der Vorfälle im Büro hatte ich zwar immer noch schlechte Laune, war aber fest entschlossen, sie nicht wieder an Paula auszulassen.

Ich ging an den Barschrank, schenkte mir zur Entspannung einen kleinen Scotch ein und goß reichlich Mineralwasser dazu. Es war schon lange her, bestimmt schon sechs Monate, daß ich mir keinen Drink mehr gegönnt hatte, und nachdem ich einige Male daran genippt hatte, fühlte ich mich angenehm beduselt.

In der High-School hatte ich mit dem Trinken angefangen. Auf dem College, der SUNY in Buffalo, wurde dann schon des öfteren ein Glas getrunken, und als ich nach dem Abschluß wieder nach New York kam, zog ich mehrmals die Woche mit Freunden durch irgendwelche Bars. Nachdem ich mich dann auf einigen Partys auf peinlichste Weise zum Narren gemacht hatte und mir hin und wieder der Film gerissen war, hatte ich beschlossen, das Zeug nicht mehr anzurühren.

Um zwanzig nach sieben war von Paula immer noch nichts zu sehen. Ich hatte sie bereits über Handy zu erreichen versucht, doch der Apparat war ausgeschaltet. Ich probierte es erneut, immer noch nichts. Ich rief in ihrem Büro an und lauschte ihrem Anrufbeantworter, dann hörte ich meinen eigenen auf der Arbeit ab, doch waren keine Anrufe eingegangen. Wieder sah ich auf die Uhr. Halb acht. Jetzt war klar, daß wir zu spät zum Essen kommen würden.

Ich trank mein Glas aus und schenkte mir noch mal ein.

Eine Zeitlang hatte es ausgesehen, als ob unsere Eheprobleme hinter uns lägen, doch jetzt fragte ich mich, ob ich nicht bloß naiv gewesen war. Möglicherweise hatte ich es in letzter Zeit nur nicht wahr haben wollen und deshalb die eindeutigen Anzeichen übersehen – Paulas Überstunden, daß sie oft ›zu müde‹ war, um mit mir zu schlafen und daß wir kaum noch Zeit füreinander hatten.

Vor fünf Jahren – einige Monate nach unserer Hochzeit – hatte Paula mir gestanden, eine Affäre mit Andy Connelly gehabt zu haben, einem früheren Freund von der HighSchool. Sie sagte, sie sei ›verwirrt‹ gewesen und behauptete, es habe sich nur um ein ›flüchtiges Abenteuer‹ gehandelt. Es dauerte lange, bis ich ihr verzeihen konnte, doch letztlich habe ich es geschafft, und jahrelang wurde Andys Namen von uns beiden nicht mehr erwähnt. Vor einigen Monaten dann kam ich mit Paula aus einem Restaurant in der Columbus Avenue, und plötzlich sahen wir ihn. Er war allein. Paula und er lächelten sich im Vorübergehen zu, sagten aber kein Wort. Auf dem Heimweg habe ich sie dann im Taxi gefragt, wie ich dieses Lächeln deuten solle, und sie sagte, sie hätte gar nicht gemerkt, daß sie ihn angelächelt habe. Um mich zu beschwichtigen, machte sie mich darauf aufmerksam, wie sehr Andy zugenommen hatte und daß er ihr vorkomme, als ob er um zwanzig Jahre gealtert sei.

Um viertel nach acht saß ich in der Küche an der Snack-Bar und versenkte meinen dritten Scotch, als ich einen Schlüssel im Schloß hörte. Otis bellte; dann betrat Paula die Wohnung.

»Hi!« rief sie.

Ich gab keine Antwort. Sie kam in die Küche und sah mich dort sitzen.

»Hallo?«

Mir fiel auf, daß ihr Haar zerzaust war und daß ihr Kostüm zerknittert aussah. Ich stellte sie mir mit Andy in einem Hotelzimmer vor und wie sie sich in aller Eile angezogen hatte.

»Du kommst zu spät«, sagte ich.

»Zu spät?« fragte sie. »Wofür zu spät?«

»Ich hatte uns einen Tisch reserviert.«

»Ach, du meine Güte, das habe ich völlig vergessen.« Sie wirkte ehrlich überrascht, schauspielerte vielleicht aber auch nur. »Ich mußte mich wegen meiner neuer Stelle mit Chris treffen, und das Meeting danach hat länger gedauert als geplant. Tut mir wirklich leid. Komm, laß uns gleich losziehen.«

»Worum ging es denn?«

»Habe ich dir doch gesagt – um meine neue Stelle.«

»Nein, bei dem Meeting. Diesem *anderen* Meeting, dem, das länger gedauert hat.«

»Es war eine Personalversammlung.«

»So, so, eine Personalversammlung.«

»Genau. Sag mal, was ist eigentlich los?«

»Nichts«, erwiderte ich. »Ich schätze, es überrascht mich einfach ein wenig, daß du unser Essen vergessen hast.«

»Ich habe doch gesagt, daß es mir leid tut. Was willst du denn noch hören?«

Paula musterte mich aufmerksam, entdeckte das abgewaschene Glas auf der Spüle und sah mich erneut an.

»Hast du was getrunken?« fragte sie.

»Nein«, sagte ich.

»Und was hat dann das Glas auf der Spüle zu suchen?«

»Warum war dein Handy nicht eingeschaltet?«

»Wie bitte?«

»Dein Handy war aus. Das ist sonst nie aus.«

»Ich weiß nicht, hab wohl vergessen, es einzuschalten, als ich aus dem Büro kam. Ich faß es einfach nicht, wie du dich hier aufführst.«

Paula wollte aus der Küche gehen, aber ich stellte mich ihr in den Weg.

»Warum ist dein Kostüm so zerknittert?« fragte ich.

»Würdest du mir Platz machen?«

»Warst du mit Andy Connelly zusammen?«

»Was? Spinnst du?«

Paula drängte sich an mir vorbei und lief aus der Küche. Ich blieb einfach stehen und kam mir plötzlich wie ein Idiot vor. Ich wußte genau, daß Paula nicht mit Andy Connelly zusammen gewesen war. Es war der Alkohol, der mich Gespenster sehen ließ. Paula hatte abends noch eine Versammlung gehabt und vergessen, ihr Handy einzuschalten. Das waren zwei durchaus vernünftige Erklärungen.

Ich holte die Rosen und die Glückwunschkarte aus dem Eßzimmer, ging hinüber zum Schlafzimmer und steckte den Kopf durch die Tür. Paula saß am Fußende ihres Bettes und zog sich die Schuhe aus.

»Tut mir leid«, sagte ich.

Sie gab keine Antwort.

»Ich steh in letzter Zeit ziemlich unter Druck«, fuhr ich fort, »auf der Arbeit und so. Mit dir hat das eigentlich nichts zu tun. Schau mal, ich hab dir was mitgebracht.«

Paula sah zu mir herüber, und ich hielt ihr die Blumen hin und trat ins Zimmer. Für einen Moment hellte sich ihre Miene auf. Sie nahm die Blumen, legte sie neben sich auf das Bett und sagte: »Danke.« Dann überflog sie die Karte, die ich ihr geschrieben hatte: *Meinen Glückwunsch für Deine Beförderung zur Vizepräsidentin, einer wunderbaren Frau und meiner besten Freundin. In ewiger Liebe, Richard* und sagte: »Wie lieb von dir.« Sie stand auf, gab mir einen flüchtigen Kuß, setzte sich wieder und begann, den zweiten Schuh auszuziehen.

»Bleib angezogen«, sagte ich. »Ich möchte immer noch mit dir essen gehen.«

»Du hast mir gerade vorgeworfen, eine Affäre zu haben.«

»Ich habe doch gesagt, daß es mir leid tut. Ich war einfach – es tut mir wirklich leid.«

»Du warst einfach nur was?«

»Nichts.«

»Du wolltest sagen, daß du einfach betrunken bist, stimmt's?«

»Nein.«

»*Bitte*. Hältst du mich wirklich für *so* blöd? Ich kann deine Fahne quer durchs ganze Zimmer riechen. Warum tust du das? Soll ich vielleicht einen Strich an die Schnapsflaschen malen, als wäre ich...«

»Ich hatte nur einen – ich schwör's.«

»Du hast gesagt, daß du damit aufhörst. Du hast es *versprochen*!«

»Und ich *hab* damit aufgehört. Ich war eben sauer, das ist alles. Also habe ich mir einen Drink gegönnt – einen einzigen. Ist doch nichts dabei.«

»Glaubst du immer noch, daß ich dich betrüge?«

»Würdest du jetzt bitte damit aufhören?«

»Ich dachte, wir hätten das alles hinter uns, aber wenn du wirklich...«

»Es liegt an meiner Arbeit, an nichts anderem, das habe ich dir doch gesagt. Und jetzt komm, laß uns essen gehen.«

Ich beugte mich zu ihr vor und küßte sie sanft auf die Lippen.

»Na schön«, sagte sie, »aber ich brauche ein paar Minuten.«

Als wir nach draußen gingen, konnte ich spüren, daß Paula immer noch verärgert war, doch als wir in Richtung Uptown zum Restaurant spazierten, legte ich meinen Arm um sie und sie ließ es geschehen. Da wußte ich, daß sie mir verziehen hatte.

Für unsere Reservierung im Maison war es zwar zu spät, doch bekamen wir noch einen Tisch auf dem Bürgersteig. Paula bestellte sich Flunder, und ich hatte einen Engelbarsch.

Beim Essen nahm ich dann Paulas Hand und sagte: »Mir

kommt da eine Idee – laß uns übers Wochenende wegfahren.«

»Morgen meinst du?«

»Warum nicht? Laß uns irgendein ruhiges Plätzchen suchen – nicht in den Hamptons, da fährt die ganze Schickeria hin. Wie wäre es mit den Berkshires?«

»Meinst du das ernst?«

»Warum nicht? Wir mieten uns einfach einen Wagen und fahren los. Ich weiß nicht, was du davon hältst, aber ich habe es verdammt nötig, mal ein paar Tage aus der Stadt zu verschwinden – den Kopf wieder frei zu kriegen. Und ein paar Tage mit dir allein, ohne alle Störung, das wäre doch auch mal wieder schön. Wie lange ist es her, seit wir zuletzt fort waren?«

»Vermutlich haben wir beide ziemlich schwierige Wochen hinter uns«, sagte Paula.

Wir bestellten den Nachtisch – teilten uns ein Stück Schokoladenkuchen – und schlenderten dann ineinander verschlungen zu unserer Wohnung zurück.

Während sich Paula für das Bett zurecht machte, ging ich noch kurz mit Otis einmal um den Block. Als ich wieder in die Wohnung kam und ins Schlafzimmer ging, war das Licht bereits aus.

»Ich warte auf dich«, hauchte Paula verführerisch.

Wir hatten seit einer Woche nicht mehr miteinander geschlafen, und es tat gut, sich wieder in den Sattel zu schwingen. Paula war lebhafter als gewöhnlich, grub mir ihre Fingernägel in den Rücken und blieb ziemlich lange oben. Es war nett, schätze ich, aber ich habe mich ständig gefragt, ob sie dabei wohl an jemand anderen dachte.

4

Am nächsten Morgen saß ich um viertel nach acht in meinem Büro, um mich auf die Zehn-Uhr-Besprechung mit Joe Fertinelli von Hutchinson Securities vorzubereiten. Um viertel nach neun fuhr ich mit dem Taxi quer durch die Stadt und stand gegen halb zehn vor dem Hutchinson Hochhaus an der Lexington, Ecke Thirty-fifth. Ich wollte nicht zu früh kommen, also kaufte ich mir an einem Stand auf der Straße noch einen Becher Kaffee. Koffein verleiht Energie, und die ist gut für Verkaufsgespräche, allerdings wollte ich auch nicht zu aufgedreht wirken, weshalb ich nur ein paar Mal an dem Kaffee nippte und den Rest fortkippte. Um viertel vor zehn fuhr ich dann mit dem Fahrstuhl hinauf ins Hutchinson-Büro und lutschte dabei eine Altoid gegen den Kaffeegeruch.

Während ich im Vorzimmer wartete, ging ich in Gedanken noch einmal durch, was ich sagen wollte. Ich stellte mir vor, wie ich vor Fertinelli saß und mich nach seinem letzten Golfspiel erkundigte. Bei unserer letzten Begegnung hatte er einige Male von Golf gesprochen, und es war immer gut, den Kunden glauben zu lassen, daß man ihn für einen *Menschen* und nicht bloß für den gesichtslosen Repräsentanten einer Firma hielt, der einem letztlich völlig egal war. Behutsam würde ich schließlich zu der Frage überleiten, ob ihm an dem Kostenvoranschlag etwas unklar sei, um dann fordernd und selbstbewußt auf den Abschluß hinzuarbeiten. Vielleicht gelang es mir sogar, ihm in die Augen blicken und ganz lässig zu fragen: »Wie wär's? Wollen wir die Sache nicht ins Rollen bringen und den Vertrag unterschreiben?«

Um halb elf betrat Fertinelli das Vorzimmer. Er war klein und schmächtig, hatte dunkles Haar, eine lange Nase und war vermutlich zwischen vierzig und fünfundvierzig Jahre alt. Wir gaben uns die Hand, und ich ahnte, daß mich Schwierigkeiten erwarteten. Sein Griff war schlaff, außerdem zog er die Hand gleich wieder fort und vermied es, mir in die Augen zu sehen. Doch ich wollte mir die Laune nicht verderben lassen. Ich saß ihm in seinem Büro gegenüber, fragte nach dem letzten Golfspiel – was ihm sichtlich gefiel – und ging dann den Kostenvoranschlag mit ihm durch. Er gestand, daß sein Chef mein Angebot erst noch mit dem anderer Firmen vergleichen wolle, doch ich fuhr fort, ihn sanft unter Druck zu setzen, schließlich hatte ich mir vorgenommen, in Zukunft offensiver vorzugehen. Ich sagte: »Warum bringen wir den Ball nicht sofort ins Rollen?« und er erwiderte: »Wie ich schon sagte – mein Chef würde die Angebote erst gern vergleichen.« Jeder Verkäufer weiß, daß man einen Kunden fünf Mal nein sagen lassen muß, ehe er endlich ja sagt. Also ließ ich nicht locker und sagte: »Warten bringt doch nichts – warum setzen Sie nicht einfach Ihren Wilhelm drunter, und wir fangen heute Nachmittag noch an zu arbeiten, okay?«

Zu guter Letzt sagte Fertinelli: »Hören Sie, ich fände es wirklich besser, wenn Sie endlich aufhören würden, mich unter Druck setzen zu wollen. Ich mag das nämlich überhaupt nicht.«

Auf dem Weg zurück zum Empfang versprach er, mich nächste Woche anzurufen, aber ich wußte, das war nur so dahin gesagt. Er würde nicht anrufen, und wenn ich mich bei ihm meldete, würde er ›in einer Konferenz‹ oder ›gerade nicht am Platz‹ sein.

In Gedanken versunken lief ich durch die überfüllten Straßen von Midtown zurück und war bereit, meinen Job und meine Karriere an den Nagel zu hängen. Ich hätte sogar nichts dagegen gehabt, zu einem Seelenklempner zu gehen.

Kaum wieder im Büro lief mir auf dem Flur Bob Goldstein über den Weg, der letzte Mensch, den ich jetzt sehen wollte.

»Wie war die Besprechung?« fragte er.

»Großartig«, antwortete ich und hoffte, daß mein Lächeln nicht allzu aufgesetzt wirkte. »Schätze, ich kann am Montag den Vertrag abschließen.«

»Wollen wir es hoffen«, sagte Bob.

Während ich den Computer hochfuhr und die Kundendatei lud, beschloß ich, meine ganze Grundeinstellung zu ändern. Offensichtlich klappte gar nichts, wenn man auf Verkäufe drängte, also konnte ich es ebensogut sein lassen, konnte mich mit der Tatsache abfinden, daß ich ein Verlierer und Versager war und den Dingen ihren Lauf lassen.

Den verbleibenden Vormittag brachte ich damit zu, in aller Ruhe und ohne jegliche Erwartung potentielle Kunden anzurufen, und die Strategie funktionierte. Ich traf für nächste Woche zwei Verabredungen mit Managern vom

MIS, die ich schon seit einer Ewigkeit zu erreichen versucht hatte.

Manchmal erstaunte es mich, wie die Zukunft in einem Moment so hoffnungslos und im nächsten schon wieder so rosig aussehen kann. Plötzlich war ich sicher, daß letzten Endes alles gut für mich ausgehen würde.

Ich machte früh Schluß, schon gegen halb vier, und war kurz nach vier in der Wohnung. Paula kam gegen fünf Uhr nach Hause. Sie hatte dafür gesorgt, daß sich am Wochenende ein Nachbar um Otis kümmerte.

Ich trug das Gepäck nach unten in die Lobby – zwei kleine Koffer und unsere Tennisschläger –, und holte dann den Wagen ab, den ich gestern abend noch für uns reserviert hatte. Als ich vorfuhr, wartete Paula bereits vor dem Haus. Sie sah heute besonders hübsch aus in ihren khakifarbenen Shorts, dem schwarzen T-Shirt und der Sonnenbrille, die ihr blondes Haar nach hinten schob.

Als wir über den Taconic State Parkway durch Westchester fuhren, öffnete ich die Fenster einen Spaltbreit und ließ die kühle, frische Landluft ins Auto strömen.

»Du warst gestern abend übrigens wirklich prima«, sagte Paula.

Sie legte eine Hand auf meinen Schenkel und massierte mein Bein mit ihren Fingern. Ich blickte zu ihr hinüber, und sie warf mir ein verführerisches Lächeln zu.

»Du aber auch«, sagte ich und schaute wieder auf die Straße.

Ich klappte die Sonnenblende herab, um meine Augen vor der untergehenden Sonne zu schützen.

Gegen neun Uhr trafen wir in Stockbridge ein. Draußen war es um die zehn Grad, mindestens drei Grad kühler als in der Stadt, und Paula sagte, ihr sei kalt. Sie ging schon vor mir ins Haus, während ich noch unser Gepäck aus dem Kofferraum holte.

Wir hatten ein Zimmer im Red Lion Inn reserviert, einem idyllischen Hotel aus dem achtzehnten Jahrhundert, das für seine breite Vorderterrasse mit ihren wuchtigen, weißen Schaukelstühlen bekannt war, aus denen man auf die Main Street schauen konnte. Wir hatten schon einmal, mitten im Sommer, hier übernachtet, und die Zeit sehr genossen. Heute abend war die Terrasse leer, und in der Lobby hielten sich nur wenige Leute auf, was angesichts des kühlen Wetters und der Tatsache, daß die Saison noch nicht begonnen hatte, wohl nur zu erwarten gewesen war.

Unser Zimmer war so kalt, daß wir uns noch einen Heizlüfter kommen lassen mußten. Beim Auspacken schlug ich vor, unten noch eine Tasse Tee oder Kaffee zu trinken, aber Paula meinte, sie wollte lieber frühzeitig ins Bett. Ich ging ins Bad, duschte mich rasch, und als ich ins Zimmer zurückkam, brannte kaum noch Licht; Paula lag in einem schwarzen, durchschimmernden Negligé im Bett. Abgesehen von der verständlichen Überraschung war es einfach ungewöhnlich, sie in so aufregender Reizwäsche zu sehen. Bevor wir geheiratet hatten und in Manhattan zum ersten Mal in eine gemeinsame Wohnung gezogen waren, hatte sie sich öfter für mich herausgeputzt, und manchmal hatten wir uns sogar einen Pornofilm ausgeliehen und mit Sexspielzeugen experimentiert. Doch in letzter Zeit war es schon was besonderes, wenn das Licht dabei anblieb.

»Wo hast du das denn her?« fragte ich.

»Was soll die Frage?« sagte sie. »Das hast du mir doch selbst geschenkt.«

Jetzt fiel es mir wieder ein. Ich hatte es ihr in der Victoria Street für unsere Flitterwochen auf Jamaica gekauft.

»Ich wußte nicht, daß es das noch gibt.«

»Ich würde es niemals fortwerfen, auch wenn es inzwischen etwas zu knapp für mich geworden ist.«

»Soll das ein Witz sein?« fragte ich. »Es sitzt wie angegossen. Aber warum hast du es mitgenommen?«

»Ich weiß nicht. Ich habe es gestern in der Schublade entdeckt und dachte mir, daß es doch ganz lustig sein könnte, mal wieder ein Nachthemd zu tragen. Aber wenn es dir nicht mehr gefällt, zieh ich es wieder aus...«

»Ach was, ich glaube, das kann ich selbst ganz gut erledigen.«

Ich zog mein T-Shirt und die Boxer-Shorts aus, legte mich zu ihr und begann, sie zu küssen, während meine Hände über ihre Brüste, ihre Hüfte und tiefer hinabfuhren.

»Soll ich dir den Rücken massieren?« fragte sie.

»Gern.«

Ich lag auf dem Bauch, und Paula setzte sich auf meinen Hintern. Anfangs fühlte es sich gut an, wie sie so sanft die Verspannungen an Schultern und Nacken bearbeitete, doch dann rieb sie fester, und plötzlich war ich wieder in Michael Rudnicks Keller und hatte den Duft seines billigen, irgendwie nach Medizin riechenden Rasierwassers in der Nase. Ich hörte, wie er schrie: »Jetzt kriegst du was zu spüren!«, und sein kratziges, stoppliges Teenagerkinn bohrte sich in meine Wange.

Ich drehte mich derart rasch um, daß Paula beinahe aus dem Bett gefallen wäre.

»Was ist denn los?« fragte sie erschrocken.

Ich atmete so schwer, als bekäme ich einen Asthmaanfall.

»Nichts«, keuchte ich. »Nur ein schlimmer Krampf im Bein.«

»Hast du mir Angst eingejagt.«

»Es geht schon wieder«, sagte ich. »Laß mir eine Sekunde.«

Paula wartete stumm darauf, daß ich wieder zu Atem kam.

»Okay«, sagte ich schließlich. »Ich glaube, jetzt ist es vorbei.«

»Tut das Bein noch weh?«

»Nein, war eben nur ein Krampf – sicher von der langen Fahrt.«

»Ist bestimmt alles wieder in Ordnung?«

»Wo waren wir stehengeblieben?«

Wir widmeten uns wieder unserem Vorspiel, doch als Paula sich auf mich setzen wollte, schob ich sie erneut beiseite.

»Entschuldige«, sagte ich, »ich glaub, ich hab mir was eingefangen. Glaubst du, wir könnten…«

»Ist schon gut«, sagte sie. »Ist doch sowieso schon ziemlich spät.«

Danach war es still im Zimmer, nur der Wind rüttelte an den Fensterläden. Ich döste ein, doch Paula war noch hellwach und strich mit ihren Fingern durch mein schweißnasses Brusthaar.

Wir frühstückten im Hotelrestaurant. Die Stimmung war keineswegs lebhafter oder gar weniger deprimierend als am Abend zuvor. An den übrigen Tischen saßen vereinzelt einige Paare, doch waren die Damen und Herren ausnahmslos mindestens siebzig oder achtzig Jahre alt, und ich kam mir vor, als säße ich in der Cafeteria eines Altenheims. Ich wollte mich schon darüber lustig machen, als mir einfiel, daß Paula sich bestimmt darüber ärgern und mir dann vorwerfen würde, ich wolle ihr ›das Wochenende vermiesen‹. Also hielt ich den Mund und gab statt dessen einige scheinheilige Kommentare darüber ab, wie ›friedlich‹ und ›beschaulich‹ es hier doch außerhalb der Saison zugehe, und Paula lächelte zustimmend, obwohl sie vermutlich das gleiche dachte wie ich.

Nach dem Frühstück schlenderten wir in die Stadt. Die ›Stadt‹ bestand aus einigen malerischen Straßen mit kleinen Kunsthandwerkläden. Es war ein sonniger, doch windiger und kühler Tag. Und obwohl die meisten Läden geöffnet hatten, wirkten die Straßen trostlos und verlassen. Paula schien es Spaß zu machen, die kleinen Geschäfte zu durchstöbern, ich aber langweilte mich, setzte mich auf eine Bank und las die *New York Times*. Gegen halb elf beschlossen wir dann, zurück auf unser Zimmer zu gehen und uns zum Tennis umzuziehen.

Am Ende der Main Street, nahe der Stadtgrenze, gab es zwei Plätze. Allmählich wurde es wärmer, nur im Schatten blieb es ziemlich kühl. Beide Plätze waren besetzt, also warteten Paula und ich an der Tür.

Schließlich beendeten die beiden älteren Männer auf dem nächstgelegenen Court ihr Match, und Paula und ich betraten den Platz.

Ich war nicht besonders in Form, und das war nicht zu übersehen. Timing und Beinarbeit ließen ziemlich zu wünschen übrig, und irgendwie klappte es auch mit meiner Rückhand nicht. Paula hatte anfangs ebenfalls Schwierigkeiten, den Court abzudecken, spielte aber viel besser als ich.

»Entschuldigung!«

Ich blickte nach links, und da stand ein Typ, ungefähr mein Alter, mit welligem, dunkelblondem Haar, neben einer attraktiven, dunkelhaarigen Frau, die aussah, als wäre sie gerade erst zwanzig.

»Würde es Ihnen etwas ausmachen, wenn wir ein bißchen mitspielen?« fragte der Mann.

Ich fand das eigentlich ziemlich frech, da Paula und ich erst seit wenigen Minuten auf dem Platz waren, doch da mir einfiel, am Zaun ein Schild gesehen zu haben, demzufolge die Plätze ›Nur für die Einwohner von Stockbridge‹ waren, rief ich: »Ach was, wüßte nicht, was dagegen spräche.«

Das Paar kam auf den Court und begrüßte uns am Netz. Doug und Kirsten stellten sich vor, und wir gaben uns alle die Hand. Kirsten hatte einen ziemlich kleinen Kopf und war ganz hübsch, sah aber irgendwie nichtssagend aus. Doug schien ungefähr meine Größe zu haben, war aber offenbar bestens in Form und hatte schlanke, muskulöse Beine. Die beiden klangen, als kämen sie aus New York – wie Ortsansässige hörten sie sich jedenfalls nicht an –, und ich bedauerte bereits, ihrer Bitte nachgegeben zu haben. Doug trug einen teuren Tennisdreß – kurzärmliger Pullover mit passenden Shorts –, und Kirsten hatte ein strahlend weißes Tennisröckchen an. Jeder von ihnen kam mit drei Schlägern, und Doug trug außerdem noch eine große Sporttasche, die er mit Gott weiß was vollgestopft hatte.

Ich sah zu Paula hinüber und rollte mit den Augen, doch schien sie nicht zu verstehen, was ich so lustig fand.

Wir fingen an zu spielen, und ich begriff gleich, daß dies kein Vergnügen werden würde. Doug und Kirsten hatten zwar beide eine brauchbare Vorhand, nahmen sich aber viel zu ernst. So wie er nach jedem Schlag grunzte und sie jedesmal quiekte, hörten sie sich an, als gäben sie sich geräuschvoll irgendwelchen Sexspielen hin.

Nachdem wir zehn Minuten Bälle gewechselt hatten, fragte Doug: »Und? Wie wäre es mit einem Spielchen?«

»Muß nicht sein«, sagte ich.

»Warum nicht?« fragte Paula.

»Weiß nicht«, gab ich zurück. »Ich meine, wenn alle wollen, mach ich natürlich mit.«

Doug kam ans Netz, um den Aufschlag auszulosen, aber ich erklärte ihm: »Ist schon in Ordnung. Sie können ruhig anfangen.«

»Dann bestimmen Sie aber, auf welcher Seite Sie spielen.«

»Wir bleiben, wo wir sind«, sagte ich.

»Na schön, wenn Sie freiwillig auf den Wind verzichten wollen. Wessen Bälle nehmen wir?«

»Wir können unsere nehmen.«

»Wann haben Sie die ausgepackt?«

»Heute.«

Mißtrauisch prüfte er die Bälle. »Das sind Spaldings, wir spielen lieber mit Wilsons. Haben Sie was dagegen, wenn wir unsere Bälle nehmen?«

»Von mir aus«, erwiderte ich.

Doug hatte den Aufschlag. Nach einem Doppelfehler schrie er ›Scheiße!‹, und als Kirsten beim Spiel um den nächsten Punkt einen Volley am Netz verfehlte, rief er: »Jetzt paß doch auf!« Ich dachte an den alten Spruch, daß sich auf dem Tennisplatz der wahre Charakter eines Menschen zeigte. Falls das stimmte, war Doug jedenfalls das größte Arschloch der Welt.

Nachdem wir die ersten drei Punkte gewonnen hatten, wurde Doug immer unausstehlicher. Er beschimpfte sich selbst und Kirsten, und als ich bei einem seiner Bälle ›aus!‹ rief, warf er mir einen langen John McEnroe-Blick zu. Ich hatte Angst, er würde jeden Augenblick den Schläger nach mir werfen.

Paula und ich waren längst außer Atem, und nach jedem Ballwechsel japsten wir nach Luft. Die nächsten Punkte gewannen Doug und Kirsten. Seit sie besser spielten, fluchte Doug nicht mehr, war aber immer noch ein unerbitterter Gegner. Als ich einen seiner Aufschläge etwas kraftlos konterte, drosch er einen Hochball zurück, der Paulas Kopf nur knapp verfehlte. Er behauptete, es täte ihm leid, aber ich wußte genau, daß er auf sie gezielt hatte.

Am Ende verloren wir den Satz. Ich hätte das Spiel gern auf der Stelle beendet, sie wollten aber über drei Sätze gehen, und aus irgendeinem Grund war Paula damit einverstanden.

Mittlerweile interessierte mich nicht mehr, wer das Spiel gewann, aber als hätte Dougs mörderische Haltung auf Paula abgefärbt, nahm sie das Match jetzt ebenso ernst wie ihre Kontrahenten. Als ein Ball in die Mitte unserer Spielhälfte flog, traf ich mit meiner Rückhand daneben, und Paula rief: »Solche Bälle überlaß lieber mir.«

»Aber der war doch in meiner Hälfte«, wehrte ich mich.

»Macht nichts – überlaß sie mir. Meine Vorhand ist besser als deine Rückhand.«

Wenn wir allein gewesen wären, hätte ich ihr eine solche Bemerkung kaum durchgehen lassen, aber ich wollte vor Fremden keinen Streit vom Zaun brechen.

Letztlich verloren wir auch den zweiten Satz und damit das Spiel. Kaum hatte Doug gewonnen, schien sich seine ganze Persönlichkeit zu verändern. Lächelnd gab er uns am Netz die Hand.

»Großartiges Spiel, Leute«, sagte er.

Ich wollte nur Hände schütteln und gehen, aber Paula hatte Lust, noch etwas zu bleiben und sich zu unterhalten. Wie sich herausstellte, waren Doug und Kirsten nicht verheiratet und lebten getrennt auf der Upper East Side in Manhattan, ganz in der Nähe unserer Wohnung. Außerdem verbrachten sie das Wochenende im Red Lion Inn. Es ärgerte mich, daß wir plötzlich so viel gemeinsam hatten.

»Ein nettes Hotel«, sagte Doug, »aber anscheinend hat sich übers Wochenende eine Greisenclique einquartiert, nicht?«

Paula lachte, obwohl ich genau wußte, daß sie es nicht witzig gefunden hätte, wenn mir ein ähnlicher Spruch über die Lippen gekommen wäre.

Kirsten lächelte und zeigte ihre makellos weißen Zähne.

Doug verglich noch eine Weile die Berkshires mit den Hamptons und behauptete, daß die Hamptons doch viel schöner seien. Dann meinte er: »Ich habe eine Idee – warum essen wir nicht zusammen, das heißt, falls Sie heute abend nicht etwas anderes vorhaben?«

Noch ehe mir eine Ausrede einfiel, sagte Paula: »Klingt ausgezeichnet.«

Doug schlug vor, uns um sieben Uhr auf der Vorderterrasse zu treffen, und dann fuhren die beiden fort, grunzend und quiekend Tennis zu spielen.

Ich ging neben Paula her und verzichtete auf jeden Kommentar. Ich war so wütend, daß ein normales Gespräch gar nicht möglich gewesen wäre, und deshalb wartete ich lieber, bis ich mich ein wenig beruhigt hatte, doch Paula konnte noch nie etwas auf sich beruhen lassen. Nach ein, zwei Minuten Stillschweigen fragte sie: »Warum bist du denn so sauer auf mich?«

»Vergiß es.«

»Ich kapiere überhaupt nichts«, sagte sie. »Hast du etwa keine Lust auf ein gemeinsames Abendessen?«

»Ach was, natürlich würde ich wahnsinnig gern mit denen essen gehen. Das Tennisspiel war schließlich so klasse, da dürfte ein gemeinsames Essen die reinste Freude sein.«

»Wenn du keine Lust hast, hättest du doch nur ein Wort zu sagen brauchen.«

»Vielleicht hast du mir ja gar keine Gelegenheit dazu gegeben?«

»Wie kann ich dir sagen, was du tun oder lassen sollst? Ich bin doch, verflixt nochmal, keine Gedankenleserin.«

»Einfach zu fragen hätte schon gereicht.«

»Was ist denn bloß dabei, wenn wir mit denen essen?«

»Sie gehen mir auf die Nerven.«

»Mir nicht.«

»Mir schon. Außerdem hatte ich angenommen, daß wir das Wochenende allein verbringen wollen.«

»Ist doch nur ein Abendessen.«

»Und was war vorher mit dir los?«

»Vorher?«

»Du bist auf einmal so aggressiv geworden.«

»Wir waren schließlich mitten in einem Spiel.«

»Genau – in einem Spiel.«

»Und bei diesem Spiel geht es ums Gewinnen.«

»Nein, bei einem Spiel geht es darum, Spaß zu haben.«

»Man kann schließlich Spaß haben und gleichzeitig gewinnen wollen.«

»Du hast nicht gerade ausgesehen, als ob es dir Spaß gemacht hätte.«

»*Ich*?«

»Die reinste Miss *Meine Vorhand ist viel besser als deine Rückhand.*«

»Na und? War ich eben ein bißchen aggressiv. Ist jedenfalls besser, als zu lasch zu sein.«

Als wir wieder auf unserem Zimmer waren, schloß ich mich ins Bad ein und duschte lang und ausgiebig. Da ich wußte, wie verschwitzt Paula war und daß sie nur darauf wartete, sich waschen zu können, nahm ich mir alle Zeit der Welt.

Mir war klar, das Paula eigentlich gemeint hatte, ich sei in meinem Beruf zu lasch und nicht ehrgeizig genug. Im Laufe der Jahre hatte sie mich schon oft mit ähnlich vernichtenden Bemerkungen getriezt, vor allem seit ihrem Abschluß in Betriebswirtschaft. Immer wieder forderte sie mich auf, noch mal zur Uni zu gehen und ließ dann beiläufig stets die Namen der Ehemänner irgendwelcher Freundinnen fallen, die gerade einen Abschluß in Jura oder auch in Betriebswirtschaft gemacht hatten – ein Wink mit dem Zaunpfahl. Als ich in meinem letzten Job das große Geld machte, hatte sich ihre ›passive Aggressivität‹ ein wenig gelegt, aber seit sie Vizepräsidentin geworden war und ich um meine Arbeit als Verkaufsagent bangen mußte, teilte sie erneut ihre kleinen Seitenhiebe aus.

Mit einem Handtuch um die Hüften kam ich schließlich aus dem Bad. Paula lag auf dem Bett und sah sich einen Film im Fernsehen an.

Während ich mich anzog, sprachen wir kein Wort, doch dann sagte Paula: »Tut mir leid. Du hattest recht, ich hätte dich nicht so anfahren sollen.«

»War mein Fehler«, erwiderte ich, da ich es leid war, auf sie wütend zu sein. »Ich habe aus einer Mücke einen Elefanten gemacht.«

»Wenn du wirklich keine Lust hast, heute abend mit denen auszugehen, sagen wir natürlich ab. Du weißt, daß ich viel lieber mit dir allein essen würde – ich wollte bloß nicht unhöflich sein.«

»Ist schon in Ordnung«, sagte ich. »Vielleicht liegt es nur an meinem erster Eindruck. Bestimmt sind sie gar nicht so übel.«

Nachdem Paula geduscht und sich angezogen hatte, fuhren wir über die Route 7 nach Lenox, einem kleinen Städtchen, das ebensogut in Neu-England hätte liegen können. Seine Hauptattraktion war das alljährliche Tanglewood Music Festival, das allerdings erst in zwei Monaten eröffnet werden sollte, weshalb die Stadt noch stiller und verlassener als Stockbridge wirkte.

Ich wollte mich nicht bei Paula beklagen, aber bislang war dieses Wochenende ziemlich deprimierend und nicht besonders erholsam gewesen. Wenn es nach mir gegangen wäre, wäre ich lieber wieder nach New York zurück.

Wieder auf unserem Zimmer machte ich ein Nickerchen, während Paula sich eine Sendung im Fernsehen ansah. Irgendwie muß ich unbequem gelegen haben, denn ich wachte mit steifem Nacken und Kopfschmerzen wieder auf. Nach ein paar Tylenol gegen die Schmerzen fühlte ich mich immer noch reichlich groggy und war überhaupt mieser Laune. Paula zog sich für das Essen erstaunlich elegant an. Sie entschied sich für das schwarze Panne-Samtkleid, das sie sich vor einigen Wochen für vierhundert Dollar in einer Boutique auf der Madison Avenue gekauft hatte, und ich zog meine beigen Chinos zu einem schwarzen Buttondown-Hemd von Banana Republic an.

Um sieben Uhr betraten wir die Lobby und sahen Doug und Kirsten am Eingang warten. Sie hatten sich mächtig in Schale geworfen. Kirsten mit ihrem langen braunen Kleid und den fünf, sechs Zentimeter hohen Absätzen sah aus, als wäre sie der *Vogue* entstiegen, und Doug in seinem beigefarbenen Leinenjackett, weißem Leinenhemd und beigefarbener Stoffhose hätte Mister *GQ* höchstpersönlich sein können. Wir begrüßten uns und spazierten durch die kühle Nachtluft zum Restaurant. Doug redete von Tennis – daß er schon seit seinem fünften Lebensjahr spielte und in New Jersey einmal sogar als Tennisamateur aufgestellt worden war. Ich klinkte mich aus dem Gespräch aus und kämpfte gegen meine schlechte Laune an. Die Sonne ging unter, der Wind hatte sich gelegt.

Das Restaurant war klein, aber überraschend gut besucht. Alle sechs oder sieben Tische waren besetzt. Doug hatte für uns reserviert, und so bekamen wir noch vor den beiden an der Tür wartenden Paaren einen Tisch.

Doug arbeitete an der Wall Street, und er fing gleich eine lebhafte Diskussion über den Börsenmarkt an. Paula erwähnte eine Aktie, die ihre Firma analysierte, und Doug gab etwas über ›Kurs-Gewinn-Verhältnisse‹, ›spekulative Fonds‹ und den ›asiatischen Markt‹ zum Besten. Sie unterhielten sich derart intensiv und angeregt, daß sie Kirsten und mich darüber offenbar ganz vergaßen. Also blieb mir nichts anderes übrig, als ein ziemlich langweiliges Gespräch mit Kirsten zu führen. Mein anfänglicher Eindruck hatte mich nicht getäuscht – außer ihrem hübschen Lächeln war nichts an ihr dran. Sie arbeitete bei einer Werbeagentur als leitende Angestellte, und ihre Antworten auf meine Bemerkungen beschränkten sich auf »Echt?«, »Irre!« und »Was Sie nicht sagen!«. Sie schien jemand zu sein, mit dem leicht auszukommen war. Daß Doug sich zu ihr hingezogen fühlte, konnte ich übrigens gut verstehen, schließlich gehörte er offensichtlich zu den Typen, die nicht die geringste Toleranz für Meinungen aufbrachten, die von ihren eigenen abwichen.

»Was treiben Sie denn so, Robert?« fragte Doug, als nähme er mich jetzt erst wahr.

»Richard«, sagte ich, »ich heiße Richard.«

»Na schön, also Richard. Tut mir leid, muß mir heute auf dem Tennisplatz wohl einen kleinen Sonnenstich eingefangen haben.«

Paula lachte.

»Ich verkaufe Computernetzwerke«, erklärte ich.

»Oha, ein Technofreak«, sagte Doug. »He, vielleicht könnten Sie später auf meinem Zimmer vorbeischauen und meinen Laptop wieder in Ordnung bringen. Irgendwie scheint was mit dem Modem nicht zu stimmen.«

»Ich bin ein technischer *Angestellter*«, erwiderte ich. »Ich verkaufe Rechnerverbundsysteme.«

Paula warf mir einen gehässigen Blick zu.

»Aha, verstehe«, sagte Doug. »Sind wohl häufig unterwegs, wie? Müssen Sie Ihre Frau oft allein lassen?«

»Keineswegs, ich arbeite überwiegend in der City«.

»So? Na ja, ausgezeichnet«, sagte Doug. »In meinem Job muß ich natürlich viel reisen – Konferenzen mit Abteilungsleitern überall auf der Welt. Erst letzte Woche war ich in Singapur.«

»Ich wollte schon immer mal nach Singapur«, erklärte Paula aufgeregt.

Doug redete unablässig mit seiner lauten, krächzenden Stimme auf uns ein und gab sich alle Mühe, uns mit seinen Reisen um die Welt zu beeindrucken. Dabei entging mir keineswegs, wie er mit Paula flirtete, sie nicht aus den Augen ließ und längst näher an sie als an Kirsten herangerückt war.

Paula schien den Abend zu genießen, trank Wein und lachte über jeden blöden Spruch, den Doug von sich gab. Da ich keine Lust hatte, mir das Trinken wieder anzugewöhnen, nahm ich mit eisgekühltem Tee vorlieb und hoffte nur, daß niemand auf die Idee kam, Nachtisch oder Kaffee zu bestellen, damit wir so rasch wie möglich wieder aus diesem Lokal verschwinden konnten.

Als Doug sagte: »Dann werden Sie beide doch sicher bald eine Familie gründen, nicht wahr?« fuhr ich plötzlich aus meinem Dämmerzustand auf.

»In ein oder zwei Jahren«, erwiderte ich.

»Nein, tatsächlich?« Der Alkohol bewirkte, daß Dougs Stimme noch lauter dröhnte. »Bleiben Sie dann in der Stadt oder wollen Sie in einen Vorort ziehen?«

»In einen Vorort«, sagte ich. »Das heißt, falls wir jemals einen Käufer für unsere Wohnung finden.«

»Klingt doch großartig«, sagte Doug. »Ich bin im Nordwesten von Jersey aufgewachsen, in einem Haus mit großem Garten und einem Tennisplatz. Und ich finde, genau so und nicht anders sollten Kinder auch aufwachsen.«

Die Kellnerin kam und fragte, ob wir noch Nachtisch wünschten. Erst sagten alle nein – Gott sei Dank –, aber dann meinte Doug: »Ach was, ich kann einfach nicht widerstehen – einmal *tiramisù* bitte.«

Die Kellnerin ging, und ich sah, wie Paula mich zornig anblitzte. Es war nur ein rascher Blick, aber ich wußte genau, daß sie stinksauer auf mich war. Einen Grund dafür konnte ich mir nicht denken, meiner Meinung nach mußte es irgendwie mit dem Nachtisch zusammenhängen. Vielleicht war ihr nicht entgangen, wie ich das Gesicht verzogen hatte.

Ich spürte, daß Paula immer noch vor Wut schäumte, doch hatten Doug und Kirsten wohl kaum etwas davon mitbekommen. Endlich brachte man uns die Rechnung. Doug schlug vor, daß wir uns den Betrag teilten, obwohl er die teuerste Vorspeise gegessen, den meisten Wein getrunken und als einziger Nachtisch gehabt hatte.

Auf dem Rückweg zum Red Lion Inn sagte Doug: »Unten im Hotel, im Keller, gibt es übrigens einen kleinen Nightclub. Der dürfte zwar kaum einen Vergleich mit dem China Club aushalten können, aber immerhin soll es sogar Live-Musik geben, was jedenfalls besser wäre als gar keine Musik.« Er lachte. »Ist außerdem wohl das Aufregendste, was man mit dem angebrochenen Abend hier noch anfangen kann.«

Ich wollte gerade dankend ablehnen, als Paula mir zuvorkam.

»Lieber nicht«, sagte sie, »ich fühl mich nicht besonders.«

»Ach, herrje«, sagte Kirsten. »Ist Ihnen das Essen nicht bekommen?«

»Ich weiß nicht«, meinte Paula. »Könnte sein.«

»Aber sonst ist alles in Ordnung?« fragte Doug so besorgt, als wäre er Paulas Vater.

»Mir geht es gut«, antwortete Paula. »Ich möchte nur aufs Zimmer und mich ausruhen.«

Vor dem Hotel wünschten Paula und ich den beiden eine gute Nacht und betraten die Lobby.

»Was ist los mit dir?« fragte ich.

»Laß mich bloß in Ruhe!« zischte sie.

Du meine Güte, es ging schon wieder los.

»Weißt du, langsam habe ich wirklich die Schnauze voll von diesem Scheiß«, sagte ich.

»Mir ist völlig egal, wovon du die Schnauze voll hast.«

»Alle zwei Minuten bist du sauer auf mich und fängst irgendeinen lächerlichen Streit mit mir an.«

Stumm gingen wir nach oben. Im zweiten Stock angekommen sagte Paula: »Ich leg mich schlafen.«

»Kannst du mir nicht wenigstens sagen, was überhaupt los ist?«

Als wir auf unserem Zimmer waren, sagte Paula: »Meinst du nicht, daß wir erst miteinander reden sollten, bevor du öffentlich verkündest, ob und wann wir Kinder bekommen?«

»Was redest du denn da?« sagte ich. »Du hast mir doch immer in den Ohren gelegen, daß du Kinder haben willst, bevor du fünfunddreißig wirst.«

»Und wann haben wir uns zum letzten Mal darüber unterhalten?« fragte sie und funkelte mich wütend an.

»Mein Gott, mußt du denn wegen jeder Kleinigkeit einen Streit anfangen?«

»Eine Familie ist ja wohl kaum eine ›Kleinigkeit‹! Ich habe dich nicht mehr über Kinder reden hören seit... Ich weiß nicht wann. Und plötzlich ist alles entschieden – in ein, zwei Jahren werden wir Nachwuchs haben.«

»So war es geplant, dachte ich.«

»Geplant? Im Moment hängt so vieles in der Schwebe. Du weißt nicht, was aus deinem Job wird, und ich habe gerade eine neue Stelle angetreten. Ich bin einfach noch nicht soweit, daß ich zu Hause bleiben und Kinder großziehen will. Und ich habe ganz bestimmt nicht vor, aus New York in irgendeine Vorstadt zu ziehen – wer zum Teufel hat dich denn auf die Idee gebracht?«

Paula ging ins Bad, und ich lief ihr nach.

»Ich hoffe, das meinst du nicht ernst«, sagte ich.

»Verdammt ernst«, erwiderte sie. »Ich habe mit Dr. Carmadie geredet und bin mir nicht sicher, ob ich irgendwas davon will.«

»Und dann wirfst du mir vor, nichts mit dir zu besprechen? Du unterhältst dich mit deinem verdammten Therapeuten über unsere Kinder und sagst mir keinen Ton davon?«

Mir war, als würde mir das Gespräch entgleiten, als würde ich etwas sagen, was ich bedauern könnte, wenn wir noch länger so weiter machten.

»Wenn du willst, können wir gleich jetzt darüber reden«, sagte sie.

»Weißt du, was ich glaube?« rief ich. »Ich glaube, das hier hat gar nichts damit zu tun, ob du Kinder willst oder nicht. Ich glaube, es hat eher was mit mir zu tun. Du bist dir nämlich bloß nicht sicher, ob du *meine* Kinder haben willst.«

»Ach, was du nicht sagst …«

»Vielleicht bin ich ja zu lasch für dich«, sagte ich. »Vielleicht willst du ja lieber so ein arrogantes Wall-Street-As wie diesen Doug.«

»*Was?*«

»Ich habe doch gesehen, wie du mit ihm geflirtet hast. Über jedes verdammte Wort, das aus seinem Mund kam, hast du gelacht, als wenn er der beschissene Robin Williams persönlich wäre. Siehst du, ich hab recht – du wirst rot. Also hast du doch mit ihm geflirtet, gib's zu.«

»Würdest du endlich deine blöde Klappe halten?«

»Warum läufst du nicht nach unten und suchst ihn – Kirsten hat bestimmt nichts dagegen. Sind wahrscheinlich sowieso Swinger – vielleicht könnt ihr ja beide gleichzeitig mit ihm vögeln.«

Paula hatte das Gesicht abgewandt, drehte sich jetzt aber wieder zu mir um und schrie: »Verschwinde von hier, du Arschloch! Raus mit dir!«

Ich stürmte aus dem Zimmer, knallte die Tür hinter mir zu und lief über die Treppe hinunter in die Lobby. Erst bei den Tennisplätzen merkte ich, wie kalt es war und kehrte zurück zum Hotel.

Ich war immer noch viel zu aufgewühlt, um wieder aufs Zimmer gehen zu können, also setzte ich mich in einen der Schaukelstühle auf der Terrasse und schaute auf die Main Street. Zwei junge Frauen saßen nur wenige Schritte von mir entfernt. Sie sahen wie Mitte zwanzig aus, die eine hatte eine dunkle lange Lockenmähne, das Haar der anderen war rot und kurz. Sie schienen gelangweilt und wirkten irgendwie einsam und verlassen. Bestimmt waren sie übers Wochenende aus Boston oder New York herübergefahren und hatten gehofft, hier ein paar Typen kennenzulernen. Die Dunkelhaarige schaute zu mir herüber. Ich malte mir aus, wie ich ein Gespräch mit ihr begann, insgeheim meinen Ehering in die Hosentasche steckte und dann mit auf ihr Zimmer ging.

Ich achtete sorgsam drauf, daß mein Ehering nicht zu sehen war, als ich die Dunkelhaarige anlächelte. Sie schien überrascht, war aber vielleicht auch ein wenig angewidert, jedenfalls drehte sie sich zu ihrer Freundin um, und einige Sekunden später standen beide auf und gingen.

Am nächsten Morgen benahmen wir uns, als hätte es den Streit am Abend zuvor nie gegeben. Wir genossen ein schönes Frühstück im Hotel und verbrachten den Tag gemeinsam, fuhren durch die umliegenden kleinen Städte und gerieten uns nicht ein einziges Mal in die Haare.

Am Nachmittag kehrten wir auf den kurvigen Straßen

des Staates New York in die City zurück. Paula schlief unterwegs ein, den Kopf an die Tür gelehnt, und ich lauschte zufrieden am National Public Radio dem *Prairie Home Companion*, als ich mich vor unserem alten Haus in Brooklyn mit dem Basketball spielen sah. Michael Rudnick kam über die Straße und sagte: »Hey, Richie, Lust auf Tischtennis?«

»Klar doch!« rief ich.

Ich warf meinen Basketball auf den Rasen und folgte Rudnick ins Haus.

»Glaubst du denn, du kannst mich diesmal schlagen?« fragte er.

»Bestimmt.«

»Wir werden ja sehen.«

Wir gingen über die Auffahrt und betraten das Haus durch die Hintertür. Es war dunkel und sehr still. Rudnick sagte, ich solle schon mal in den Keller gehen, und ich hörte, wie sich hinter uns die Tür schloß.

Wir spielten Tischtennis. Es stand zwanzig zu vierzehn, Aufschlag für Rudnick. Rudnick spielte, doch ich schlug den Ball ins Netz. Gleich warf er den Schläger hin und versuchte mich zu fangen.

»Jetzt kriegst du was zu spüren!«

Lachend rannte ich vor ihm davon. Rudnick packte mich von hinten und zerrte an meiner Unterwäsche herum.

»Jetzt kriegst du was zu spüren!«

Ich lag mit dem Gesicht nach unten auf seinem Sofa, und Rudnick lag auf mir, grunzte und schwitzte. Das Lachen war mir vergangen. Ich wollte mich befreien, aber er war zu stark für mich.

»Hör auf! Bitte!« flehte ich ihn an. »Bitte hör auf!«

Ich wollte fliehen und setzte meinen Arm wie einen Hebel ein, als ich plötzlich begriff, daß ich nicht mehr im Keller war. Ich saß im Auto und zerrte am Steuer. Der Wagen schleuderte über den Seitenstreifen und schoß über eine Grasfläche, als direkt vor uns ein Baum auftauchte. Ich bremste und riß das Steuer nach links. Paula erwachte mit einem Schrei. Der Wagen verfehlte den Baum nur um wenige Meter, und wir schlitterten zurück auf die Straße. Zum Glück kam uns kein Auto entgegen, sonst hätte es bestimmt einen schweren Unfall gegeben.

»Alles in Ordnung, Liebling«, sagte ich, fühlte mich aber ein wenig benommen und wie unter Schock. »Keine Sorge – es ist wirklich alles in Ordnung.«

»Was ist passiert?«

»Ich weiß nicht. Ich glaub, ein Waschbär ist auf die Straße gelaufen.«

»Ein Waschbär?«

»Ist ja auch egal. Jedenfalls ist es vorbei.«

Wir fuhren weiter. Paula blieb hellwach, und wir sprachen beide kein Wort.

5

Am Montagmorgen fuhren Paula und ich zusammen mit dem Taxi in die Stadt. In der Forty-eighth Street stieg ich aus, gab ihr rasch einen Kuß, und sie fuhr allein weiter zur Wall Street.

Wie immer, wenn wir gemeinsam ein ganzes Wochenende verbracht hatten, fand ich es seltsam, wieder allein zu sein. Außerdem hatte ich ein schlechtes Gewissen, weil ich Paula in letzter Zeit so mies behandelt hatte. Schließlich war sie nicht nur meine Frau, sondern auch meine beste Freundin, vielleicht sogar meine einzige Freundin, und ich begriff, wie trostlos mein Leben ohne sie sein würde.

Früher hatte ich jede Menge Freunde gehabt, aber wir trafen uns kaum noch, weil die meisten geheiratet hatten oder fortgezogen waren. Durch meine Arbeit lernte ich zwar genügend Leute kennen, doch war kaum jemand darunter, mit dem ich auch außerhalb des Büros zusammen sein wollte. Meine beiden Zimmergenossen aus der Collegezeit wohnten noch in der City: Joe auf der West Side und Stu im Village, allerdings Joe war auch seit kurzem verheiratet. Er und seine Frau unterrichteten beide in der High-School, und uns verbanden kaum gemeinsame Interessen. Stu dagegen war Web-Designer, und wir hatten uns immer eine Menge zu erzählen, aber er lebte allein und hatte keine feste

Freundin, weshalb wir höchstens sporadisch zu viert ausgehen konnten und uns auch nur selten sahen.

Familie hatte ich nicht viel. Meine Mutter lebte mit ihrem zweiten Mann in Austin, Texas. Im Laufe der Zeit war sie immer religiöser geworden, und wir standen uns nicht sonderlich nah. Mein Vater wohnte mit seiner Frau in Südkalifornien, aber er war ein egoistisches Arschloch, und ich vermied es tunlichst, mit ihm reden zu müssen. Außerdem hatte ich noch eine Reihe von Tanten, Onkeln und Vettern, doch wohnten die alle außerhalb von New York, und wir hielten untereinander keine Verbindung.

Im Büro beschloß ich, meine Mutter anzurufen, um ihr mal wieder guten Tag zu sagen. Ich hatte schon eine Weile nichts mehr von mir hören lassen, mindestens einen Monat nicht mehr, und ich dachte, es wäre nett, mal wieder mit jemandem aus der Familie zu plaudern.

»Richie? Was für eine angenehme Überraschung«, sagte meine Mutter, doch merkte ich sofort, daß sie nicht gerade begeistert war, von mir zu hören. In letzter Zeit habe ich mich jedesmal schrecklich aufgeregt und geärgert, wenn ich mit meiner Mutter telefonierte, und ich bedauerte bereits, sie angerufen zu haben.

»Was macht New York?« fragte meine Mutter. »Wie geht es Paula?«

»New York geht es gut, Paula auch.«

»Na, freut mich zu hören. Und weshalb rufst du an?«

»Ich wollte nur mal guten Tag sagen.«

»Ach so? Tja, das ist wirklich lieb. Es tut immer gut, von dir zu hören, Richie. Wie ist das Wetter in New York.«

»Das Wetter ist prima«, sagte ich und fragte mich gleichzeitig bestürzt, wie die Beziehung zu meiner Mutter nur so nichtssagend geworden sein konnte. »Was habt ihr denn in Texas für ein Wetter?«

»Heiß wie immer, allerdings hat es in letzter Zeit ziemlich viel geregnet. Gestern mußte ich mit Charlie sogar in strömendem Regen zur Kirche gehen. Wann warst du denn mit Paula zuletzt in der Kirche?«

»Gar nicht«, antwortete ich und wappnete mich innerlich gegen die Vorwürfe, die jetzt sicher kommen würden.

»Was ist los mit dir, Richie? Du mußt doch zur Kirche gehen. Willst du denn nicht, daß Gott dein Freund ist?«

»Wir hatten in den letzten Wochen einfach nicht viel Zeit...«

»Du hast keine Zeit für Gott? Nun sag bloß nicht, daß du auch nicht zur Beichte gegangen bist?«

»Können wir nicht bitte über etwas anderes reden?«

»Aber du mußt zur Beichte gehen, Richie. Geht Paula denn wenigstens hin?«

»Bitte, Mama«, sagte ich mit etwas lauterer Stimme.

»Du enttäuscht mich, Richie.«

»Gibt's bei dir denn was Neues?« fragte ich.

»Ich weiß, woran es liegt«, sagte meine Mutter. »Es liegt an Paula. Sie übt einen schlechten Einfluß auf dich aus. Aber ich habe ja nie verstanden, warum du unbedingt eine Protestantin heiraten mußtest. Konntest du kein nettes katholisches Mädchen für dich finden?«

»Ach herrje, es klingelt auf der anderen Leitung«, sagte ich, um mit diesem Vorwand das Gespräch zu beenden. »Tja, gerade piept es wieder. War wirklich nett, mit dir zu reden, Mama. Ich ruf dich bald mal wieder an.«

»Geh zur Kirche«, sagte meine Mutter. »Gott wartet auf dich.«

Ich legte auf und rief Paula im Büro an.

»Hallo, Kleines«, sagte ich. »Ich wollte dir nur sagen, wie sehr ich dich liebe und daß ich dich vermisse.«

Es folgte ein langes Schweigen – ich spürte, wie überrascht und verwirrt sie war –, und dann erwiderte sie: »Ich liebe dich auch.«

»Mehr wollte ich gar nicht sagen. Ciao, Honey.«

Übers Wochenende hatte ich es tatsächlich geschafft, die Arbeit zu vergessen. Es war deprimierend, sich plötzlich daran erinnern zu müssen, daß ich mitten in einer elenden Verkaufsflaute steckte und daß mein Job auf dem Spiel stand. Ich hatte mich ins Internet eingeloggt und recherchierte für mein Meeting um elf Uhr diverse Kostenstellen, als Steve Ferguson den Kopf durch die Tür steckte.

»Ich hoffe, ich störe nicht«, sagte er mit seinem gewohnt schleimigen Grinsen und wirkte noch braun gebrannter als am Freitag. Er war immer braun gebrannt, selbst mitten im Winter – entweder ging er in ein Sonnenstudio, oder er ließ sich fachgerecht Bräunungscreme auftragen –, aber heute sah er ganz besonders bronzefarben aus.

»Ach was, ich bereite mich nur auf ein Meeting vor«, erwiderte ich.

»Ehrlich gesagt, deswegen bin ich hier«, sagte Steve und betrat mein Büro. »Bob schlug vor, daß ich dich zu diesem Meeting begleite – könnte Ihnen vielleicht den ein oder anderen Hinweis geben.«

»Geht in Ordnung.«

»Weißt du«, sagte Steve, »Bob hat es eigentlich nicht direkt vorgeschlagen – er hat mir *aufgetragen*, mit dir zu gehen. Falls dir das nicht recht ist, kannst du ihn ja selbst fragen, aber wenn ich helfen kann, bin ich gern dazu bereit.«

»Ganz wie du willst«, sagte ich.

»Großartig. Hol mich einfach in meinem Büro ab, wenn du startklar bist.«

Das hatte mir gerade noch gefehlt – als hätte ich nicht schon genug Hinweise darauf erhalten, daß mein Hals in der Schlinge steckte. Jetzt schickte mir Bob auch noch Steve als Babysitter für mein Verkaufsgespräch.

Der Termin war mit Jim Turner ausgemacht, der bei Loomis & Caldwell, einer mittelgroßen Werbeagentur in der Sixth Avenue, das Managementinformationssystem verwaltete. Man dachte daran, das System von Windows NT auf Linux umzustellen, also dürfte es um jede menge Hardware und reichlich Beratung gehen, außerdem besaß die Firma durchaus das Potential, sich zu einem Kunden zu entwickeln, bei dem es für uns um sechsstellige Beträge gehen könnte. Mein Telefonat mit Jim war vielversprechend verlaufen, und er hatte sich bereitwillig mit mir zu diesem Treffen verabredet.

Das Büro von Loomis & Caldwell lag nur wenige Querstraßen entfernt, weshalb Steve und ich zu Fuß gingen. Steve redete endlos über irgendwelche Autos und Ferienziele, und ich versuchte angestrengt, nicht hinzuhören.

Die Sekretärin sagte, Jim Turner erwarte uns bereits – ein gutes Zeichen, da es bis zum verabredeten Termin noch etwa fünfzehn Minuten waren. Ich traf Jim zum ersten Mal persönlich, und sein Handschlag hinterließ bei mir einen vielversprechenden Eindruck. Ich stellte Steve als einen ›meiner Kollegen‹ vor und kam gleich zur Sache. Es hätte gar nicht besser laufen können. Jim sagte, er sei ziemlich unzufrieden mit seiner jetzigen Beraterfirma und deshalb durchaus bereit, eine Geschäftsbeziehung zu einer neuen Firma einzugehen. Unsere Kundenliste und unsere Referenzen hatten ihn beeindruckt, und er wollte gleich über Details reden. Dann mischte sich Steve ein. Mit dem für ihn typischen Charme eines Gebrauchtwagenhändlers redete er aus lässig verzogenen Mundwinkeln, protzte damit, daß unsere Firma die ›beste‹ Beraterfirma der Stadt sei und daß die Kunden stets ›hundertzehnprozentig‹ mit uns zufrieden wären. Ich merkte Jim an, wie sehr ihm Steves Gesülze auf die Nerven ging und daß er zu jenen Typen gehörte, denen man nichts verkaufen mußte, da sie sich ihre eigene Meinung bildeten. Doch Steve hatte keine Ahnung, was hier ablief. Einige Male hätte ich am liebsten ›Halt's Maul!‹ gerufen oder ihn auf den Boden geworfen und bewußtlos geschlagen. Doch ich saß einfach nur da und sah zu, wie Jim auf die Uhr schaute, mit den Zähnen knirschte und ganz offenkundig seine wachsende Gereiztheit zu zügeln versuchte.

Endlich hielt Steve den Mund. Ich nahm das Gespräch wieder in die Hand und wollte einige Einzelheiten durchgehen, doch Jim schlug vor, daß ich die Angebotsanfrage wieder mit ins Büro nahm und ihm ein ausgearbeitetes Angebot unterbreitete. Keine Frage, Steves Monolog hatte den Deal platzen lassen. An seiner gegenwärtigen Beraterfirma ärgere ihn vor allem, hatte Jim gesagt, daß sie ›zu aggressiv‹

sei, und angesichts von Steves Persönlichkeit mußten bei ihm sämtliche Warnlampen aufgeleuchtet haben.

Jim begleitete uns bis in die Lobby. Sein Handschlag zum Abschied war wesentlich lascher als der zur Begrüßung, und obwohl er mehrfach betonte, er wolle ›unbedingt‹ unser Angebot sehen, wußte ich, daß er nur höfliche Floskeln von sich gab. Um nichts in der Welt würde er unsere Dienste in Anspruch nehmen wollen.

Ich kochte vor Wut, während ich mit Steve auf den Aufzug wartete. Die Vorzimmerdame saß in Hörweite, also hielt ich es für ratsam, den Mund erst aufzumachen, wenn wir allein waren, doch kaum hatte sich die Fahrstuhltür hinter uns geschlossen, kam Steve mir zuvor: »Darf ich dir einige konstruktive Ratschläge erteilen?«

»*Du* willst *mir* Ratschläge erteilen?«

»Natürlich. Mir ist aufgefallen, daß du nicht gleich die Kosten angesprochen hast. Wenn du das nächste Mal...«

»Halt doch die Klappe!«

Steve starrte mich an. Dann sagte er: »Was zum Teufel ist denn in dich gefahren?«

»Du hast den Verkauf vermasselt, du blödes Arschloch, das ist in mich gefahren. Er war interessiert, er wollte die Einzelheiten mit uns durchsprechen, aber du mußtest ja unbedingt dein dämliches Mundwerk aufreißen.«

»Vorsicht, du solltest darauf achten, was du sagst...«

»Scheiß drauf.«

»Ich habe nur getan, worum Bob mich gebeten hatte. Ich sollte dir zeigen, wie ich zu einem Abschluß komme...«

»Nichts da, du solltest mich zu diesem Meeting begleiten – und nicht das Meeting übernehmen. Ich weiß, wie man Geschäfte abschließt. Ich bin ein tausendmal besserer Verkäufer, als du es jemals sein wirst, und ich brauche keinen Idioten, der mir meine Geschäfte vermasselt.«

Die Fahrstuhltür öffnete sich, und ich stürmte in die Lobby. Erst auf der Sixth Avenue begriff ich langsam, was ich gerade getan hatte, aber ich dachte nicht daran, umzukehren und mich zu entschuldigen. Dieser Typ war ein elender Großkotz, und ich bedauerte kein einziges Wort. Allerdings war mir klar, daß der Vorfall größere Probleme nach sich ziehen konnte. Steve gehörte zur Sorte ›Lehrers Lieblingskind‹ und war wahrscheinlich schon auf dem Weg zu Bob Goldstein, um sich über mich zu beschweren. Bestimmt hatte Steve sogar von Anfang an vorgehabt, mich auf die Nase fallen zu lassen. Im Augenblick war meine Kundendatei für ihn noch tabu, da es zur Firmenphilosophie gehörte, nicht mehrere Verkäufer dieselben potentiellen Kunden anrufen zu lassen. Doch wenn ich gefeuert wurde, war die Datei zum Abschuß freigegeben, und er konnte die von mir geleistete Vorarbeit nutzen, um rasch einige Verkäufe abzuschließen.

Ein Blick auf die Uhr verriet mir, daß es zwanzig vor zwölf war, also ging ich zum Deli in der Forty-eighth Street, in dem ich manchmal zu Mittag aß, doch als ich ankam, merkte ich, daß ich eigentlich keinen Hunger hatte. Ich lief weiter nach Osten in Richtung Madison Avenue.

Die Adresse von Michael J. Rudnick, Esquire, die ich letzte Woche aus dem Internet erfahren hatte, kannte ich auswendig, und so beschloß ich, zu dem entsprechenden Bürogebäude zu gehen und mich zu vergewissern, daß es sich bei dem Mann tatsächlich um jenen Michael Rudnick handelte, den ich von früher kannte. Ich hatte zwar keine Ahnung, was ich damit bezweckte, wollte ihn aber unbedingt wiedersehen.

Es war immer noch keine zwölf Uhr, und ich nahm mir vor, bis um eins am Gebäude in der Fifty-fourth Ecke Madison zu warten. Mit ein wenig Glück ging er schon vorher zum Essen. Und wenn nicht, würde ich eben ein andermal wiederkommen.

Es mußte am sonnigen, angenehmen Wetter liegen, daß ein steter Strom von Menschen ins Gebäude drängte und es wieder verließ. Ich holte mir eine Frühlingsrolle von einem Stand an der Ecke und schaute dabei über die Schulter, um Rudnick nicht zu verpassen. Anschließend kehrte ich zum Gebäude zurück und aß im Stehen an einen Mauervorsprung gelehnt. In einem Innenhof auf der anderen Straßenseite standen Tische und Stühle, und Leute setzten sich, aßen und unterhielten sich. Vom angrenzenden Gebäude fiel ein künstlicher Wasserfall hinab in einen Brunnen. Nachdem ich meinen Snack gegessen hatte, zog ich das Jackett aus und wischte mir den Schweiß von der Stirn. Das Gebäude ließ ich dabei nicht aus den Augen.

Ich sah ein, daß ich vermutlich meine Zeit verschwendete. Selbst wenn Michael J. Rudnick der richtige Michael Rudnick war, wußte ich doch nicht, ob er außer Haus oder drinnen zu Mittag aß und ob er das Gebäude durch den Ausgang in der Fifty-fourth Street verließ. Vielleicht gab es noch einen weiteren Ausgang zur Madison Avenue und einen zur Fifty-fifth Street.

Es ging auf ein Uhr zu, aber von ihm war noch immer nichts zu sehen. Ich beschloß, noch weitere zehn Minuten zu warten. Und nachdem die zehn Minuten vergangen waren, hängte ich noch einmal fünf Minuten dran. Schließlich gab ich auf. Während ich zurück zur Madison Avenue ging, rief ich über Handy in meinem Büro an, um nachzusehen, ob irgendwelche Anrufe für mich eingegangen waren – waren sie nicht. Ich steckte gerade das Handy zurück in die Aktentasche, als Rudnick auftauchte und mir entgegenkam. Er war in Begleitung eines zweiten Mannes, und beide schmunzelten und lachten. Anders als bei unserer letzten Begegnung trug Michael diesmal keine Sonnenbrille, weshalb ich mir absolut sicher sein konnte, daß er der richtige war. Die Augenbrauen verrieten ihn. Er hatte sich die Haare über der Nase ausgezupft, damit sie nicht länger an eine Raupe erinnerten, doch war jede Braue immer noch so dick und auffällig wie zu seinen Teenagerzeiten.

Als ich ihn entdeckte, war er knapp zehn Meter entfernt, doch schien es eine Ewigkeit zu dauern, bis er an mir vorübergegangen war. Ich spürte eine entsetzliche Angst, fast wie ein Kind im Klassenzimmer, das unvermutet vom Lehrer aufgerufen wird. Mir lief der Schweiß über den Rücken, und ich begann sogar zu zittern. Als Michael nur noch wenige Schritte entfernt war, blickte er auf einmal zur Seite und schaute mich direkt an. Plötzlich lächelte er nicht mehr. Wahrscheinlich hat er mich nur den Bruchteil einer Sekunde angesehen, doch kam es mir viel länger vor, und dieser Blick aus schmalen, dunklen Augen wirkte wie ein Laserstrahl. Obwohl ich größer als er war und sicher zehn Kilo mehr wog, glaubte ich, er wäre über drei Meter groß und hätte eine Figur wie Mike Tyson, während ich mich wie ein halb verhungerter Zwerg fühlte. Ich zweifelte sogar daran, erwachsen zu sein. Ich war einfach nur noch ein schwacher, naiver, wehrloser Zehnjähriger.

Im Vorübergehen hörte ich Rudnick mit überraschend tiefer Stimme sagen: »Könnte sein.« Einige Sekunden später drehte ich mich um, weil ich wissen wollte, ob er noch einmal zurückblickte. Er tat es nicht. Entweder hatte er mich nicht erkannt, oder er ignorierte mich absichtlich. Ich sah ihm nach, wie er auf das Bürogebäude in der Madison Avenue, Ecke Fifty-fourth Street zuging und es schließlich durch die Drehtür betrat.

Als Heidi anrief und sagte, daß Bob mich umgehend sehen wollte, fühlte ich mich noch ziemlich mitgenommen und verwirrt. Ich fragte, ob sie wisse, worum es ginge, aber sie antwortete: »Er möchte einfach nur, daß Sie sofort zu ihm kommen.«

Ich wußte es – Steve, dieser Hundesohn, hatte schon gepetzt. Da ich jetzt wirklich nicht in Stimmung war, mich mit diesem Mist auseinanderzusetzen, ging ich auf die Toilette und spritzte mir etwas Wasser ins Gesicht. Dann trocknete ich mich mit einem Papierhandtuch ab, blickte in den Spiegel über dem Waschbecken, rückte meinen Schlips zurecht und machte mich auf den Weg zu Bob.

Bob stand am Fenster und starrte auf ein Blatt Papier. Die weißen Hemdsärmel waren bis zu den Ellbogen aufgekrempelt, und das schwarze Gebetskäppchen saß ein wenig schief.

»Richard«, sagte er tonlos. »Nehmen Sie Platz.«

Ich setzte mich, während er sich an seinem Schreibtisch niederließ.

»Ich weiß, worum es geht«, sagte ich. »Bestimmt hat Steve schon mit Ihnen geredet, aber lassen Sie mich...«

»Ich will keine Erklärungen«, sagte Bob. In seiner Stimme schwang ein ernster Ton mit, wie ich ihn vorher noch nie gehört hatte. »Sagen Sie mir erst einmal, wo Sie in den letzten fünfundvierzig Minuten gewesen sind.«

»Beim Mittagessen«, sagte ich.

»Steve sagte, die Besprechung heute morgen sei um halb zwölf zu Ende gewesen.« Er schaute auf die Uhr. »Jetzt ist es halb zwei.«

»Die Besprechung war später als halb zwölf zu Ende«, sagte ich.

»Sämtliche Angestellten dieser Firma haben eine Stunde Mittagspause«, sagte Bob. »So steht es in dem Vertrag, den Sie bei Arbeitsantritt unterschrieben haben. Normalerweise sehe ich das nicht so eng. Kommt es ausnahmsweise mal vor, sage ich kein Wort, aber bei Ihnen scheint es allmählich zur Gewohnheit zu werden...«

»Gewohnheit? Wann habe ich denn jemals die Mittagspause überzogen?«

»Wie spät sind Sie am Freitag aus dem Haus gegangen?«

»Ich weiß nicht mehr.«

»Laut Computer haben Sie Ihre Magnetstreifenkarte um halb vier durchgezogen. Ich sag es noch einmal, normalerweise prüfe ich so etwas nicht nach, aber ich verstehe einfach nicht, was Sie sich dabei denken. Sie können keine Ergebnisse vorweisen, und jetzt leisten Sie sich auch noch diese Freiheiten.«

»Ein einziges Mal bin ich früher gegangen«, sagte ich, »weil ich einen Mietwagen abholen mußte. Normalerweise komme ich früher, gehe später und esse oft nicht mal zu Mittag.«

»Dann ist da noch etwas, worüber ich gern mit Ihnen reden möchte«, sagte Bob und wechselte das Thema. »Und zwar über das, was heute morgen bei dem Verkaufsgespräch vorgefallen ist.«

»Steve hat mir einen fast sicheren Abschluß vermasselt, das ist vorgefallen.«

»Er sagte, er habe versucht, Ihnen zu helfen, und dann hätten Sie ihn im Fahrstuhl angeschrien.«

»So ist es aber nicht gewesen…«

»Ehrlich gesagt, es interessiert mich nicht, wie es wirklich gewesen ist, okay? Ich kann hier den ganzen Tag hocken und zusehen, wie Sie beide mit dem Finger aufeinander zeigen und würde damit doch nichts erreichen. Mich kümmert nur, was unterm Strich rauskommt, und Tatsache ist nun mal, daß Steve der beste Verkäufer dieser Firma ist und Sie noch keinen einzigen Abschluß vorzuweisen haben. Ich finde, ehe sich das nicht geändert hat, sollten Sie sich genau überlegen, was Sie sagen und wem Sie es sagen. Und ich denke nicht, daß Sie im Augenblick in der Position sind, behaupten zu können, daß er etwas ›vermasselt‹ habe.«

»Sie waren ja nicht dabei.«

»Ich meine es ernst«, sagte Bob. »Sie sind ein netter Kerl. Ich mag Sie, und ich glaube, Sie können in dieser Firma eine Menge Geld verdienen, aber Sie müssen Ihren Mitangestellten und diesem Job etwas mehr Respekt erweisen, sonst werden Sie hier nicht allzu lange bleiben. Tut mir leid, aber so ist es nun mal. Haben wir uns verstanden?«

»Ja«, sagte ich beschämt.

»Gut. Da ist noch etwas, was wir bereden müssen. Es hat etwas mit dem Platzproblem in diesem Haus zu tun. Sie werden umziehen müssen. Nur vorübergehend – wir geben Ihnen wieder ein eigenes Büro, sobald wir den Raum dafür haben –, doch vorläufig werden Sie sich wohl mit einer Kabine zufrieden geben müssen.«

»Weil ich noch keinen Abschluß gemacht habe?«

»Nein, damit hat es nichts zu tun, eher mit der Dienstzeit. Da Sie als Letzter in diese Firma eingetreten sind, sollten Sie auch derjenige sein, der umzieht. Ich weiß, das ist nicht gerade die beste Lösung, aber einstweilen müssen Sie sich damit abfinden.«

Ich hätte am liebsten auf der Stelle gekündigt, doch packte mich das Gefühl, etwas beweisen zu müssen. Wenn ich kündigte, dann gäbe ich damit doch quasi zu, daß Steve der bessere Verkäufer war.

Die verbleibende Zeit des Nachmittags nutzte ich, um über Telefon *irgend etwas* anzuleiern, aber ich war viel zu unkonzentriert. Ständig mußte ich an Michael Rudnick denken. Allein die Erinnerung daran, wie er lächelte und dabei so glücklich aussah, konnte mich auf die Palme bringen. Um den Anschein zu wahren, erledigte ich noch einige Telefonate, danach surfte ich bis zum Feierabend im Internet.

Ich achtete penibel darauf, erst wenige Minuten *nach* fünf Uhr aus dem Büro zu gehen. Als ich das Gebäude verließ, fühlte ich mich wie früher, wenn die Schule zu Ende war – mit einem Schlag befreit und hellauf begeistert, daß ich erst morgen in diese Hölle zurück mußte.

Auf dem Heimweg beschloß ich, auf einen raschen Drink im Old Stand, Fifty-fifth, Ecke Third, vorbeizusehen. Das Old Stand, ein irischer Pub, war gerammelt voll mit Büroangestellten, meist lauten, jungen Typen mit Hemd und Schlips, die sich nach der Arbeit ein Gläschen genehmigten. Ich bestellte mir eine Cola mit Rum und trank in großen Zügen. Gerade wollte ich mir nachschenken lassen, als mir aufging, was ich da tat. Ich wußte, ich konnte noch einen Drink verkraften – verdammt, ich war schließlich kein Alkoholiker –, aber ich wollte nicht angesäuselt nach Hause kommen und erleben müssen, daß Paula mich wieder anschrie. Und so verließ ich den Pub, obwohl ich mir gern noch einen Schluck gegönnt hätte.

Es war ein angenehmer, sonniger später Nachmittag. Mir ging jede Menge durch den Kopf, aber der leichte Schwips schien meine Probleme unbedeutend werden zu lassen.

Kurz vor sechs Uhr betrat ich die Wohnung. Nachdem ich Otis Gassi geführt hatte, hockte ich mich in Unterwäsche auf die Couch und stellte den Fernseher an.

Gegen halb sieben kam Paula nach Hause. Die Pumps in der Hand, Otis im Gefolge, betrat sie das Wohnzimmer und gab mir zur Begrüßung einen Kuß. Wir waren beide nicht zum Einkaufen oder zum Kochen aufgelegt, also bestellten wir beim Italiener in der First Avenue – Hühnchen mit Käse überbacken und gegrillte Portobello-Pilze für mich und einen Spinatsalat für Paula. Dabei unterhielten wir uns eher beiläufig über unsere Arbeit – Paula erzählte, wie sehr ihr der neue Job gefalle und daß sie in ein größeres Büro umziehen würde. Mich packte der Neid, aber ich glaube, ich konnte meine Gefühle ganz gut verbergen. Ich sagte ihr, wie stolz ich auf sie sei und daß ihre Firma von Glück reden könne, jemanden wie sie zu haben. Als sie mich fragte, wie es bei mir aussähe, antwortete ich: »Großartig« und erzählte ihr, daß mein Meeting heute morgen ›glatt‹ gelaufen sei.

Wir waren mit dem Essen fertig, räumten den Tisch ab und verstauten die leeren Behälter in eine Plastiktüte, als Paula scheinbar leichthin sagte: »Ach, was ich dir noch nicht erzählt habe – Doug hat heute angerufen.«

Einen Moment lang konnte ich nichts damit anfangen – ich hatte wohl einfach an andere Dinge gedacht. Dann sagte ich: »Doug? Du meinst den Doug aus den Berkshires?«

»Genau. Ich hatte ihm erzählt, bei welcher Firma ich arbeite, und er hat die Nummer nachgeschlagen. Er meinte, er hätte es schade gefunden, daß sich keine Gelegenheit geboten hätte, sich voneinander zu verabschieden.«

»Und warum hat er dich angerufen?«

»Deshalb. Und um zu fragen, ob wir uns nicht noch einmal treffen wollten.«

»Ihr beide?«

»Nein, wir vier.«

»Was hast du gesagt?«

»Ich war einverstanden, aber wir *müssen* ja nicht hingehen. Daß du nicht gerade begeistert sein würdest, war mir ja klar. Er hat mir seine Nummer gegeben, es liegt jetzt also ganz bei uns.«

»Ich habe auf die beiden keine Lust.«

»Ich wußte, daß du das sagen würdest, aber soll mir recht sein. Letztlich ist es mir egal, so oder so.«

Wir räumten den Tisch zu Ende ab, setzten uns dann ins Wohnzimmer und sahen fern. Mir gefiel der Gedanke nicht, daß Doug in Paulas Firma angerufen hatte – was zum Teufel dachte sich der Kerl eigentlich dabei, meine Frau anzurufen? –, aber ich hatte keine Lust, Paula davon zu erzählen. Nach unserem Krach am Wochenende wollte ich nur noch einen friedlichen, entspannten Abend daheim verbringen.

Gegen halb zehn legte ich meine Hand auf Pauls Schoß und fragte sie, ob sie nicht jetzt schon zu Bett gehen wolle.

»Okay«, sagte sie.

Ich machte noch eine kurze Runde mit Otis. Als ich zurückkam, übergab sich Paula im Bad.

»Alles okay?« fragte ich vor verschlossener Tür.

»Geht schon«, sagte sie, klang aber ziemlich matt. »Liegt vielleicht an den Pilzen. Oder irgendwas war mit meinem Salat nicht in Ordnung.«

Sie blieb noch ungefähr zehn Minuten im Bad und erbrach sich noch einige Male, dann legte sie sich mit bleichem Gesicht zu mir ins Bett.

»Du siehst nicht besonders gut aus«, sagte ich. »Vielleicht solltest du lieber einen Schluck Wasser trinken.«

»Es geht schon wieder«, sagte sie. »Ich brauche nur etwas Schlaf.«

Ich wußte, daß Paula die Wahrheit sagte, daß sie tatsächlich Schlaf brauchte, und dennoch fühlte ich mich irgendwie zurückgestoßen. Gestern abend waren wir zu müde von der langen Fahrt gewesen und deshalb direkt ins Bett gegangen, also hatten wir seit Donnerstag abend nicht mehr miteinander geschlafen. Normalerweise hätte mir das nichts ausgemacht. Wir hatten schon längere Durststrecken überstanden und deswegen nie viel Aufhebens gemacht. Doch diesmal fragte ich mich unwillkürlich, ob Paula nicht bloß irgendwelche Ausflüchte vorbrachte.

Während ich neben ihr im Bett lag, begann ich, eines meiner Verkaufsbücher zu lesen, konnte mich aber nicht konzentrieren. Ein Gedanke ließ mich nicht los. Anfangs schrieb ich ihm grundloser Paranoia zu, doch dann war ich fest davon überzeugt, daß ich mich nicht irrte.

Am Morgen hatte Paula mir im Taxi anvertraut, daß ihre Periode seit einigen Tagen überfällig war. Ich hatte mir nichts dabei gedacht – sie sagte auch, ihre Brüste seien empfindlich und sie habe vor einigen Tagen etwas Ausfluß gehabt –, doch nun erbrach sie sich, und ich konnte mir nicht helfen, ich fragte mich, ob sie schwanger war. Normalerweise wäre ich begeistert gewesen, doch da ich daran dachte, was sie letztens erst gesagt hatte, daß sie nämlich ihre Karriere nicht für ein Kind aufgeben wollte, rechnete ich nun mit dem Schlimmsten. Am Wochenende hatte sie längst *gewußt*, daß sie schwanger war, weshalb sie mich schon mal ein wenig vorbereitete, indem sie mir mitteilte, daß sie kein Kind wolle, um mir *dann* zu sagen, daß sie abtreiben lassen würde. Und es gab nur eine logische Erklärung, warum sie plötzlich gegen Kinder war – das Baby war nicht von mir. Sie hatte also doch eine Affäre gehabt, ob nun mit Andy Connelly oder mit jemand anderem. Vielleicht vögelte sie mit jemandem aus ihrem Büro oder gar mit Dr. Carmadie.

Ich wollte Paula bereits wecken und sie mit meinen Gedanken konfrontieren, als mir aufging, wie verrückt ich mich benahm – bereit, meiner Frau Ehebruch vorzuwerfen, obwohl sie doch allem Anschein nach nur an einer leichten Lebensmittelvergiftung litt.

Ich schloß die Augen und versuchte, mich zu entspannen, als ich mich unvermittelt wieder in Michael Rudnicks Keller befand. Bis auf einen großen Unterschied verlief alles wie beim letzten Mal. Als ich nämlich auf dem Sofa unter ihm lag, erscholl von oben eine Stimme: »Michael!«

Es war Michaels Bruder Kenneth, der einige Jahre jünger als Michael und einige Jahre älter als ich selbst war und nun in der Kellertür stand.

»Komme gleich!« schrie Michael und zog sich hastig die Hose wieder an.

Als mir dann auch noch wieder einfiel, wie Rudnick heute auf dem Weg ins Bürogebäude so selbstzufrieden gelächelt hatte, regte ich mich erst recht auf. Ich stellte mir vor, wie ich ihn in irgendeiner Gasse in die Ecke drängte und mit einem Baseballschläger zu Tode prügelte. »Krepier, du Dreckschwein, krepier!« schrie ich und hieb wiederholt mit dem Schläger gegen seinen Schädel.

Ich fand keinen Schlaf. Schließlich ging ich ins Wohnzimmer, schaute eine Weile fern, stellte den Apparat anschließend wieder aus und trat an den Barschrank. Ich schenkte mir ein halbes Glas Scotch ein, ging dann in die Küche und goß Mineralwasser dazu. Nachdem ich das Glas ausgetrunken hatte, stellte ich es zurück, begab mich wieder an den Barschrank und vergewisserte mich, daß Paula den Whiskeypegel nicht mit einem Bleistiftstrich markiert hatte.

6

Als ich gegen halb neun das Büro betrat, zimmerten die Handwerker bereits eine Kabine zusammen, die an jene grenzte, in denen die Sekretärinnen der Verkaufsabteilung arbeiteten. Man ließ mich wissen, daß ich innerhalb einer Stunde sämtliche persönliche Habe aus meinem Büro zu holen hatte, da man anfangen wollte, die Wände einzureißen.

Ich versuchte, gar nicht erst über meine Lage nachzudenken. Statt dessen sagte ich mir, daß sie nur vorübergehend sei – wenn das Blatt sich wendete und ich wieder Oberwasser gewann, würde ich entweder ein eigenes Büro verlangen oder mir eine neue Stelle bei einer anderen Firma suchen. Bis dahin wollte ich einfach so tun, als wäre dies alles nur ein böser Traum.

Ich hatte nicht viel einzupacken. Ich räumte einige Akten und Bücher in ein paar Kisten, doch die wichtigsten Informationen waren auf Diskette gespeichert. Dann sammelte ich noch einige Kleinigkeiten zusammen – eine Kaffeetasse, einen Klammeraffen, einen Briefbeschwerer – und machte meinen Tisch frei. Ich wollte mich gleich aufs Neue in die Arbeit stürzen, mußte aber warten, bis die Techniker Computer und Telefon wieder angeschlossen hatten. In der Zwischenzeit schaltete ich meinen Laptop ein, hockte mich in die Ecke, erledigte einige Arbeiten und bereitete mich auf mein Elf-Uhr-Meeting vor.

Endlich war mein neuer Platz fertig. Ich richtete mich ein und begann so rasch wie möglich mit der Arbeit. Ich war derart vertieft in das, was ich tat, daß ich die Kabine um mich herum schon fast vergessen hatte, als Joe von der Marketing-Abteilung kam und sagte: »Echt beschissen, Mann.« Joe war ein netter Kerl, und ich wußte, er meinte es gut mit mir, trotzdem fand ich die Bemerkung irgendwie herablassend. Für die Leute im Büro war ich jetzt eine Witzfigur. Bestimmt flüsterten sie auf den Toiletten und am Wasserspender über mich: »Schon gehört, was mit Richard Segal passiert ist? Wurde heute aus seinem Büro gefeuert.« Jackie, eine junge Sekretärin, lief an mir vorüber und sagte: »Hi, Richard.« Als ich ein noch eigenes Büro gehabt hatte, wurde ich immer mit ›Hallo, Richard‹ begrüßt. Doch da ich jetzt wie sie in einer Kabine hockte, fühlte sie sich in meiner Gegenwart offenbar zwanglos und locker genug, mir ein ›Hi‹ zurufen zu können.

Ich machte mich auf den Weg zu meinem Elf-Uhr-Termin und war froh, dem Büro eine Weile den Rücken kehren zu können. Das Meeting lief so gut wie schon lange keines mehr. Eine Versicherungsgesellschaft in der Church Street brauchte für ein laufendes Projekt vier Windows NT-Berater mit Programmiererfahrung, und zu Don Chaney, dem Leiter des Managementinformationssystems, hatte ich auf Anhieb einen guten Draht. Er war noch jung, knapp dreißig, und erklärte sich am Ende unseres Gesprächs bereit, es mit unserer Firma versuchen zu wollen. Im Augenblick hatten sie gerade Ärger mit ihrem Web-Server, und er wollte das Problem von einem unserer Berater lösen lassen. Wenn der seine Arbeit gut machte, würde er den Vertrag unterschreiben.

Aus Chaneys Büro rief ich Jill in unserer Personalabteilung an, um sie zu fragen, ob für den Nachmittag ein Berater frei war. Mark Singer, einer unserer besten Techniker, könnte um zwei Uhr in Downtown sein, sagte Jill. Chaney war begeistert. Wir schüttelten uns die Hände, und ich versicherte ihm, daß ich später noch einmal anrufen würde, um zu sehen, wie es mit Singer geklappt hatte.

Auf der Rückfahrt mit der U-Bahn war ich mit meinem Job so zufrieden wie schon lange nicht mehr. Ich hatte da einen ziemlich dicken Fisch an der Angel, ganz bestimmt. Dies war der Wendepunkt, auf den ich gewartet hatte. Ehe ich mich versah, würde ich jede Menge Verträge abschließen, und dann konnte ich wieder vor Bob Goldstein hintreten und ein wenig Respekt verlangen.

Ich wollte mir nicht noch einmal nachsagen lassen, daß ich die Mittagspause überzogen hätte, also holte ich mir, als ich aus der U-Bahn kam, im Deli ein Sandwich mit Cornedbeef und ließ es mir einpacken.

Als ich ins Büro kam, lief mir auf dem Flur Steve Ferguson über den Weg. Ich wollte Hallo sagen und mich vielleicht sogar für mein gestriges Benehmen entschuldigen, aber er ging wortlos und ohne mich anzusehen an mir vorüber. Ich lachte mir ins Fäustchen und schüttelte den Kopf. Wenn er sich unbedingt so kindisch benehmen wollte, dann sollte er es eben tun, und falls er nie wieder mit mir reden würde, wäre das auch kein großer Verlust.

Ich aß mein Sandwich in der Kabine und arbeitete

gleichzeitig ein Angebot für die vier Berater aus. Mein altes Selbstvertrauen war wieder da. Ich war der gottverdammt beste Verkäufer von Computernetzwerken in New York. Bald würde ich mein Eckbüro mit eigener Sekretärin haben, und mein ganzes Leben würde sich ändern.

Das Telefon klingelte. Es war Jill von der Personalabteilung, und sie sagte, sie müsse sofort mit mir reden. Ich nahm an, daß es um die Rechnung für Don Chaneys Problem mit dem Web-Server ging. Vermutlich wollte sie wissen, ob ich einen Festbetrag ausgemacht hatte oder stundenweise abrechnen lassen wollte. Ich nahm einen letzten Bissen von meinem Sandwich und ging über den Flur in Jills Büro.

Jill war mehrere Jahre älter als ich, sah magersüchtig aus und hatte kurze, dunkelblonde Locken. Sie verbreitete immer eine leicht gedrückte Stimmung und lächelte nur selten, weshalb ich mir keine Sorgen machte, als ich ihre ernste, bekümmerte Miene sah.

»Was gibt's?« fragte ich.

»Ich fürchte, ich habe schlechte Neuigkeiten für Sie. Es geht um Mark Singer«, sagte Jill. »Er hat heute Nachmittag nun doch keine Zeit für Ihren Kunden.«

Jetzt begriff ich, daß es *tatsächlich* ein ernstes Problem gab.

»Was soll das heißen: Er hat keine Zeit?«

»Ich dachte, er sei frei, aber jetzt hat sich an anderer Stelle ein Notfall ereignet – bei einem unserer Kunden. Mir bleibt keine Wahl – ich muß ihn hinschicken.«

»Können Sie niemand anderen schicken? Das ist wirklich äußerst wichtig.«

Sie schüttelte den Kopf. »Tut mir leid – die übrigen Techniker sind alle unterwegs. Können Sie nicht einen Termin für Ende dieser oder Anfang nächster Woche ausmachen?«

»Unmöglich.« Ich begann, mich aufzuregen, die Beherrschung zu verlieren. »Aber *Sie* haben mir doch gesagt, daß ich Mark haben könnte. Und ich habe meinem Kunden *versprochen*, daß er kommt.«

»Noch ist er nicht Ihr Kunde.«

»Zu welcher Firma muß Mark denn gehen?«

»Was macht das für einen Unterschied...«

»Ich will es einfach wissen.«

»Schaefer-Riley.«

Ich wußte es – einer von Steve Fergusons Kunden. Dieser Dreckskerl hatte vermutlich alles genau geplant. Er hatte gehört, daß ich Mark am Nachmittag brauchte, also hatte er bei Schaefer-Riley für einen ›Notfall‹ gesorgt, da er wußte, daß ein Firmenkunde Vorrang vor einem nur potentiellen Kunden hatte.

»Das ist doch Blödsinn«, sagte ich.

»Darüber brauchen Sie mit mir nicht zu reden«, sagte sie abweisend. »Wenn Sie damit ein Problem haben, gehen Sie zu Bob.«

Ich stürmte über den Flur in Bobs Büro. Er telefonierte, sah mich aber an seiner Tür stehen, musterte mich einige Male und schien verärgert. Mir war das egal. Wenn er mir diesmal nicht nachgab, würde ich kündigen, aber *vorher* wollte ich ihm noch meine Meinung sagen.

Schließlich beendete Bob sein Gespräch: »...Also schön, Joe. Noch mal vielen Dank, daß Sie sich die Zeit genommen, alles mit mir zu besprechen... Wiederhören.«

Dann legte er auf und fragte mit ernster Stimme: »Kann ich Ihnen vielleicht irgendwie helfen?«

»Tut mir leid, Sie belästigen zu müssen«, sagte ich, »aber es ist dringend.«

»In Zukunft platzen Sie bitte nicht einfach in mein Büro, wenn ich telefoniere – ich glaube, wir haben darüber bereits gesprochen.«

»Entschuldigen Sie«, sagte ich, »aber ich habe Schwierigkeiten mit der Personalabteilung.«

Ich erklärte ihm das Problem, doch dann sagte Bob: »Und was soll ich Ihrer Meinung nach nun tun?«

»Ich hatte gehofft, daß Sie mit Steve reden können«, sagte ich. »Vielleicht läßt sich ja die Arbeit bei seinem Kunden verschieben.«

»Das werde ich nicht tun.«

»Und warum nicht?«

»Weil Steve zur Zeit unser bester Verkäufer ist und ich sein Urteil respektiere.«

»Aber ich versuche Ihnen doch gerade zu erklären, daß er den Berater für heute nachmittag gar nicht braucht. Er macht das bloß, um mir wegen gestern eins auszuwischen; außerdem will er mich wahrscheinlich aus meinem Job drängen, damit er meine Kundendatei übernehmen kann.«

»Ich habe Ihnen gesagt, wie meine Entscheidung lautet«, sagte Bob. »Wenn Sie sonst nichts weiter mit mir bereden möchten – ich habe heute extrem viel zu tun.«

Auf dem Rückweg in meine Kabine war ich bereit, die Sachen zu packen und zu kündigen. Doch dann siegte die Vernunft. Auf dramatische Weise zu kündigen, konnte mir zwar kurzfristig Genugtuung verschaffen, doch würde ich mein Vorgehen später sicher bereuen. Eine neue Stelle zu finden, ist schließlich viel schwerer, wenn man keine Arbeit hat, und lange arbeitslos zu sein konnte ich mir erst recht nicht leisten. Also tat ich besser daran, bei Midtown Consulting zu bleiben, Bewerbungen zu verschicken und meine Fühler zu einigen Headhuntern auszustrecken.

Ich rief Don Chaney an und erklärte ihm, daß wir sein Problem mit dem Web-Server heute nicht mehr lösen konnten. Er klang verständlicherweise ziemlich enttäuscht. Ich fragte ihn, ob er uns den großen Auftrag trotzdem anvertrauen würde und er antwortete: »Vielleicht. Mal sehen.«

Ich wußte, ich würde nie wieder ein Wort von ihm hören.

Um mich abzulenken, surfte ich ein wenig im Internet und rief dann Paula an. Ihre Sekretärin sagte, sie sei mit jemandem zum Essen gegangen, und ich gab zurück, daß ich es später noch einmal probieren würde. Ich fragte mich, wer dieser ›jemand‹ sein mochte, mit dem Paula essen war und stellte mir unwillkürlich vor, daß sie mit Doug an einem Tisch saß. Vielleicht hatte Doug sie noch einmal bei der Arbeit angerufen und sie eingeladen. Völlig überrumpelt würde Paula zugestimmt haben, aber möglicherweise hatte er sie auch gar nicht bedrängen müssen. Ich erinnerte mich gut daran, daß Doug in Stockbridge vor meiner Nase mit Paula geflirtet hatte und daß Paula nicht gerade abgeneigt gewesen zu sein schien. Da war es nur zu verständlich, wenn Doug in New York erneut bei Paula zu landen versuchte, und Paula fühlte sich bestimmt zu einem Typen hingezogen, der besser aussah als ich und auch noch erfolgreicher war.

Ich rief Paula über Handy an. Es klingelte drei Mal, dann meldete sie sich.

»Hi«, sagte ich. »Wie geht's dir?«

»Oh, hi«, erwiderte sie und klang irgendwie unangenehm berührt.

»Erwisch ich dich in einem ungünstigen Moment?«

»Nein... eigentlich nicht. Ich bin gerade beim Essen.«

»Ich weiß«, sagte ich, »wurde mir in deinem Büro mitgeteilt. Mit wem bist du ausgegangen?«

Sie zögerte kurz und sagte dann: »Mit Debbie.«

Debbie war eine Freundin vom College, doch hatte ich angenommen, Paula hätte sich mit ihr zerstritten.

»Ehrlich?« fragte ich. »Hast du sie angerufen? Oder sie dich?«

»Ich habe angerufen«, sagte Paula. »Aber ich muß jetzt wirklich los.«

»Okay. Grüß Debbie von mir.«

»Mach ich. Bis bald.«

Paula legte auf. Obwohl ich mir die Situation deutlich vorstellen konnte – Doug, der vor Paula saß und vielleicht sogar ihre Hand hielt, während sie sich verlegen mit mir unterhielt – versuchte ich, die Ruhe zu bewahren und keine voreiligen Schlüsse zu ziehen.

Am Nachmittag arbeitete ich an meinen Bewerbungsunterlagen und telefonierte mit Headhuntern, von denen einer recht zuversichtlich klang und meinte, mir sicher bald eine Stelle finden zu können, doch warnte er mich und sagte, daß der Stellenmarkt für Top-Verkäufer momentan ›ziemlich eng‹ wäre, und daß ich mich vielleicht ›bescheiden‹ müsse und möglicherweise ›weit weniger‹ als in meinem jetzigen Job verdienen würde.

Um eine Minute nach fünf verließ ich das Büro und fühlte mich hundeelend. Also ging ich direkt über die Straße in eine Bar an der Sixth Avenue, schlängelte mich durch eine Meute von Touristen aus Kansas oder woher auch immer und fand weiter hinten einen Platz. Ich bestellte Scotch mit Soda. Das Glas war viel zu schnell leer, außerdem merkte ich kaum etwas vom Alkohol, also bestellte ich mir noch einen. Der zweite Drink verschwand ebenso schnell wie der erste, weshalb ich noch einen dritten verlangte. Erst als ich das leere Glas wieder auf den Tresen stellte, merkte ich, daß ich beschwipst war, vielleicht sogar betrunken, und daß ich sicher noch viel betrunkener sein würde, wenn der Alkohol erst in meine Blutbahnen gelangte. Ich ärgerte mich über mich selbst, darüber, daß ich so rasch wieder alten Gewohnheiten verfallen war, merkte aber auch, daß die Probleme mit meiner Arbeit längst nicht mehr so wichtig schienen wie noch vor zwanzig Minuten. Möglicherweise würde ich mich nach einem weiteren Whiskey ja sogar noch besser fühlen. Also rief ich den Barkeeper und bat ihn, das Glas wieder zu füllen. Nummer vier glitt ebenso sanft durch die Kehle wie die vorherigen drei. Erst als ich über einen fünften Scotch nachdachte, sagte ich mir, daß ich gewaltigen Ärger bekommen würde, wenn ich stockbesoffen nach Hause kam.

Ich beschloß, zur Abwechslung einen anderen Weg zu nehmen und ging durch den Central Park. Erst als ich auf der Sixth Avenue Leute anrempelte, merkte ich, wie bedusselt ich tatsächlich war.

Der Park verschwamm vor meinen Augen zu einem surrealen Durcheinander aus Joggern, Bäumen, Pferden, Kinderwagen und Radfahrern. Schwankend folgte ich dem

East Drive in Richtung Uptown, stolperte irgendwann und stieß mit einer Joggerin zusammen, einer jungen Asiatin, die beinahe hingefallen wäre.

»Blödmann!« schrie sie und warf mir über die Schulter einen wütenden Blick zu.

Mittlerweile war ich völlig durcheinander. Ich wußte, wie schlimm ich aussehen mußte – betrunken, der Schlips offen, die Haare wirr –, also beschloß ich, auf einer Bank ein wenig auszuruhen. Im Handumdrehen war ich eingeschlafen und wachte verstört und benommen wieder auf. Meine Armbanduhr zeigte fünf vor sieben. Mehr als eine halbe Stunde war wie ein einziger Augenblick verflogen. Ich fühlte mich kaum noch betrunken, spürte aber erste Symptome eines ordentlichen Katers – Kopfschmerzen, Schwindel, leichte Übelkeit. Außerdem war ich auch wieder etwas sicherer auf den Beinen und nicht mehr ganz so verwirrt. Wenn ich zu Hause ankam, würde Paula bestimmt nicht mal merken, daß ich ein Glas zuviel getrunken hatte.

Ich verließ den Park und ging weiter in östlicher Richtung. In einem Deli auf der Madison holte ich mir eine Flasche Evian, zerkaute einige Altoids, nahm einen Schluck und gurgelte kräftig. Anschließend trank ich die Flasche in einem einzigen langen Zug aus und hoffte, so den Alkohol in meinem Körper ein wenig verdünnen zu können. Danach machte ich mich wieder auf den Weg.

Als ich daheim ankam, war ich zwar noch nicht nüchtern, glaubte aber, wenigstens nicht mehr wie ein Betrunkener auszusehen. Paula wollte ich sagen, daß es mir nicht besonders gut ging und daß ich mich deshalb ein wenig hinlegen müßte.

»Richard.«

Ich lief gerade durch die Lobby auf die Fahrstühle zu, als ich ihre Stimme hörte, mich umdrehte und Paula sah, wie sie von den Postfächern zu mir herüberkam.

Sie gab mir einen Kuß, dann wich sie abrupt zurück und starrte mich an.

»Was ist?« fragte ich, als erstaunte mich ihre Reaktion. Meine Gesichtsmuskeln waren schlaff, und ich hatte den Eindruck, als wollte mir meine Zunge nicht recht gehorchen.

»Hast du was getrunken?«

»Nein«, nuschelte ich. »Ja, meine ich, aber nur ein Glas – mit einem Kunden.«

Ich sah ihr an, daß sie mir kein Wort glaubte. Ein Mann gesellte sich zu uns, und zu dritt betraten wir den Fahrstuhl. Ich hoffte, daß sich Paula in dieser ›Auszeit‹ beruhigte, aber kaum ging im fünften Stock die Tür auf, zischte sie laut und vernehmlich: »Ich kann es einfach nicht fassen, daß du mit der Sauferei wieder angefangen hast.«

»Was?« sagte ich und war mir nur zu bewußt, wie taub sich mein ganzes Gesicht anfühlte. »Ich hab doch gesagt, es war nur ein Glas. Was ist denn schon dabei?«

Sie ging vor mir her, schüttelte den Kopf und schloß die Wohnungstür auf. Otis bellte und wedelte aufgeregt mit dem Schwanz. Paula lief gleich ins Schlafzimmer und knallte die Tür hinter sich zu. Gott sei Dank. Ich nahm an, sie würde nun eine Weile die beleidigte Leberwurst spielen und daß ich sie später sicher davon überzeugen konnte, daß sie sich völlig ohne Grund aufregte.

Ich zog mir in meinem Arbeitszimmer Shorts und ein

T-Shirt an, das ich in einer Kiste mit Sommersachen fand. Dann ging ich in die Küche, holte die Speisekarten aus der Schublade und überlegte, ob mir nach Abendessen war.

»Diesmal sorgst du dafür, daß dir geholfen wird.«

Paula hatte mich erschreckt. Sie war aus dem Schlafzimmer gekommen, aber ich hatte nichts gehört.

Ich senkte den Blick wieder auf die Speisekarte eines japanischen Restaurants und sagte: »Ich red nicht mit dir, wenn du dich so aufführst.«

»Ich mache das nicht noch mal durch.«

»Aber ich habe es dir doch erklärt – ich habe ein einziges Glas mit einem Kunden getrunken. Und ich kann mir doch wohl noch einen verdammten Drink gönnen, ohne daß du gleich so ein Theater deswegen machen mußt, oder?«

»Du fängst wieder an – die Lügen, die Ausreden...«

Ich wollte an ihr vorbei zum Telefon gehen, aber sie stellte sich mir in den Weg.

»Das liegt doch nicht nur an deiner Arbeit«, sagte sie. »Das muß was mit mir zu tun haben.«

»Willst du Sushi?« fragte ich.

Sie riß mir den Hörer aus der Hand.

»Laß los«, rief ich.

»Du gehst zu den Anonymen Alkoholikern.«

»Du sollst loslassen!« Ich riß an dem Hörer, und sie lockerte ihren Griff.

»Wenn du dich nur selbst sehen könntest«, sagte sie, während ihr Gesicht rot anlief. »Als wenn du ein anderer Mensch wärst. Ich kenn dich überhaupt nicht wieder.«

»Ach, verschon mich mit deinen verfluchten Melodramen. Was willst du essen?«

Sie drehte sich um.

»Ich nehme Suhsi«, sagte ich.

»Ich habe keinen Hunger.«

»Dann stell ich deine Portion in den Kühlschrank.«

Nachdem ich angerufen hatte, ging ich ins Wohnzimmer, setzte mich auf die Couch und stellte den Fernseher an. Die Wirkung des Alkohols hatte deutlich nachgelassen, doch war mir immer noch ein wenig schwindlig, vor allem, als ich mich hinsetzte.

Kurz darauf kam Paula zu mir ins Wohnzimmer und sagte: »Es wäre alles viel leichter, wenn du zugeben würdest, daß du Probleme hast.«

»*Du* bist doch diejenige, die Probleme hat.«

»Du behältst alles für dich. Du glaubst, wenn du es verschweigen kannst, ist es nicht weiter wichtig.«

»Ach nein, wer verschweigt denn hier was? Erzähl schon, mit wem warst du heute tatsächlich essen?«

Ich wollte einfach nur zurückschlagen, wollte einen blöden Punkt in unserem Streit gewinnen, doch als ich den Schatten sah, der über ihr Gesicht huschte, da wußte ich, daß ich sie an einer empfindlichen Stelle getroffen hatte.

»Warum versuchst du, das Thema zu wechseln?«

»Ist doch nur eine Frage. Warum antwortest du nicht?«

Jetzt sah Paula regelrecht schuldbewußt drein.

»Ich wollte es dir nicht sagen, weil ich wußte, was du für einen Aufstand veranstalten würdest«, sagte sie. »Und genau diesen Aufstand machst du ja jetzt auch, obwohl du überhaupt keinen Grund hast, dich aufzuregen.«

»Wovon redest du denn?«

Sie schaute mich an, tauchte ein in meinem Blick und gestand mir dann vertrauensvoll: »Ich habe heute mit Doug zu Mittag gegessen.«

»Also hast du mich angelogen«, sagte ich.

»Ich habe nicht gelogen.«

»Du hast gesagt, du würdest mit dieser dämlichen Debbie essen.«

»Siehst du? Ich wußte genau, daß du aus der Haut fährst. Dabei war nichts – überhaupt nichts. Doug hat mich heute auf der Arbeit angerufen und wollte sich mit mir treffen. Wie es der Zufall will, hat seine Firma nämlich ein Unternehmen empfohlen, das wir analysiert haben, und er wollte sich darüber mit mir unterhalten. Tut mir leid, daß ich dich am Telefon angelogen habe, aber ich wußte, wie du dich aufregen würdest und hatte keine Ahnung, was ich sonst sagen sollte. Das war wirklich blöd von mir, und es tut mir leid.«

»Das war also ein *Geschäftsessen*?« fragte ich.

»Ja, glaub schon.«

»Glaubst du?«

»Jetzt hör schon auf, Richard, mach es...«

»Hast du ihn gefickt?«

»*Was?*«

»Das war eine einfache Frage«, sagte ich langsam und deutlich. »Hast... du... ihn... gefickt?«

»Du bist ja krank.«

Sie wollte gehen, aber ich blieb vor ihr stehen.

»Geh mir aus dem Weg.«

Ich versuchte, mich zu zügeln, holte tief Luft und schloß einen Moment die Augen.

»Ich würde dir gern glauben«, sagte ich. »Ich würde dir jetzt wirklich gern glauben.«

»Ich weiß überhaupt nicht, wieso wir darauf gekommen sind«, sagte sie. »Eigentlich geht es doch gar nicht um mich. Es geht um dich und deine Sauferei, und du versuchst nur, davon abzulenken.«

»Du hast meine Frage immer noch nicht beantwortet.«

»Welche Frage?«

»Hast du ihn gefickt?«

»Ich faß es nicht.«

»Hast du ihn gefickt?«

»Hör auf!«

»Hast du ihn gefickt?«

»Halt den Mund!«

Ich packte sie an den Schultern und schüttelte sie.

»Hast du ihn gefickt? Hast du ihn gefickt? Hast du ihn gefickt?«

»Nein!«

Sie versuchte, mir zu entkommen und aus dem Wohnzimmer zu fliehen, aber ich packte sie erneut. Sie wehrte sich, wollte mich mit den Händen fortstoßen und drehte sich zum Flur um. Ich merkte nicht, wie nah sie der Wandecke zwischen Flur und Wohnzimmer gekommen war. Mir war auch nicht klar, wie heftig ich sie geschubst hatte. Sie stolperte, drehte sich um und wollte sich irgendwo festhalten, als ihr Kopf mit voller Wucht gegen die Ecke prallte. Einen oder zwei Augenblicke lang stand sie wie erstarrt, dann riß sie sich los, rannte über den Flur ins Schlafzimmer und knallte die Tür hinter sich zu.

7

Ich stand vor der Tür und flehte Paula an, mich ins Schlafzimmer zu lassen. Ich hörte einfach nicht auf, sagte ihr immer wieder, wie leid es mir täte und wie schrecklich ich mich fühlte, doch sie gab keine Antwort.

Resigniert ging ich schließlich zurück ins Wohnzimmer, setzte mich auf die Couch und stützte den Kopf in die Hände. Ich konnte es einfach selbst nicht glauben, daß ich sie so heftig geschubst hatte.

Ich packte einige Eiswürfel in ein Handtuch und kehrte zurück zur Schlafzimmertür. Paula wollte mir immer noch nicht aufmachen, also sagte ich ihr, daß ich das Eis im Flur liegen ließe und ging wieder. Augenblicke später wurde die Tür geöffnet. Paula schnappte sich das Eis und schlug die Tür sofort wieder zu. Ich hörte, wie der Schlüssel umgedreht wurde.

Das Suhsi kam, aber ich hatte keinen Hunger und stellte es in den Kühlschrank.

Ich trat wieder vor die Schlafzimmertür und versuchte erneut, Paula zu überreden, mich doch endlich zu sich zu lassen.

»Ich will doch nur, daß du weißt, wie sehr ich dich liebe; und ich schwöre bei Gott, daß so was nie wieder passiert. Du hast ja recht – ich habe Probleme, und ich brauche

Hilfe. Bitte – sei mir deswegen nicht mehr böse. Ich werde dir auch nie wieder weh tun – das verspreche ich. Du mußt mir glauben. Komm schon, bitte mach wieder auf, damit du selbst sehen kannst, wie leid es mir tut.«

Sie reagierte nicht. Ich bettelte noch eine Weile länger, versuchte es auf jede nur erdenkliche Weise, aber nichts half. Irgendwann gab ich schließlich auf und kehrte zur Wohnzimmercouch zurück.

Um halb sieben am nächsten Morgen war die Schlafzimmertür immer noch verschlossen. Ich klopfte leise, erhielt aber keine Antwort. Dann sagte ich: »Wenn du wach bist, laß mich bitte ins Zimmer. Du mußt mir einfach die Chance geben, dir zu sagen, wie leid es mir tut.«

Nichts. Ich ging mit Otis nach draußen und machte Kaffee. Nachdem ich einige Male durch die Wohnung getigert war, stand ich wieder vor ihrer Tür.

»Bitte«, sagte ich. »Komm schon, langsam wird es lächerlich. Mach einfach die Tür auf, ja?«

Wieder gab sie keine Antwort. Es war nach sieben, und ich mußte ins Schlafzimmer, um mich anziehen zu können.

Während der nächsten zehn Minuten klopfte ich immer wieder an die Tür, bestürmte Paula, mir doch zuzuhören und wurde langsam richtig wütend. Ich wußte, sie wollte mich bloß bestrafen, wollte mich aus dem Schlafzimmer aussperren, bis ich zu spät zur Arbeit kam.

Um halb acht fluchte ich kurz, duschte mich dann im Gästebad und wusch mir die Haare mit Seife. Ich mußte spätestens um zwanzig vor acht aus dem Haus sein, da meine erste Besprechung heute für neun Uhr angesetzt war; außerdem mußte ich vorher noch im Büro vorbeischauen, um mir einige Unterlagen für meine Präsentation zu holen. Ich hämmerte an die Tür und forderte Paula auf, mich endlich einzulassen.

»Das ist doch bescheuert«, sagte ich. »Okay, was ich gestern abend getan habe, war falsch, aber deswegen brauchst du dich wirklich nicht so kindisch zu benehmen. Ich habe gesagt, daß es mir leid tut, und ich habe zugegeben, daß ich Probleme habe, aber jetzt müssen wir auch unser Leben weiterleben. Mach also endlich die verdammte Tür auf!«

Ich war so frustriert, daß ich am liebsten die Tür eingetreten hätte, doch war mir klar, daß ich dadurch nur noch gewalttätiger und verrückter auf Paula wirken mußte, was es ihr erst recht schwer machen dürfte, mir zu verzeihen. In einer Tüte mit Kleidern, die Paula irgendeinem Trödelladen spenden wollte, fand ich zu guter Letzt einen alten, zerknitterten Anzug, den ich rasch überbügelte. Er sah danach zwar immer noch zerknittert aus, doch würde er genügen müssen. Unten im Schrank fand ich dann noch ein zusammengeknäultes Hemd, nur blieb mir zum Bügeln jetzt wirklich keine Zeit mehr. Das war nicht weiter schlimm – mußte ich eben die Anzugjacke zugeknöpft lassen. Als ich aus der Wohnung ging, hörte ich die Dusche in unserem gemeinsamen Bad rauschen. Offenbar hatte Paula doch vor, zur Arbeit zu gehen, nur würde sie das Schlafzimmer erst verlassen, *nachdem* ich gegangen war.

Ich fuhr mit dem Taxi. Aus meinem Büro, das heißt, aus meiner Kabine, holte ich die Unterlagen für das Meeting. Dann lief ich zur Park Avenue, Ecke Forty-seventh, um mich mit dem Finanzvorstand einer kleinen Gesellschaft für Kapitalmanagement zu treffen. Während meiner Präsentation wußte ich selbst kaum, was ich eigentlich sagte, so sehr drehten sich meine Gedanken ausschließlich um Paula. Ich konnte nur hoffen, daß ihr nichts fehlte und daß sie mir irgendwann verzieh.

Die Konferenz endete mit der Abmachung, daß ich der Firma bis Ende der Woche ein Angebot für die Einrichtung eines kleinen Rechnerverbundsystems zufaxen sollte. Bei all meiner Geistesabwesenheit sah ich auch noch derart zerzaust und ungepflegt aus, daß ich mir nicht vorstellen konnte, einen günstigen Eindruck hinterlassen zu haben.

Aus dem Fahrstuhl rief ich über Handy in Paulas Büro an. Ihre Sekretärin nahm ab, entschuldigte sich aber, sobald sie meine Stimme erkannte und sagte, daß Paula ›in einer Konferenz‹ sei und deshalb nicht ans Telefon kommen könne.

»Stellen Sie mich lieber zu ihr durch«, sagte ich. »Ich hatte einen Unfall.«

Ich glaubte, überzeugend zu klingen, doch Paula war zu gewitzt und hatte offenbar Lunte gerochen, denn als ihre Sekretärin wieder an den Apparat kam, sagte sie: »Tut mir leid, sie will... ich meine, sie *kann* gerade nicht ans Telefon kommen. Möchten Sie vielleicht eine Nachricht hinterlassen?«

»Ich versuch es später noch mal«, erwiderte ich.

Ich durchquerte die Lobby, trat hinaus auf die Straße und war so in Gedanken vertieft, daß ich den Verkehr und die Menschenmenge kaum wahrnahm. Ohne Umwege ging ich zur Madison Avenue, Ecke Fifty-fourth und bezog vor Michael Rudnicks Gebäude Posten.

Und wenn ich den ganzen Tag lang warten würde, war es mir auch egal – ich mußte Rudnick noch einmal sehen, und diesmal würde ich ihn zur Rede stellen. Ich hatte zwar keine Ahnung, was ich sagen wollte, doch im entscheidenden Moment würde mir schon irgend etwas einfallen.

Es war noch keine zehn Uhr, und ich ahnte, daß ich unter Umständen bis Mittag warten mußte, vielleicht sogar länger. Ich hockte mich auf den Mauervorsprung vor dem Gebäude. Nach einer Weile zog ich mein Jackett aus und lockerte den Schlips, ließ aber die Drehtür nicht aus den Augen und war bereit, jederzeit aufzuspringen, wenn er sich blicken lassen sollte. Dann kam mir eine Idee. Mir fiel der Name seiner Firma wieder ein – Rudnick, Eisman und Stevens –, und ich griff nach meinem Handy. Über die Auskunft erhielt ich die Telefonnummer. Als sich eine Vorzimmerdame meldete, fragte ich, ob Michael Rudnick heute im Büro sei. Statt zu antworten, stellte sie mich durch, und eine tiefe Stimme sagte: »Michael Rudnick.«

Ich hatte mit seiner Sekretärin gerechnet, weshalb es mich ziemlich verblüffte, daß er sich persönlich meldete. Eine Weile hielt ich das Handy noch ans Ohr gepreßt und hörte, wie er in etwas lauterem, aggressiverem Ton noch einmal ›Michael Rudnick‹ sagte, dann unterbrach ich das Gespräch, blieb aber noch einmal einige Sekunden einfach sitzen, das Telefon am Ohr, bis ich schließlich merkte, daß ich wie Espenlaub zitterte. Wütend auf mich, weil ich so ein Schißhase war, steckte ich das Telefon wieder fort.

Gut zwei Stunden blieb ich so auf dem Mauervorsprung sitzen. Gegen Mittag strömte die Menschen in Scharen aus dem Gebäude. Falls er sich aus irgendeinem Grund entschloß, heute nicht zum Essen zu gehen, würde ich um halb fünf wieder hier warten, um ihn auf dem Heimweg abzufangen. Sollte ich ihn dann auch noch verpassen, würde ich morgen und auch am nächsten Tag wiederkommen, aber irgendwann würde ich ihm schließlich von Angesicht zu Angesicht gegenüberstehen.

Dann sah ich ihn, wie er das Gebäude verließ. Er wurde von einem Mann und einer Frau begleitet, lächelte, und kam direkt auf mich zu. Plötzlich spürte ich die gleiche lähmende Angst, die mich beim Klang seiner Stimme am Telefon gepackt hatte. Im Näherkommen setzte er die dunkle Sonnenbrille auf, die ich schon von unserer Begegnung auf der Fifth Avenue kannte. Ohne mich anzusehen, ging er an mir vorbei.

Einen Moment lang konnte ich mich nicht bewegen, dann zwang ich mich, die Erstarrung abzuschütteln und mich zusammenzureißen. Ich stand auf und folgte Rudnick mit seinen Freunden, die die Fifty-Third Street überquerten und die Madison Avenue hinabgingen.

Der Bürgersteig war überfüllt. Auf der Fifty-first wandten sich die drei nach links, und ich heftete mich an ihre Fersen, hielt aber knapp zehn Meter Abstand. Zwischen zwei Querstraßen betraten sie dann ein japanisches Restaurant. Eine Zeitlang blieb ich draußen stehen und sah zu, wie der Kellner ihnen einen Platz anwies, dann beschloß ich, ihnen zu folgen. Der Kellner wollte mich schon an die Suhsi-Bar führen, als mir auffiel, daß neben Rudnicks Gruppe ein Tisch frei war. Ich fragte den Kellner, ob ich mich auch dorthin setzen könnte.

Ich wählte den Platz, der Rudnick am nächsten war. Uns

trennten nur wenige Zentimeter, da sich unsere Stuhllehnen fast berührten. Mir fiel ein, daß ich ihm seit der Zeit im Keller damals noch nie wieder so nah gewesen war.

Es war laut im Lokal, doch konnte ich ein paar Brocke vom Gespräch in meinem Rücken auffangen. Mehrmals hörte ich Rudnick von Immobilien und Notarterminen reden, weshalb ich annahm, daß er Anwalt für Grundstücksverkäufe war.

Ich bestellte mir zwei Tuna-Rolls, eine Yellowtail-Roll und zwei Lachsstückchen, wobei mir einfiel, daß sich das gestern abend bestellte Sushi noch im Kühlschrank befand und daß ich seit gestern nachmittag nichts mehr gegessen hatte.

Ich lauschte auf die Unterhaltung hinter mir – man redete jetzt vom New Yorker Immobilienmarkt, und gelegentlich fiel auch der Name Trump. Einmal lachte Rudnick laut auf, und bei dem Gedanken, daß er sich derart amüsierte, wurde mir richtig übel. Was seine Freunde wohl sagen würden, wenn sie die Wahrheit erführen? Eines war jedenfalls sicher – Rudnick würde bestimmt das Lachen vergehen.

Mein Essen kam. Ich schlang das Sushi in mich hinein, schmeckte aber kaum etwas, so konzentriert hörte ich dem langweiligen Gespräch hinter mir zu. Nach dem Essen blieben sie noch eine gute halbe Stunde sitzen und redeten über diverse Maklerprojekte. Schließlich rief Rudnicks tiefe Stimme dem mehrere Tische entfernten Kellner zu: »Die Rechnung bitte!«

Als der Kellner herübersah, rief ich: »Meine auch!«

Rudnick gab ihm eine Kreditkarte, ich zahlte bar. Der

Kellner kam mit meinem Wechselgeld und Rudnicks Quittung zurück, und als hinter mir Stühle gerückt wurden, stand ich ebenfalls auf. Einen Augenblick lang schaute Rudnick zu mir herüber, doch sein Blick glitt über mich hinweg.

Auf dem Weg nach draußen war ich so dicht hinter Rudnick, daß mir sein Rasierwasser in die Nase stieg. Es war nicht mehr das Aftershave, das er als Teenager benutzt hatte, roch aber mindestens ebenso aufdringlich. Ich stellte mir vor, wie ich ihm auf den Rücken klopfte und sagte: ›Na du Arschloch, erinnerst du dich an mich?‹

In einigem Abstand folgte ich Rudnick und seinen Freunden die Madison Avenue hinunter und nahm an, daß sie gemeinsam ins Bürogebäude zurückkehren würden. Also würde ich auf eine andere Gelegenheit warten müssen, um mit Rudnick reden zu können – später vielleicht oder morgen. Doch plötzlich blieb das Grüppchen an der Fifty-fourth Street stehen, und man gab sich die Hand. Ich tat, als betrachtete ich irgendein Schaufenster und beobachtete Rudnicks Spiegelbild. Dann wandte er sich ab und ging allein in Richtung Eingang.

Plötzlich bot sich mir die Chance, ihm etwas zu sagen, und während er seinen Weg wieder aufnahm, platzte es aus mir heraus: »He! Michael Rudnick!«

Rudnick hielt an, drehte sich um und sah mich an. Er trug keine Sonnenbrille und wirkte ein wenig verwirrt. Vermutlich kam ich ihm irgendwie bekannt vor, auch wenn er sich noch kein rechtes Bild von mir machen konnte. Vielleicht hielt er mich für einen ehemaligen Kunden oder für jemanden, den er vom College oder vom Jurastudium kannte.

»Du erinnerst dich wohl nicht an mich, wie?« fragte ich.

»Nein, tut mir leid«, sagte er und schaute mich aus zusammengekniffenen Augen an. »Wie heißen Sie denn?«

»Richard«, sagte ich, »aber du kennst mich sicher noch als Richie – Richie Segal.«

Erst blieb Rudnicks Miene unverändert. Doch dann erkannte er mich wieder, und für einen Moment sah ich es in seinem Gesicht aufblitzen. Es ging so rasch vorüber, daß mir die Veränderung fast entgangen wäre, wenn ich nicht danach Ausschau gehalten hätte, doch im selben Moment wußte ich, daß er sich wieder an alles erinnerte. Es war herrlich, die Angst in seinen Augen zu sehen, während er sich fragte, was ich von ihm wollte. Gleich darauf aber setzte er wieder die leicht verwirrte Miene auf.

»Tut mir leid«, sagte er. »Und wo haben wir uns kennengelernt?«

Die Arroganz dieses Arschlochs war wirklich unglaublich.

»Ich kann mir gar nicht vorstellen, daß du dich nicht an mich erinnerst«, sagte ich. »Du bist im Haus gegenüber aufgewachsen.«

Wie benommen starrte er mich an. Er jagte mich um die Tischtennisplatte und schrie: »Jetzt kriegst du was zu spüren!« Und mit einem Mal, als hätte es plötzlich ›klick‹ gemacht, sagte er: »Richie Segal, ja natürlich. Ist lange her, nicht wahr? Wie hast du mich denn erkannt?«

»Ich vergesse niemals ein Gesicht«, sagte ich.

Wir starrten uns einen peinlichen Moment lang an, doch schlug ich schließlich die Augen nieder, und mir fiel auf, daß er einen breiten, goldenen Ehering trug. Rudnick sagte: »Tja, du hast dich wirklich mächtig verändert. Wie alt warst du, als ich dich zuletzt gesehen habe? Zehn Jahre?«

»Ich war zwölf, als du fortgezogen bist.«

»Ah ja – okay.« Er wandte den Blick ab und war in Gedanken schon wieder woanders. Ich merkte ihm an, daß er sich unbehaglich fühlte und unser Gespräch möglichst rasch beenden wollte. Er schaute auf seine Uhr und sagte: »Nun, war wirklich nett, dich wiederzusehen, aber ich muß los, sonst komme ich zu spät zur Besprechung. Man sieht sich.«

Er ging und betrat das Bürogebäude, ohne sich noch einmal umzudrehen.

8

»Wo sind Sie so lange gewesen? Ich habe überall nach Ihnen gesucht.«

Ich war gerade auf die Toilette gegangen, wo Bob Goldstein sich die Hände wusch.

»Ich hatte ein Meeting«, erwiderte ich.

»Und ich habe in Ihrem Terminplan nachgesehen. Ihr Meeting war heute morgen um neun Uhr, oder nicht?«

»Es hat sich etwas in die Länge gezogen, und wir waren noch zusammen Mittag essen. Aber es ist gut gelaufen.«

»Haben Sie den Vertrag?«

»Noch nicht, aber er kommt.«

»Und was ist mit Ihrem Kunden von gestern – dem, der unbedingt einen Berater brauchte?«

»Er hat sich geärgert, weil es nicht geklappt hat, aber vielleicht ist noch nicht alles verloren. Ich werde ihn heute Nachmittag noch einmal anrufen.«

»Und sonst was in Aussicht? Irgendwelche Eisen im Feuer?«

»Ein paar vielversprechende Termine.«

»Prima. Hoffen wir, daß Ihnen diese Woche der Durchbruch gelingt.«

Bob trocknete sich die Hände mit einem Papiertuch ab und verließ die Toilette. Ich ging zu den Pinkelbecken. Als ich mir anschließend die Hände wusch, kam Steve Ferguson aus einer der Kabinen. Er hatte die ganze Zeit da drinnen gehockt und mein Gespräch mit Bob belauscht. Ohne mich auch nur anzusehen, verließ er die Toilette.

Ich kehrte zurück an meinen Tisch und stellte den Computer an. Im Vergleich zu meinen Schwierigkeiten mit Michael Rudnick schienen mir die Probleme mit meiner Arbeit plötzlich unbedeutend und belanglos. Letztlich interessierte es mich nicht mal mehr, ob ich noch einen Vertrag abschließen oder ob man mich feuern würde. Ich hatte in der Vergangenheit schon viele Jobs gehabt und würde auch in Zukunft noch viele Jobs haben. Eigentlich war es nicht weiter wichtig.

Ich rief Paula im Büro an – wieder war ihre Sekretärin am Apparat und wieder weigerte sie sich, meinen Anruf durchzustellen –, danach suchte ich im Internet nach weiteren Informationen über Michael Rudnick.

Ich fand sechs Michael Rudnicks. Einer hatte ein Buch über zystische Fibrose geschrieben, der nächste war Mitglied bei Davis, dem Schwimmteam der University of California, einer suchte nach Leuten, die via Internet mit ihm Backgammon spielen wollten, einer hatte ein Handballturnier in Miami gewonnen, der fünfte war arbeitsloser Mathelehrer und der letzte Mitbesitzer eines Gebrauchtwagenhandels in Dayton.

Dann suchte ich nach ›Rudnick, Eisman und Stevens‹ und fand einen Link zu Michael J. Rudnick, Esquire. Leider ging es auf der Seite um den Verkauf von Büroräumen in Lower Manhattan, und sie verriet mir nichts, was ich nicht schon wußte.

Mir fiel wieder ein, daß Rudnick einen Ehering getragen hatte. Ich wollte wissen, wer seine Frau war, wie sie ihren Lebensunterhalt verdiente. Ich wollte wissen, ob er Kinder hatte und falls ja, wie alt sie waren. Ich wollte wissen, wo er wohnte. Dann erinnerte ich mich daran, gestern eine Adresse von einem Michael Rudnick in der Washington Street in West Village gesehen zu haben. Washington Street lag ziemlich weit im Westen, nahe beim West Side Highway, irgendwo in der Viehmarktgegend, einem überwiegend ›schwulen Viertel‹. Vielleicht war Rudnick ja schwul, und der Ehering bedeutete nur, daß er einen Mann hatte.

Mein Computer gab einen Piepton von sich, das Signal dafür, daß ich eine E-Mail erhalten hatte. Sie war von Bob, der eine genaue Auflistung aller offenen Verhandlungsangebote haben wollte.

Ich löschte die Mail und machte mich wieder daran, im Netz nach weiteren Informationen über Michael J. Rudnick zu suchen.

Kurz nach sieben Uhr kam ich nach Hause. Im Flur und im Wohnzimmer waren die Lichter an, aber die Schlafzimmertür war wieder verschlossen. Ich klopfte leise. Keine Antwort. Ich klopfte erneut, diesmal etwas heftiger.

»Komm schon, mach einfach auf«, sagte ich. »Ich habe keine Lust, den ganzen Unsinn heute abend noch einmal durchzumachen.«

Ich klopfte wieder, dann hörte ich Schritte, und die Tür wurde aufgeschlossen. Ich betrat das Zimmer und sah Paula, die mit dem Rücken zu mir stand, das Gesicht zum Schrank. Sie hatte sich noch nicht umgezogen und trug noch das schlichte marineblaue Kostüm, in dem sie arbeiten gegangen war. In einigem Abstand blieb ich stehen.

»Hör mal, ich weiß, daß es überhaupt nichts gibt, was ich dir jetzt sagen könnte«, erklärte ich, »aber du solltest einfach wissen, wie leid es mir tut. Ich schwöre bei Gott, ich werde so etwas nie wieder tun, und ich...«

Sie drehte sich zu mir um. Ich erschrak dermaßen, daß ich kein Wort mehr herausbrachte und am liebsten geweint hätte. Ihre linke Gesichtshälfte war über dem Wangenknochen war rot angeschwollen, rund um das Auge war die Haut dunkelblau. Ich konnte gar nicht glauben, daß sie so zur Arbeit gegangen war.

»Du meine Güte«, rief ich. »Es tut mir so leid.«

Ich griff nach ihr, aber sie wich vor mir zurück.

»Bleib mir bloß vom Leib«, sagte sie.

»Jetzt hör doch«, sagte ich, »ich...«

»Ich sage es dir nur einmal, und es wäre besser, wenn du es nie wieder vergißt«, sagte sie betont kühl. »Falls du mir noch mal weh tust, nur noch ein einziges Mal, ist es mit unserer Ehe aus und vorbei. Dann ist mir auch völlig egal, was du sagst oder welche Entschuldigungen du vorbringst. Ich werde jedenfalls keine dieser treu ausharrenden Ehefrauen sein, die zu ihrem gewalttätigen, versoffenen Mann halten. Scheiße, nein, ich nicht.«

»Ich wollte dir doch nicht weh tun«, sagte ich.

»Erspar mir diesen Mist! Du hast mich gestoßen, das weißt du ganz genau!«

Dagegen konnte ich nichts sagen, weil es die Wahrheit war. Ich setzte mich aufs Bett, schlug die Hände vors Gesicht und weinte. Es war, als wäre ich bei einer Beerdigung –

meine Lippen zitterten, der Atem ging nur stoßweise. Und doch wußte ich, daß es nicht nur um Paula ging. Streß und Ärger, der sich seit Tagen in mir aufgestaut hatte, entluden sich jetzt.

»Du gehst zu den Anonymen Alkoholikern, und wir gehen gemeinsam zur Eheberatung«, sagte Paula. »Ich habe heute meinen Therapeuten angerufen, und er schlug eine Dr. Lewis in der Park Avenue vor. Am Freitag um sechs Uhr haben wir einen Termin bei ihr.«

Ich konnte nicht aufhören zu weinen. Bestimmt hatte ich nicht mehr so geweint, seit ich ein Kind gewesen war – Paula jedenfalls hatte mich noch nie so weinen sehen, und es schien eine gewisse Wirkung auf sie auch nicht zu verfehlen. Wäre ich nicht so von Kummer überwältigt gewesen, hätte sie bestimmt weiter auf mich eingeschrien. Statt dessen blieb sie eine Weile vor dem Bett stehen, setzte sich dann zu mir und legte eine Hand auf mein Knie. Mir war klar, daß sie sich gewiß ganz anders verhalten hätte, wenn ihr auch nur der Verdacht gekommen wäre, daß meine Tränen kaum mit ihr zu tun hatten.

Als ich schließlich zu schluchzen aufhörte, sagte Paula: »Ich würde dir gern verzeihen – ehrlich. Ich meine, ich habe dir auch einmal sehr weh getan, und ich weiß, wie wichtig es für mich war, daß du mir eine zweite Chance gegeben hast. Die möchte ich dir auch geben, aber ich sag dir lieber gleich, daß es nicht leicht werden wird. Was du gestern abend getan hast, war einfach schrecklich – es war das schlimmste, was du überhaupt nur machen konntest. Verdammt, was ist bloß in dich gefahren?«

»Ich hab ein Problem«, sagte ich.

»Ein Problem? Was für ein Problem?«

Beinahe hätte ich ihr von Michael Rudnick erzählt. Meine Lippen bewegten sich schon, und ein kaum hörbarer Laut kam aus meinem Mund, doch riß ich mich im letzten Augenblick zusammen.

»Zur Zeit ist einfach ziemlich viel los.«

»Was meinst du?« fragte sie. »Geht es um deinen Job? Du hattest doch auch schon früher Probleme mit deiner Arbeit, aber so hast du noch nie reagiert.«

»Diesmal ist es was andres.«

»Warum?«

»Ist es eben. Ich weiß nicht warum. Vielleicht stecke ich in einer Midlife-Crisis..«

»Mit vierunddreißig?«

»... vielleicht ist es auch nur Streß. Hör mal, ich weiß, es gibt keine Entschuldigung für das, was ich getan habe, okay? Möglicherweise hast du recht – möglicherweise habe ich tatsächlich ein Problem mit dem Alkohol. Ich gehe zu den Anonymen Alkoholikern – ich gehe auch zur Eheberatung, wenn du das unbedingt möchtest. Ich werde alles tun, damit es zwischen uns wieder so wie früher wird.«

Ich griff nach ihrer Hand, aber sie entzog sie mir.

»Gibt es irgendwas, das ich für dich tun kann?« fragte ich. »Kann ich dir noch Eis oder sonstwas holen?«

»Geht schon«, sagte sie. »Heute morgen hat es viel schlimmer ausgesehen.«

»Was haben sie im Büro gesagt?«

»Ich habe ihnen eine Geschichte aufgetischt, habe gesagt, ich wäre aus der Dusche gekommen und gegen den Handtuchhalter gefallen. Ich denke, sie haben es mir abgekauft.«

»Bist du sicher, daß ich gar nichts für dich tun kann? Soll ich dir vielleicht was zu essen besorgen?«

»Mir geht's gut – wirklich. Ich möchte nur eine Weile allein sein, okay?«

Ich zog mich um und ging in die Küche. Appetit hatte ich eigentlich nicht, dachte mir aber, daß ich vermutlich verhungerte und es nur noch nicht gemerkt hatte. Also nahm ich den Rest Sushi aus dem Kühlschrank, stocherte im Wohnzimmer darin herum und sah dabei fern.

Nach etwa einer halben Stunde kam Paula aus dem Schlafzimmer. Sie holte sich ihre Portion aus dem Kühlschrank, setzte sich in den Sessel neben meinem, und zusammen starrten wir den Fernseher an. Gesprochen haben wir kaum. Einige Male versuchte ich, ein Gespräch in Gang zu bringen, erhielt aber immer nur kurze, einsilbige Antworten und begriff, daß ich sie am besten in Ruhe ließ – nur nichts überstürzen. Wenn sie soweit war, würde sie schon von allein zu reden beginnen.

Paula sagte, daß sie lieber allein schlafen würde, doch schloß sie mich diesmal wenigstens nicht aus dem Schlafzimmer aus. Sie ließ auch zu, daß ich mir für die Nacht auf der Couch eine Decke und ein Kissen aus dem Schrank holte.

Gegen elf Uhr ging ich mit Otis Gassi. Als ich zurükkkam, fuhr ein Junge mit mir im Fahrstuhl nach oben. Er war etwa dreizehn Jahre alt und hatte rotes, lockiges Haar. Ich hatte ihn im Laufe der letzten Jahren schon oft gesehen, meist irgendwo in der Nachbarschaft oder im Gebäude. Normalerweise war er mit seiner Mutter oder seinem Vater zusammen, doch diesmal war er allein und hielt einen

Basketball in der Hand. Mir fiel wieder ein, wie ich vor unserem Haus in Brooklyn mit einem Basketball auf dem Bürgersteig gespielt hatte, als Michael Rudnick mich zum ersten Mal zum Tischtennis in seinen Keller gelockt hatte.

Der Junge hieß Jonathan. Ich hatte keine Ahnung, wieso ich das wußte. Wahrscheinlich hatte ich mal gehört, wie er von seiner Mutter so gerufen worden war.

»War es ein gutes Spiel?« fragte ich.

Ich hatte noch nie mit dem Jungen geredet, und er warf mir einen ungläubigen Blick zu, ehe er antwortete.

»Nicht übel.«

»Und wo habt ihr gespielt?«

»Auf dem Schulhof«, erwiderte er schüchtern und schaute zu den erleuchteten Stockwerksziffern über der Tür hoch.

Während ich den Jungen anstarrte, stellte ich mir vor, wie ich ihn eines Tages, wenn Paula nicht daheim war, in unsere Wohnung einlud, um mir mit ihm ein Basketballspiel im Fernsehen anzuschauen. Wir würden eine Wette abschließen – er konnte sich eine Mannschaft auswählen, ich würde die andere nehmen. Wenn seine Mannschaft gewänne, bekäme er fünf Dollar von mir. Gewänne aber meine Mannschaft, gäbe es einen Abrubbler. Und dann, falls ich die Wette gewann, würde ich ihn durch die Wohnung jagen, an seiner Unterwäsche zerren und ihn auf die Couch werfen.

Ich fuhr aus meinen Tagträumen auf und spürte plötzlich, wie mir der Schweiß über den Nacken ran.

Die Fahrstuhltür ging auf, und Jonathan verschwand ohne ein Wort. Ich hoffte nur, er würde seinen Eltern nicht erzählen, daß irgendein Perverser im Fahrstuhl ihn beäugt hatte.

Später stand ich vor dem Badezimmerspiegel und konnte nicht glauben, was mit mir geschah. Erst schupste ich meine Frau in voller Absicht gegen eine Mauerecke, und jetzt hatte ich auch noch krankhafte Phantasien und beglotzte unschuldige Jungen.

Ich brauchte einen Scotch. Ich wußte, daß es bestimmt völlig verkehrt war, jetzt etwas zu trinken, aber ich konnte nicht anders. Nur so würde ich mich entspannen, wieder zur Ruhe kommen. Außerdem bliebe es schließlich bei dem einen Glas. Und was machte das schon aus, so ein kleiner Drink?

Ich vergewisserte mich, daß die Tür zum Schlafzimmer wirklich geschlossen war und trat dann leise an den Barschrank, bloß um festzustellen, daß alle Flaschen verschwunden waren. Ich hätte mir auch denken können, daß Paula kein Risiko einging. Einen Moment überlegte ich, zum Deli in der First Avenue zu gehen und mir ein paar Bier zu kaufen, doch dann gab ich den Gedanken wieder auf und sagte mir, daß es so wahrscheinlich am besten war. Früher oder später würde ich doch anfangen müssen, also konnte es ebensogut auch gleich sein.

Ich lag auf der Couch und begann erneut zu schwitzen. Von Schlaf war keine Rede, also stellte ich den Fernseher wieder an und drehte den Ton leiser. Otis sprang zu mir auf die Couch und schmiegte sich an mein Gesicht. Sanft strich ich ihm über Rücken, Kopf und Hals. Es hatte lange gedauert, bis ich mich mit Otis anfreunden konnte. Eigentlich wäre mir eine Katze lieber gewesen, doch Paula hatte sich nun mal einen Cockerspaniel in den Kopf gesetzt, und irgendwann gab ich schließlich nach. Dabei hätte ich nie geglaubt, daß ich mal einer jener Leute sein würde, die mit ihrem Hund auf der Straße reden, aber in letzter Zeit ertappte ich mich immer wieder dabei. Und weil ich jemanden brauchte, dem ich erzählen konnte, wie mich fühlte, und weil sonst niemand bei mir war, flüsterte ich ihm auch jetzt in sein Schlabberohr: »Ich bring ihn um, Otis. Ich bring diesen Dreckskerl um.«

9

Am Morgen sprach ich Bob eine Nachricht auf den Anrufbeantworter und sagte, ich sei krank und würde heute nicht ins Büro kommen. Das stimmte teilweise sogar, da ich mich die ganze Nacht nicht wohl gefühlt hatte und mit kratziger Kehle, verstopfter Nase und steifem Hals aufgewacht war. Doch selbst wenn ich hundertprozentig in Form gewesen wäre, hätte ich mir den Tag frei genommen.

Paula war kein bißchen gesprächiger als am Abend zuvor. Jedenfalls freute es mich, daß die blauen Flecken langsam verblaßten; mit etwas Make-up würden sie kaum noch zu sehen sein.

Ich duschte als erster, und als Paula mit dem Duschen fertig war, hatte ich mich bereits angezogen und band mir gerade die Schuhe zu. Es war erst viertel nach sieben. Ich erklärte Paula, daß ich heute etwas früher anfing und wollte ihr zum Abschied einen Kuß geben, aber sie wich zurück und ließ mich nicht mal ihre Wange küssen.

Es regnete ziemlich heftig, also griff ich mir einen Regenschirm, als ich die Wohnung verließ, und da ich es eilig hatte, nahm ich mir ein Taxi zur Madison Avenue, Ecke Fifty-fourth.

Ich rechnete damit, Rudnick auf dem Weg zur Arbeit abzufangen und nahm an, daß der Anwalt einer Firma in der Madison Avenue ziemlich früh anfing. Als das Taxi mich absetzte, sah ich auf meine Uhr. Es war exakt sieben Uhr dreißig. Ich ging zu der Stelle am Haupteingang, an der ich gestern gewartet hatte, doch sammelten sich kleine Pfützen auf dem Mauervorsprung, weshalb ich mich nicht hinsetzen konnte.

Über eine Stunde lang sah ich dem steten Strom der Menschen zu, die das Gebäude betraten. Fast alle hatten einen Schirm dabei, und manche stemmten ihn gegen den Wind, so daß ihre Gesichter nicht leicht auszumachen waren.

Als es auf neun Uhr zuging, wurde die zur Arbeit eilende Menschenmenge zunehmend größer, doch war von Rudnick immer noch nichts zu sehen. Ich überlegte, ob er vielleicht schon früher ins Büro gegangen war – manche Angestellten begannen bereits vor halb acht mit ihrer Arbeit – und hätte mir selbst am liebsten in den Hintern getreten, weil ich nicht früher die Wohnung verlassen hatte.

Einige Minuten nach neun Uhr beschloß ich, über Handy in Rudnicks Büro anzurufen. Ich behauptete, ›Mr. Jacobson, ein früherer Kunde von Michael Rudnick‹ zu sein, und Rudnick, dieser Drecksack, nahm tatsächlich das Gespräch entgegen. Ich legte gleich wieder auf. Ohne weiter nachzudenken, betrat ich das Gebäude durch die Drehtür und suchte auf der Anzeigentafel nach ›Rudnick, Eisman und Stevens‹. Als ich im zweiunddreißigsten Stock ausstieg und auf die Empfangsame zuging, kochte mir das Blut in den Adern.

»Michael Rudnick, bitte.«

Die Empfangsdame starrte mich an, als ob ich ihr Angst machen würde.

»Haben Sie einen Termin bei ihm?« fragte sie schließlich.

»Sagen Sie ihm einfach, ein alter Freund wolle ihn besuchen.«

»Tut mir leid«, sagte sie, und schien sich immer noch ein wenig vor mir zu ängstigen. »Ohne einen Namen kann ich keinen der Anwälte bitten, zum Empfang zu kommen.«

Ich nahm an, daß die etwa fünfundzwanzigjährige Frau nur eine Aushilfe sein konnte. Eine Angestellte hätte kaum ›keinen der Anwälte‹ gesagt. Also ging ich davon aus, daß ich mich schon durchsetzen würde, wenn ich nur forsch genug auftrat.

»Hören Sie, ich bin ein sehr enger Freund von Michael, und ich möchte ihn gern überraschen.«

»Können Sie mir nicht einfach Ihren Namen sagen?«

»Es wäre ja keine Überraschung mehr, wenn er weiß, daß ich hier bin.«

Einen Augenblick dachte sie nach und sagte dann: »Na schön, im Augenblick ist niemand bei ihm, also dürfen Sie sicher zu ihm durchgehen – hoffe ich wenigstens.«

Sie erklärte mir, wo Rudnicks Büro lag – »geradeaus, ganz hinten links« –, und ich bedankte mich dafür, daß sie mir geholfen habe, ihn ›überraschen‹ zu können.

Ohne anzuklopfen betrat ich Rudnicks Büro und blieb nur wenige Schritte vor seinem Schreibtisch stehen. Er saß da, studierte einige Papiere und war völlig perplex, als er schließlich aufblickte.

»Was suchst du denn hier?« entfuhr es ihm.

Ich ließ mir Zeit mit meiner Antwort und starrte ihn nur

fünf, vielleicht auch zehn Sekunden lang an, da ich die Situation so richtig auskosten wollte.

»Was glaubst du wohl, was ich hier suche?« fragte ich und lächelte boshaft.

»Die Empfangsdame hat dich überhaupt nicht angekündigt«, sagte Rudnick, als wäre das die einzige Sorge, die ihm mein plötzliches Auftauchen in seinem Büro bereitete.

»Scheiß drauf«, sagte ich.

Ich verlor die Beherrschung, war außer mir.

Rudnick stand auf und ging um den Schreibtisch herum. Vielleicht hatte er gehofft, mich durch seine Körpergröße einschüchtern zu können, so wie er es früher stets getan hatte. Doch jetzt war ich größer als er. Das hatte er wohl vergessen.

»Hör mal, ich weiß verdammt nicht, was mit dir los ist und was du glaubst, hier verloren zu haben, aber wenn du nicht auf der Stelle wieder verschwindest, rufe ich die Security.«

Ich schloß die Tür, damit niemand hörte, was hier drinnen passierte. Als ich mich wieder umdrehte, hielt Rudnick den Telefonhörer ans Ohr und wählte eine Nummer.

»Leg den verdammten Hörer hin.«

Er beachtete mich gar nicht.

»Leg ihn hin, hab ich gesagt.«

Jetzt blickte er mich an: »Und ich hab gesagt, du sollst verschwinden.«

»Ich weiß genau, was du mir angetan hast, du verdammtes Arschloch«, rief ich.

Ich hörte eine leise Stimme am anderen Ende »Hallo« sagen, doch Rudnick legte auf.

Er starrte mich eine Ewigkeit lang an – zumindest kam es mir so vor, auch wenn es vielleicht nur ein, zwei Sekunden gewesen waren – und sagte dann in aller Ruhe: »Wovon zum Teufel redest du überhaupt?«

»Stell dich nicht dümmer als du bist«, sagte ich, war selbst aber gar nicht mehr *da*, war nur noch ein Körper mit einer Stimme. Ich hörte mich sagen: »Du weißt verdammt genau, wovon ich rede, du perverses Schwein.«

Rudnick blickte mich ausdruckslos an und tat, als verstehe er kein Wort. »Hör mal, ich weiß nicht, was das hier soll oder was in deinem Kopf vorgeht...«

»‚Jetzt kriegst du was zu spüren!' Weißt du noch, wie du mir das gesagt hast? Weißt du noch, was du hinterher mit mir angestellt hast?«

Er starrte mich an, stellte sich immer noch dumm.

»Jetzt kriegst du was zu spüren?« fragte er, als ob er keine Ahnung hätte, wovon ich redete.

»Wie du mich um die verdammte Tischtennisplatte gejagt hast?« sagte ich. »Wie du mich auf das beschissene Sofa geworfen hast?«

»Hör mal, wenn du keine Lust auf eine ziemlich unangenehme Szene hast, dann solltest du dich jetzt lieber umdrehen und einfach wieder gehen...«

»Ich werde erst gehen, wenn du gestehst, was du mir angetan hast.«

»Was soll ich denn getan haben?«

»Du weißt genau, was du getan hast.«

»Hör mal, ich weiß nicht, was du gerade für Probleme in deinem Leben hast«, sagte er, als spräche er mit einem Irren, »aber ich kann jedenfalls nichts dafür. Du brauchst ganz offensichtlich Hilfe, also warum tust du dir selbst nicht einen Gefallen und verschwindest so schnell wie möglich wieder von hier?«

»Gib's zu«, rief ich. »Gib's zu, sonst geh ich nirgendwo hin!«

Er langte nach hinten und wollte erneut nach dem Telefonhörer greifen, aber ich hinderte ihn daran, indem ich ihn an der Schulter zurückriß. Um mich abzuwehren, streckte er den Arm aus, doch als ich seine Hand auf meiner Brust spürte, rastete ich aus. Ich versetzte ihm einen Stoß, und er krachte rückwärts stolpernd an den Tisch. Es gab einen lauten Krach – womöglich ein Briefbeschwerer, der auf den Boden gefallen war – und ich zerrte an dem Telefonkabel, da er den Hörer nicht loslassen wollte. Plötzlich gab das Kabel nach, und der eigene Schwung schleuderte mich einige Schritte zurück gegen einen Mann, der gerade das Büro betreten hatte. Ehe ich auch nur Zeit zum Nachdenken hatte, umklammerten riesige, dunkelhäutige Arme meine Brust und eine tiefe, aufgebrachte Stimme sagte: »Ruhig Blut – nun gib schon Ruhe, Arschloch.«

Es war ein Schwarzer, der mich festhielt, offenbar ein Handwerker aus dem Haus. Rudnick, dem der Schweiß über das gerötete Gesicht lief, befahl dem Mann, mich aus dem Büro zu werfen. Als der Mann mich nach draußen führte, schrie ich Rudnick an: »Du Kinderficker! Du perverses Dreckschwein!«

Der Handwerker blieb vor dem Fahrstuhl stehen und paßte auf, daß ich auch wirklich nach unten fuhr.

Ich lief durch den Regen in Richtung Downtown, und als ich die Forty-second Street überquerte, fiel mir ein, daß ich meinen Schirm in Rudnicks Büro vergessen hatte. Zwar regnete es nicht mehr so heftig wie noch am Vormittag, doch hatte ich zehn Querstraßen weit zu laufen, und mein Anzug war bereits klitschnaß. Dennoch behielt ich mein gleichmäßiges Tempo bei.

Höhe Twenty-Third Street bog ich in den Broadway ein und durchquerte das Village. Es regnete jetzt wieder stärker, und mir taten die Füße weh, doch war mir, als dürfte ich nicht aufhören zu laufen. Der Vorfall in Rudnicks Büro machte mir noch immer ziemlich zu schaffen – wahrscheinlich hatte ich eine Art Schock –, und ich fürchtete, daß ich am Ende noch einen Drink brauchte, wenn ich meine Angst und die übergroße Belastung nicht irgendwie in Bewegung umsetzte.

Ich mußte mal, also betrat ich die Kirche am Broadway, Ecke Tenth Street. Nachdem ich auf der Toilette gewesen war, beschloß ich, mich etwas auszuruhen und setzte mich in eine der hinteren Bänke. Es ertönte leise Orgelmusik. Hier und da saßen einige Leute und beteten. Links von mir sah ich eine alte Frau. Sie hatte ein Tuch um den Kopf gebunden, weinte und wiegte sich langsam vor und zurück. Dann betrachtete ich Jesus am Kreuz. Manchmal fand ich die Vorstellung, daß Gott existierte, einfach lächerlich, ganz so, als glaubte man an den Weihnachtsmann. Dann wieder mußte ich an die vielen intelligenten Menschen auf der Erde denken, die an Gott glaubten, an die Wissenschaftler, Politiker und Gelehrten, und fragte mich, wie es möglich sein sollte, daß sich all diese Menschen irrten.

Als Kind hat mich meine Mutter ständig in irgendeine Kirche geschleppt. Meinem Vater gefiel es gar nicht, daß meine Mutter mir ihre ›Religion aufdrängte‹, doch gab es wichtigere Probleme zwischen meinen Eltern. Eigentlich ging sie nämlich nur so oft zur Kirche – außer an den Sonntagen besuchte sie noch mehrmals in der Woche einen Gottesdienst –, weil mein Vater sie auf seinen langen Geschäftsreisen betrog und weil sie nicht wußte, wie sie anders damit fertig werden sollte. Ich kam erst dahinter, als ich etwa zehn Jahre alt war und mein Freund Shawn mir erzählte, daß die kleinen Luftballone, die wir aus dem Koffer meines Vaters stibitzten, eigentlich Kondome seien. Später belauschte ich dann auch jene heimlichen Telefongespräche meines Vaters, die er nur führte, wenn meine Mutter nicht daheim war, und ich hörte ihn einer Frau namens Doris sagen, wie sexy sie sei und wie gern er doch jetzt bei ihr wäre. Nachdem meine Eltern geschieden worden waren, ist er nie wieder zu meinem Geburtstag gekommen, und er hat sogar versucht, sich um das Vaterschaftsgeld zu drücken.

Dann fiel mir auch noch ein, wie oft mein Vater auf der Straße mit Michael Rudnick gesprochen hatte. Mein Vater mochte Rudnick, und er sagte mir häufig, was für ein ›großartiger, aufgeweckter Junge‹ er doch sei. Es gab eine Zeit, da kam ich von der Schule nach Hause und sah meinen Vater und Rudnick fast regelmäßig in Rudnicks Auffahrt stehen, wo sie sich lachend miteinander unterhielten. Das war in jenen Tagen gewesen, als Rudnick mich in den Keller einlud, um mit mir Tischtennis zu spielen, doch kam ich nie auf den Gedanken, meinem Vater zu erzählen, was da unten passierte. Vielleicht war ich zu verwirrt und verstand nicht recht, was geschah. Vielleicht lag die Schuld auch bei mir – wenn ich damals gleich von Rudnick erzählt hätte, wäre er möglicherweise schon vor langer Zeit bestraft worden. Doch wie sollte ich mir daraus einen Vorwurf machen? Ich war noch ein Kind gewesen. Ich war naiv, hatte Angst und wollte geliebt werden. Daß mein Vater mich nicht liebte, wußte ich bereits, und Rudnick war so aalglatt und berechnend, daß er diese Sehnsucht sogar gegen mich verwandte. Rudnick spürte genau, daß ich verletzbar war und daß er mich nach Belieben manipulieren konnte.

Ich starrte Jesus noch etwa eine halbe Stunde an, dann stand ich auf, ging an der alten Frau vorbei, die immer noch laut betete, und trat wieder hinaus in den Regen.

Ich hatte eine große, schmerzhafte Blase unter meinem rechten Fuß. Nachdem ich warmes Wasser in die Wanne gelassen und den Fuß eine Weile gebadet hatte, klebte ich ein Pflaster über die Blase, humpelte ins Wohnzimmer und setzte mich vor den Fernseher.

Es war etwa halb vier. Ich hatte die ganze Strecke bis Downtown zu Fuß zurück gelegt, quer durch Chinatown, rüber zur Wall Street, dann zum Seaport und schließlich zurück zur First Avenue. Ich war physisch und psychisch völlig erledigt, sah mir irgendeine Show an und war gleich darauf eingeschlafen.

Ich wachte erst wieder auf, als Otis bellte und Paula ins Wohnzimmer kam.

»Hallo«, sagte Paula.

Da ich immer noch einem Traum nachhing, in dem Paula und ich lachend nebeneinander in zwei Schaukelstühlen auf der Terrasse des Hauses in Brooklyn gesessen hatten, in dem ich aufgewachsen war, verstand ich erst gar nicht, wieso ihre Stimme so abweisend und verärgert klang. Doch dann fielen mir die Ereignisse der letzten zwei Tage ein, und ich wünschte mir, ich wäre wieder in meinem schönen Traum.

»Hi«, antwortete ich schlapp.

Paula verschwand im Schlafzimmer, und ich legte mich erneut hin und döste weiter. Ich träumte bereits wieder, als Paula in Shorts und weißem T-Shirt zurück ins Wohnzimmer kam. Es freute mich, daß der blaue Fleck auf ihrer Wange fast ganz verschwunden schien.

»Hast du heute die Anonymen Alkoholiker angerufen?«

Es ist nicht einfach, rasch zu denken, wenn man noch halb schläft, doch war ich gewitzt genug, mit »Ja« zu antworten.

»Und wann ist das nächste Treffen?«

»Montag abend.«

»Vorher nicht?«

»Nein.«

Offenbar mit der Antwort zufrieden ging Paula in die Küche. Mein Herz raste, und ich war wieder hellwach. Mir gefiel nicht, daß ich Paula angelogen hatte, aber ich wußte genau, wie sie sich aufregen würde, wenn ich ihr sagte, daß ich die Anonymen Alkoholiker völlig vergessen hatte.

Paula kam zurück und fragte mich, wonach mir heute abend sei – chinesisch oder vietnamesisch.

»Vietnamesisch«, antwortete ich.

Sie gab mir die Karte, und ich sagte ihr, daß ich gern das Saigon-Chicken hätte. Dann rief sie das Restaurant an. Für sich selbst bestellte sie einen Salat mit gegrilltem Rindfleisch.

Nachdem sie aufgelegt hatte, sagte Paula: »Ich habe übrigens gute Neuigkeiten – meine Schwester hat ein Baby.«
»Junge oder Mädchen?«
»Junge.«
»Prima.«

Es folgte ein langes, verlegenes Schweigen. Ich dachte daran, wie schön es doch sein würde, Kinder zu haben, aber wie weit Paula und ich davon entfernt waren, über dieses Thema auch nur reden zu können.

Paula ging wieder ins Schlafzimmer, kam aber zurück, als das Essen geliefert wurde. Wir setzten uns an den großen Tisch. Paula schien etwas mehr zum Reden aufgelegt als gestern abend, doch war die Situation alles andere als normal.

Nach dem Essen setzten wir uns ins Wohnzimmer und sahen einen langweiligen Fernsehfilm. Paula erinnerte mich daran, daß morgen abend um sechs Uhr unser Termin bei der Eheberatung sei und wünschte mir dann gute Nacht, das aber in einem Ton, der keinen Zweifel daran ließ, daß sie um nichts in der Welt bereit war, mit mir in einem Bett zu schlafen.

Als ich später allein auf der Couch lag, versuchte ich endlich, das zu tun, was ich mir heute nachmittag auf dem Weg nach Hause fest vorgenommen hatte – Michael Rudnick zu vergessen.

Ich stellte den Fernseher ab, schloß die Augen und war

wieder in Rudnicks Keller in Brooklyn. Ich lag unter ihm auf dem schwarzen Kunstledersofa, und er war so schwer, ich konnte kaum atmen. Mein Gesicht wurde ins Sofa gepreßt; ich weinte. Später dann stand ich im Bad und starrte auf einen Streifen blutbeflecktes Toilettenpapier.

Die Erinnerung verflog, doch ich bekam trotzdem kaum Luft. Ich öffnete die Tür zum Balkon, aber von den Abgasen der Third Avenue wurde mir erst recht übel. Ich kniete mich auf den Boden, steckte den Kopf zwischen die Beine und spürte, wie ich mich langsam wieder erholte.

Das mit dem Toilettenpapier hatte ich vergessen. Ich weiß noch, wie ich meiner Mutter erzählt habe, daß mein Popo blutete, aber sie sagte nur: »Mach dir keine Sorgen, Richie. Bestimmt hast du dich nur zu kräftig abgeputzt.«

Ich hatte Angst, mich würde noch eine entsetzliche Erinnerung überkommen, wenn ich mich wieder auf die Couch legte, also holte ich mir eine Decke und setzte mich in den Sessel. Ich konnte die ganze Nacht nicht schlafen. Benommen, doch zugleich hellwach, kam mir am Morgen dann eine Idee.

Um sieben Uhr hatte ich bereits geduscht und saß angezogen in der Snackbar der Küche, um eine Schale Cornflakes mit Rosinen zu essen. Nach dem Frühstück ging ich ins Bad, steckte den Kopf in die Duschkabine und sagte Paula, daß ich etwas früher anfangen wollte und daß ich sie heute abend bei der Eheberatung sehen würde. Auf dem Weg nach draußen beugte ich mich über Otis, drückte ihm einen Kuß auf den Schädel, flüsterte ihm: »Bis später, Kumpel« ins Ohr und ging nach draußen.

Es war ein kühler, klarer Morgen. Ich hatte jede Menge Zeit, also schlug ich ein gemütliches Tempo an und kam kurz vor acht Uhr ins Büro. Als ich über den Flur in meine Kabine lief, rief Bob mir von hinten zu: »Könnten Sie bitte mal einen Moment in mein Büro kommen, Richard?«

»Sicher doch«, sagte ich.

Ich machte kehrt und folgte Bob in sein Büro. Er klang überraschend ernst und unfreundlich, und ich fragte mich, was ihn derart verärgert haben mochte. Ich nahm nicht an, daß mein Job in Gefahr war, da ich doch endlich einige vielversprechende Kunden in Aussicht hatte.

Bob saß an seinem Tisch. Er blickte mich eine Weile wie ein enttäuschter Vater an und sagte dann: »Wo waren Sie gestern?«

»Was meinen Sie?« sagte ich. »Ich habe Ihnen doch eine Nachricht auf Ihren Anrufbeantworter gesprochen – haben Sie die nicht erhalten? Ich war krank.«

»Also waren Sie den ganzen Tag daheim?«

Ich nickte. Bob lächelte und schüttelte den Kopf. Ich kam mir vor, als wäre ich das Opfer eines Witzes, den ich nicht verstand.

»Heidi hat sie gestern morgen auf der Madison Avenue gesehen. Sie sagte, Sie wären in Schlips und Anzug gewesen. Was hatten Sie vor? Wollten Sie Bewerbungsgespräche führen?«

»Und was wäre schlimm daran, wenn es stimmte?« fragte ich.

»Hören Sie, ich halte es mit der Ehrlichkeit, okay?« sagte Bob. »Keine Ausflüchte, kein Um-den-heißen-Brei-reden. Wollen Sie nun für diese Firma arbeiten, ja oder nein?«

»Ja.«

»Gut, dann benehmen Sie sich auch entsprechend«, sagte Bob. »Ihre Leistungen sind nicht der Rede wert, dann melden Sie sich krank und führen auch noch Bewerbungsgespräche...«

»Habe ich ja gar nicht.«

»Was haben Sie dann getan?«

»Wenn Sie es genau wissen wollen: Ich war beim Arzt.«

»Glaube ich Ihnen nicht.«

»Aber es stimmt.«

»Und was haben Sie?«

»Na ja, das ist mir ein bißchen peinlich... ich habe Hämorrhoiden.«

»Hämorrhoiden?«

»Ja, und zwar ziemlich schlimm. Allein hier vor Ihnen zu sitzen bringt mich fast um.«

»Hören Sie, Richard«, sagte Bob eindringlich. »Ich denke, ich bin bislang ziemlich fair zu Ihnen gewesen. Und deshalb darf ich doch wohl auch erwarten, daß Sie fair zu mir sind, finden Sie nicht?«

»Ich weiß gar nicht, was ich falsch gemacht habe.«

»Wir wollen uns hier nicht gegenseitig in Vorwürfen ergehen, okay? Letztlich ist mir auch völlig egal, ob Sie Hämorrhoiden haben oder nicht. Mir kommt es nur darauf an, daß ich Verkäufer in dieser Firma brauche, die arbeiten wollen und deren persönliche Angelegenheiten ihre Leistung nicht beeinträchtigen. Ich weiß, Sie haben sich gestern geärgert, weil Sie einen Kunden in Aussicht hatten, dem wir nicht helfen konnten und weil Sie Ihr Büro verloren haben, aber so spielt das Leben nun mal. Sie müssen mit dem Strom schwimmen, Mensch bleiben. Außerdem verdienen Sie hier ein ganz anständiges Grundgehalt – beweisen Sie, daß Sie es verdienen. Negative Einstellungen kann ich mir in meiner Mannschaft nicht leisten. Die sind wie eine Krankheit – hat sie erst einer, hat sie im Handumdrehen die ganze Firma angesteckt. Aber diese Krankheit werde ich ausmerzen, bevor sie sich ausbreiten kann. Dies ist Ihre letzte Warnung, Richard. Ich weiß nicht, was in Ihnen vorgeht, aber ich kann nur hoffen, daß Sie anfangen, diesen Job langsam ernst zu nehmen.«

Darauf hätte ich eine Menge sagen können, aber ich war klug genug, den Mund zu halten.

Ich kehrte zurück in meine Kabine und blieb den ganzen Vormittag dort. Punkt zwölf Uhr machte ich Mittag, obwohl mir überhaupt nicht nach Essen war. Die Aktenmappe unterm Arm nahm ich den D-Train zu Macy's in der Thirty-fourth Street, fuhr hinauf in den neunten Stock und ließ mir von einem Verkäufer eine vorgefertigte Perücke anprobieren. Ihre schmutzigblonden Strähnen fielen mir bis über die Ohren. Als ich in den Spiegel blickte, erkannte ich mich selbst kaum wieder und fand diese zusätzliche Lockenpracht gar nicht mal übel. Mein Haaransatz war in letzter Zeit immer weiter zurückgewichen, so daß die Perücke mich eindeutig besser aussehen ließ. Ich wirkte damit fast fünf Jahre jünger, aber weit wichtiger war, daß ich mit ihr ein anderer Mensch zu sein schien. Der Verkäufer riet mir, noch einen weiteren Farbton auszuprobieren, doch ich sagte ihm, diese hier wäre genau das, wonach ich gesucht hätte. Ich zahlte bar.

Um meine Maskerade zu vervollständigen, fuhr ich dann

ins unterste Stockwerk und kaufte mir noch eine dunkle Sonnenbrille mit Spiegelgläsern.

Ich steckte die Sonnenbrille zur Perücke in die Aktenmappe und ging nach draußen. Aus einer Telefonzelle in der Thirty-fourth Street rief ich in Rudnicks Büro an und fragte, ob Michael Rudnick zu sprechen sei. Ich gab an, Joseph Ryan zu sein, ein ehemaliger Kunde. Als die Empfangsdame erwiderte, zu Rudnick durchstellen zu wollen, legte ich auf und fuhr zurück in mein Büro. In der Forty-seventh Street verließ ich die U-Bahn, ging in einen Deli und kaufte mir ein Sandwich mit Tomate und Schinken. Ich hatte zwar noch immer keinen Appetit, wollte später aber nicht von Hunger übermannt werden.

In meiner Kabine aß ich ein bißchen vom Sandwich, dann versuchte ich, mich wieder an die Arbeit zu machen. Doch fiel es mir jetzt noch schwerer als vorher, mich zu konzentrieren.

Ich hatte bereits am Vormittag ein erlogenes ›16.00 Uhr Meeting‹ in meinen Terminkalender eingetragen, damit ich problemlos das Büro vorzeitig verlassen konnte. Um 15.45 Uhr zog ich meine Magnetkarte durch, lief auf die Straße hinunter und betrat kurz darauf die Lobby des Bürogebäudes von General Electric. Ich ging gleich auf die Männertoilette und setzte mir Perücke und Sonnenbrille auf. Anschließend prüfte ich mein Aussehen im Spiegel und stellte begeistert fest, daß meine Verkleidung noch ebenso natürlich und überzeugend wie bei Macy's wirkte. Ich verließ das Gebäude in Richtung Rockefeller Center und lief zur Madison Avenue.

Kurz nach vier stand ich vor Michael Rudnicks Gebäude

und behielt die Drehtür fest im Auge. Gegen fünf strömten die meisten Menschen nach draußen. Ich konnte Rudnick nicht entdecken, wußte aber, daß Anwälte oft länger arbeiteten und ihre Büros manchmal erst um acht oder neun Uhr oder noch später verließen.

Um 17.45 Uhr versiegte allmählich der Exodus aus dem Gebäude, und ich ahnte, daß sich die Sache in die Länge ziehen könnte. Gleichzeitig wurde mir klar, daß ich so gut wie keine Chance hatte, es rechtzeitig bis um sechs Uhr zur Eheberatung zu schaffen. Also rief ich über Handy die Auskunft an, ließ mir die Telefonnummer von Dr. Michelle Lewis mitteilen und sprach auf ihren Anrufbeantworter, daß ich die Verbredung nicht einhalten könnte und daß sie meiner Frau doch bitte mein Bedauern darüber ausrichten möchte. Ich wußte, daß Paula mir später deswegen die Hölle heiß machen würde, aber damit mußte ich mich eben abfinden.

Einige Minuten nach sechs rief ich aus einer Telefonzelle an der Ecke noch mal in Rudnicks Büro an, schaute dabei aber gleichzeitig über meine Schulter, damit ich ihn nicht verpaßte. Die Voice-Mail meldete sich. Hoffentlich hatte das nicht zu bedeuten, daß er bereits nach Hause gegangen war. Vielleicht steckte er noch in einer Konferenz oder war einfach bloß nicht an seinem Tisch.

Der Abend brach an. Auf den Straßen wurde es leerer, und viele Läden entlang der Avenue hatten bereits geschlossen. Ich wollte schon zurück zur Telefonzelle gehen und noch einmal in seinem Büro anrufen, als ich ihn sah.

Er trat gerade aus der Drehtür und lief mit großen Schritten zur Straße. Meine Maskerade funktionierte offenbar, da er an mir vorbeiging, ohne mich auch nur anzuschauen. Seine selbstgefällige, gedankenverlorene Miene und die Art, wie er erhobenen Hauptes über die Straße schritt, als wäre er ein Filmstar, widerten mich an.

Ich folgte ihm auf der Madison in Richtung Downtown, bis er auf der Forty-eighth Street nach rechts abbog. Wir näherten uns jetzt der Kreuzung mit der Fifth Avenue, an der ich ihn letzte Woche entdeckt hatte. Ich befand mich knapp zwanzig Meter hinter ihm und folgte ihm im gleichen, schnellen Schritt. Zwischen uns waren mehrere Leute, doch war Rudnick kaum zu übersehen. Was auch passierte, ich würde ihn nicht mehr aus den Augen lassen.

Wir überquerten die Fifth und die Sixth und näherten uns der Seventh Avenue. Auf der Seventh bog er nach links, lief also weiter in Richtung Downtown. Bestimmt wollte er zur Washington Street im West Village, wo, wie ich aus dem Internet wußte, einer der Michael Rudnicks wohnte. Es dämmerte bereits, und wenn wir Rudnicks Wohnung erreicht hatten, würde es vollständig dunkel geworden sein.

Ich nahm an, daß er in der Forty-second Street die U-Bahn nehmen wollte, doch lief er weiter nach Downtown. Fast schien es, als dächte er daran, zu Fuß nach Hause zu gehen, was mir etwas seltsam vorkam, da es bis dahin noch mindestens fünfzig Querstraßen waren.

Wir kamen am Macy's in der Thirty-fourth Street vorbei, wo ich während meiner Mittagspause gewesen war. In der Thirty-third Street wechselte Rudnick schließlich auf die andere Straßenseite und betrat die Penn Station.

Anfangs dachte ich, er wollte nun doch die U-Bahn nehmen, aber er ging an der Treppe vorbei, die hinunter zu den

Bahnsteigen führte, und eilte statt dessen zu den New Jersey Transit- und Amtrak-Zügen. Ohne stehenzubleiben warf er einen Blick auf die Anzeigetafel, die sämtliche Abfahrts- und Ankunftzeiten auflistete und begann dann, noch schneller zu einem der Fahrstühle zu laufen, die hinab zu den Bahnsteigen fuhren. Um ihn nicht zu verlieren, folgte ich ihm halb im Dauerlauf.

Kaum aus dem Fahrstuhl bestieg er einen New Jersey Transit-Zug. Die Türen schlossen sich bereits, als ich am anderen Ende in denselben Waggon sprang und sah, wie Rudnick sich in den vorderen Teil setzte. Ich suchte mir einen Platz vier, fünf Reihen hinter ihm.

Eine Fahrt nach New Jersey hatte mein Plan nun wirklich nicht vorgesehen, aber jetzt führte kein Weg mehr zurück. Ich konnte einfach nicht aufhören, auf Rudnicks Hinterkopf zu starren.

Als der Zug sich der Station Newark näherte, kam der Schaffner und wollte mein Ticket sehen. Ich sagte, daß ich eins kaufen müsse und fragte, wie der letzte Halt auf dieser Strecke heiße. »Trenton«, sagte er, und ich verlangte einmal Trenton retour.

Kaum hielt der Zug, standen die Leute gleich reihenweise auf und drängten sich in den Mittelgang. Ich paßte genau auf, aber Rudnick blieb sitzen und las weiter seine Zeitung.

Die Haltestellen auf der Strecke von New York nach Trenton liegen etwa zehn Minuten auseinander. Bei jedem Stop stiegen mehr Fahrgäste aus als ein, so daß nach gut vierzig Minuten, als wir Metuchen erreichten, nur noch knapp ein Dutzend Leute im Waggon saßen, Rudnick und mich selbst eingeschlossen.

Es war jetzt viel leiser im Zug, weshalb mir meine Gedanken viel lauter vorkamen.

An den Haltestellen Edison und New Brunswick stiegen weitere Leute aus, so daß in unserem Waggon nur noch eine Handvoll Fahrgäste übrig blieb. Ich ahnte, daß es bis Trenton nicht mehr weit sein konnte. Als der Zug erneut sein Tempo drosselte und sich der Station Princeton Junction näherte, stand Rudnick auf und lief zum nächstgelegenen Ausgang am vorderen Ende des Waggons. Da ich ihm nicht zu nah kommen wollte, stand ich auf und wartete an der Mitteltür. Nachdem der Zug angehalten hatte und die Türen aufgegangen waren, vergewisserte ich mich, daß Rudnick tatsächlich ausstieg und folgte ihm dann zum Ausgang, der sich mitten auf dem unter freiem Himmel gelegenen Bahnsteig befand.

Als er vor mir die Treppe hinunterging, fühlte ich mich plötzlich etwas konfus, so wie manchmal, wenn ich einige Glas zuviel getrunken hatte. Außerdem konnte ich durch meine Sonnenbrille nicht besonders gut sehen, behielt sie aber trotzdem auf. Rudnick ging durch einen Tunnel, der unter den anderen Gleisen hindurchführte; über uns zog donnernd der Zug aus dem Bahnhof. Ich wollte es sofort tun, gleich hier im Tunnel, doch dann hörte ich hinter mir das Echo hochhackiger Schuhe. Ich blickte über die Schulter zurück und sah eine Frau, die mir in knapp zehn Metern Entfernung folgte.

Rudnick verließ den Tunnel und strebte einem dunklen Parkplatz zu. Dort standen mehrere Autos mit laufendem Motor, um den ein oder anderen Zugreisenden aufzunehmen. Einen Augenblick fürchtete ich schon, daß Rudnick in eines dieser Autos steigen würde, doch dann schwenkte er nach links und eilte zur dunkelsten Ecke hinüber.

Hier war nur noch die Hälfte der Parkbuchten belegt, und weit und breit war niemand zu sehen. Ich beschleunigte meinen Schritt und versuchte, möglichst kein Geräusch zu machen. Rudnick bog nach rechts und lief zwischen zwei Autoreihen hindurch, aber dann hatte er mich offenbar gehört, denn plötzlich blieb er stehen und drehte sich um.

Bis auf das fahle Licht einer nahen Laterne, die Rudnicks Gesicht mit einer blassen, orangeroten Glut überzog, lag der Parkplatz im Dunkeln. Irgendwo weit fort war Verkehrslärm zu hören. Ich sah, wie Rudnick mich mit zusammengekniffenen Augen musterte, als versuchte er herauszufinden, wer ich sei. Wenige Schritte vor ihm blieb ich stehen.

»Entschuldigen Sie«, sagte er und starrte mich immer noch angestrengt an. »Kann ich Ihnen vielleicht helfen?«

Dann weiteten sich seine Augen, und der leicht neugierige Gesichtsausdruck verschwand.

Plötzlich schien er Angst zu haben.

»Was zum Teufel willst *du* denn hier?«

Er lächelte mich mit seinen Raupenbrauen und diesem Aknegesicht an und schrie: »Jetzt kriegst du was zu spüren!«

Ich hatte das Schlachtermesser aus meiner Aktentasche genommen und stürzte mich auf ihn. Die Klinge fuhr Rudnick fast ganz in die Brust, und da war sie wieder, diese ängstliche Miene. Erneut fiel ich über ihn her, stieß ihn gegen ein parkendes Auto, riß die Klinge heraus und stach wieder zu. Die entsetzten, weit aufgerissenen Augen schauten mich jetzt unverwandt an. Noch einmal hieb ich zu, etwas höher diesmal, näher am Hals. Er wollte etwas sagen, doch erstickten seine Worte im eigenen Blut. Ich bekam das Messer wieder frei, und mir fiel auf, daß er die Augen nun geschlossen hatte. Dann ließ ich ihn los und sah, wie sein schlaffer Körper zwischen zwei Autos auf den Betonboden fiel.

Mit einem plötzlichen, tosenden *Wuuusch* jagte ein Zug vorbei, bestimmt ein Amtrak auf dem Expreßgleis. Ich beugte mich vor und versetzte Rudnick noch einen letzten Stich in den Unterleib. Dann wischte ich die Klinge an seinen Hosenbeinen ab, steckte das Messer wieder in die Aktentasche und lief zurück zum Bahngleis.

10

Würgend krümmte ich mich zwischen zwei parkenden Autos und blieb eine Weile in dieser Haltung – den kränklichen, sauren Geschmack des halb verdauten Sandwiches im Mund –, aber ich mußte mich nicht übergeben.

Irgendwann fühlte ich mich wieder besser. Ich zog das blutbefleckte Jackett aus und stopfte es in die Aktentasche, um es später irgendwo loszuwerden. An meinen Händen und unten an den Ärmeln klebte noch Blut, also streifte ich meine Schuhe und die Socken ab, spuckte auf die Socken, um sie anzufeuchten und wischte mir, nur für den Fall, daß dort einige Spritzer gelandet waren, Hals und Gesicht damit ab. Zuletzt steckte ich die verschmierten Socken zum Jackett in die Aktentasche und krempelte meine Ärmel einige Male um, damit die Flecken nicht mehr zu sehen waren. In dem spärlichen Licht ließ sich kaum erkennen, ob meine Hose etwas abbekommen hatte, doch war sie aus dunkelblauem Stoff, und selbst wenn es hier und da ein paar Flecke gab, verließ ich mich darauf, daß das Blut schon nicht weiter auffallen würde.

Noch ein letzter, prüfender Blick – soweit ich sehen konnte, war alles in Ordnung. Meine Hände, vor allem die Handinnenflächen, hatten noch einen rosa Schimmer, aber der würde sich leicht verbergen lassen. Also rückte ich Perücke und Sonnenbrille zurecht und hielt dann weiter auf die Stationslichter zu.

Ich war jetzt viel ruhiger und fühlte mich schon fast wieder normal. Auf der Treppe zum Bahngleis, an dem die Züge nach New York hielten, ging ein Mann mit Anzug rechts an mir vorbei, als ich schon fast oben war. Ich blickte rasch zur Seite, damit er mein Gesicht nicht genau erkennen konnte.

Ich ging über den Bahnsteig, vorbei am Fahrkartenschalter und einer Bank, auf der einige Leute saßen und warteten. Ich hätte es vorgezogen, in die andere Richtung zu gehen, doch wollte ich in den letzten Waggon des nächsten Zuges einsteigen, in dem vermutlich die wenigsten Fahrgäste waren. Im Vorbeigehen blickte ich zu den Gleisen hinüber, so daß mein Gesicht möglichst nicht zu sehen war.

Am Ende des Bahnstieg stand niemand. Ich beugte mich vor und sah in der Ferne die Scheinwerfer eines Zuges aufblitzen, nur ließ sich kaum abschätzen, wie lange er noch brauchte, da New Jersey sich flach bis zum Horizont hinzog. Ich tigerte auf und ab und flüsterte immer wieder: »Komm schon, komm schon, komm schon«, bis ich mich schließlich zur Ruhe zwang – falls ich allzu nervös wirkte, konnte ich damit nur auf mich aufmerksam machen. Verkehrslärm drang nicht mehr zu mir durch, aber die Stille klang bedrohlich. In jedem Augenblick rechnete ich damit, Geschrei und Panik ausbrechen zu hören.

Der Bahnsteig war heller erleuchtet als der Parkplatz, und mir fiel ein dicker Blutklecks an meiner Aktenmappe auf, der mir zuvor entgangen war. Ich blickte hinüber zum Fahrkartenschalter, um sicherzugehen, daß niemand zu mir herüberkam, dann bückte ich mich, fischte eine Socke aus der Aktenmappe und wischte das Blut ab, so gut es eben ging. Gleich darauf hielt mit kreischenden Bremsen ein Zug in Richtung Trenton. Ich stopfte die Socke wieder zurück, richtete mich auf und versuchte, mich ganz normal und so unauffällig wie möglich zu benehmen. Hinter den Zugfenstern sah ich die Profile mehrerer Fahrgäste, doch niemand schaute zu mir herüber.

Als der Zug aus dem Bahnhof fuhr, beugte ich mich über die Gleise hinaus, um nachzusehen, ob der Zug nach New York schon etwas näher gekommen war. Die strahlenden Lichter schienen immer noch gleich weit fort zu sein. Ich sagte mir, daß ich jetzt besser daran täte, mich innerlich zu wappnen, da ich wußte, daß einige der Leute, die gerade in Princeton Junction ausgestiegen waren, zu ihren Wagen gingen, weshalb die Chance bestand, daß man Rudnick jeden Augenblick entdeckte.

Dann geschah noch etwas, worüber ich mir Sorgen machen mußte. Ich blickte zum gegenüberliegenden Bahnsteig und sah eine junge Frau, die etwas in ihrer Handtasche suchte. Normalerweise wäre nichts dabei gewesen, doch irgendwie spürte sie, daß ich sie anschaute und sah zu mir herüber. Instinktiv lächelte ich, und sie erwiderte mein Lächeln. Zwar schlug ich gleich die Augen nieder und verfluchte mich innerlich für meine Dummheit, doch als ich wieder aufschaute, schaute die Frau mich immer noch lächelnd an.

Einen Schlag lang setzte mein Herz aus. Betont lässig

ging ich etwa zehn Schritte zur Mitte des Bahnsteig und blickte dann nach links. Überrascht stellte ich fest, daß die Frau ebenfalls zehn Schritte in dieselbe Richtung gegangen war. Ich blieb stehen und sah der Frau nach, wie sie weiter über den Bahnsteig lief und schließlich die Treppe hinunterging.

Mit gewaltiger Erleichterung hörte ich endlich den New Yorker Zug in den Bahnhof einfahren. Ich wollte bloß noch einsteigen und so schnell wie möglich verschwinden. Über alles andere würde ich mir später den Kopf zerbrechen.

Während der Zug langsam zum Stehen kam, eilte ich zurück ans Ende des Bahnsteigs und bestieg den letzten Waggon. Der Zug war voller als erwartet – lauter Teenager, die mit ihren T-Shirts und zerrissenen Jeans zu einem Konzert oder einem Club unterwegs waren. Ganz hinten fand ich noch einen Platz. Eine Ewigkeit schien zu vergehen, bis die Türen sich endlich schlossen und der Zug sich langsam in Bewegung setzte. Rasch warf ich einen Blick über die Schulter zurück auf den Parkplatz, doch die Fenster waren beschlagen, und man konnte nichts erkennen.

Zwar war ich froh, Princeton Junction hinter mir zu lassen, doch wußte ich, daß meine Probleme längst noch nicht ausgestanden waren. Es konnte nicht lange dauern, bis man die Leiche entdeckte, und falls Rudnick jemandem im Büro meinen Namen genannt hatte, würde die Polizei mich aufspüren und zu ihrem Hauptverdächtigen machen.

Die Jugendlichen im Zug wurden immer lauter, doch für sie drehte sich alles nur um ihre eigene Aufregung, so daß sie mich überhaupt nicht wahrzunehmen schienen. Es roch leicht nach Marihuana, und einer der Jungs – hoch aufgeschossen, dürr, schlechte Haut und um die sechzehn Jahre alt – trank aus einer Flasche Bier, die kaum verborgen in einer Papiertüte steckte.

Nachdem der Zug New Brunswick passiert hatte, kam der Schaffner in den Waggon. Ich zwängte mein Ticket in den Schlitz über dem Sitz vor mir und blickte nach unten, sobald der Schaffner näherkam, um möglichst jeden Augenkontakt mit ihm zu vermeiden. Nachdem er mein Ticket eingesammelt und durch das weiße Kärtchen ersetzt hatte, auf dem stand, wie weit ich mit diesem Zug gefahren war, sagte er: »He, Sie da, ich glaube, Sie bluten im Gesicht.«

Ich weiß nicht, wie ich es schaffte, Ruhe zu bewahren, da ich mir bereits ausmalte, wie Bahnbeamte aus Princeton Junction mit dem Zugführer telefonierten und ihn informierten, daß sich womöglich ein Mörder an Bord befand. Allerdings fürchtete ich, erst recht verdächtig zu wirken, wenn ich weiter den Blick nach unten gerichtet hielt, deshalb blickte ich kurz zum Schaffner hoch, prägte ihn mir rasch ein – groß, übergewichtig, Schnauzbart – und sagte: »Danke, hab mich wohl beim Rasieren geschnitten.«

Ich hatte keine Ahnung, wieviel Blut im Gesicht zu sehen war und ob diese Erklärung nicht lächerlich klang, doch schien sich der Schaffner damit zufrieden zu geben, denn ohne ein weiteres Wort machte er sich daran, die Fahrkarten der Jugendlichen einzusammeln. Ich rückte näher ans Fenster, musterte mein Spiegelbild und war erleichtert, als ich nur einen winzigen Streifen Blut über meinem rechten Wangenknochen entdeckte, der mir entgangen sein mußte, als ich mein Gesicht mit den Socken abgeputzt hatte. Ich leckte meine Hand an, um mir das Blut abzuwischen, mußte aber noch einmal lecken, weil der Fleck nicht gleich abgehen wollte. Als mir klar wurde, daß der salzige Geschmack in meinem Mund von Michael Rudnicks Blut stammte, wurde mir übel; zum Glück mußte ich mich wenigstens nicht übergeben.

Ich hoffte, daß die unmittelbare Bedrohung vorüber war, denn das Blut aus meinem Gesicht war verschwunden, und der Schaffner hatte den Eisenbahnwagen verlassen, ohne sich noch einmal nach mir umzudrehen. Er hatte ja auch keinen Grund, mich zu verdächtigen, doch war mir klar, wie rasch sich das ändern konnte.

Die etwa einstündige Fahrt in die City kam mir endlos vor, aber irgendwann fuhr der Zug schließlich in die Penn Station ein. Ich mußte jetzt so schnell wie möglich nach Hause, damit die Zeitspanne, für die ich kein Alibi hatte, möglichst kurz blieb.

Statt oben am hell erleuchteten Taxistand zu warten, beschloß ich, mir auf der Straße einen Wagen anzuhalten. Ich nahm den Ausgang zur Eighth Avenue und hatte gleich beim ersten Versuch Glück. Dem Fahrer sagte ich: »Sixty-second, Ecke Lex« und nannte damit absichtlich ein Ziel, das einige Querstraßen vor meiner Wohnung lag – nur für den Fall, daß man ihn irgendwann einmal danach fragen sollte.

Ich hatte gehofft, mich nicht weiter mit dem Fahrer unterhalten zu müssen, doch war er die reinste Quasselstrippe. Er gab einen irrsinnigen, weitschweifigen Monolog über Politik, Baseball, Sex und die neusten Filme zum Besten, und obwohl ich ihn schlichtweg nicht beachtete, kapierte er nicht, was los war, und plapperte ohne Punkt und Komma endlos weiter, bis er schließlich an der Sixty-second, Ecke Lexington Avenue hielt, um mich aussteigen zu lassen.

Kaum aus dem Taxi verschwand ich in der Sixty-Second Street in einem Hauseingang, nahm Perücke und Sonnenbrille ab und steckte sie zum übrigen Belastungsmaterial in meine Aktentasche. Gegen halb elf machte ich mich dann mit raschen Schritten zu meiner Wohnung auf. Allmählich wurde ich immer zuversichtlicher, daß alles gut gehen und die Polizei mich nicht schnappen würde. Es war Freitag abend, was ein Vorteil für mich sein dürfte. Irgendwo hatte ich nämlich mal gelesen, daß die meisten Festnahmen in den ersten vierundzwanzig Stunden nach Beginn der Fahndung gemacht wurden. Da aber die Polizei vor Montag keine Gelegenheit hatte, mit den Leuten in Rudnicks Büro zu reden, würde die Spur dann schon kalt sein. Der Taxifahrer, der Schaffner, die Frau auf dem gegenüberliegenden Bahnsteig oder wer mich auch sonst noch gesehen haben mochte, würden sich am Montag morgen sicher kaum mehr an mich erinnern können.

Als ich unser Haus betrat, lächelte ich dem Portier zu. Raymond hatte heute Spätschicht, und wie an jedem normalen Abend sagte ich Hallo und ging hinüber zu den Postfächern. Es lagen keine Briefe in unserem Fach, was nur bedeuten konnte, daß Paula schon zu Hause war, und ich rechnete halb damit, sie an der Tür auf mich warten zu sehen, die Hände in die Hüfte gestemmt, bereit, jeden Augenblick über mich herzufallen, weil ich nicht bei der Eheberatung erschienen war. Natürlich würde es deswegen einen Riesenkrach geben, aber ich hoffte, ihn möglichst lange hinauszögern zu können oder doch immerhin so lange, daß ich vorher noch Gelegenheit fand, den Inhalt meiner Aktenmappe zu beseitigen.

Das Licht in unserer Wohnung war aus, und Otis kam nicht angerannt, um mich zu begrüßen. Die Schlafzimmertür war verschlossen, was wohl bedeutete, daß Paula mich wieder mal für die Nacht ausgesperrt hatte. Doch war mir klar, daß ich jetzt nichts falsch machen durfte. Wenn ich nicht wollte, daß sie später mißtrauisch würde, mußte ich jetzt so tun, als ob sie unbedingt die Tür wieder aufmachen sollte.

Also klopfte ich einige Minuten lang an die Tür, sagte: »Komm schon, laß mich rein« und behauptete immer wieder, daß es mir »leid« täte und daß ich »alles erklären« könnte. Sie gab keine Antwort, was mir nur recht war. Ich nahm die Aktenmappe mit in die Küche und holte das Schlachtermesser heraus. Am liebsten hätte ich es einfach fortgeworfen, aber ich wußte, daß Paula früher oder später danach fragen würde. Also schrubbte ich das Messer unter heißem Wasser ab. Klinge und Griff waren beinahe ganz mit Blut bedeckt, und das meiste davon war bereits zu einer dunklen, schorfartigen Masse angetrocknet. In der Spüle sammelte sich eine Pfütze rötlichen Wassers. Mir wurde schon wieder übel. Dabei machte mir der Anblick von Blut eigentlich nichts aus. Mich störte nur, daß es *Rudnicks* Blut war und daß ich den Kerl immer noch nicht vollständig aus meinem Leben getilgt hatte. Erst wenn der letzte Tropfen von ihm verschwunden war, würde ich mich wieder besser fühlen.

Schließlich war alles sichtbare Blut abgewischt, und die Farbe des Wassers in der Spüle zu einem kaum noch wahrnehmbaren Hellrot verblaßt. Trotzdem schrubbte ich immer weiter, damit sich auch noch die letzten, mikroskopisch kleinen Tropfen auflösten, trocknete das Messer zum Schluß mit einem Geschirrtuch ab und legte es zurück in die Schublade.

Als nächstes nahm ich eine Plastiktüte von *The Gap* aus dem Schrank unter dem Spülbecken und tat die blutigen Socken, die Perücke, die Sonnenbrille und das Anzugsjakkett hinein. Anschließend zog ich Hemd, Hose und Schuhe aus und stopfte sie auch noch dazu. Einige Papiere und Hefter in meiner Aktenmappe hatten Blutflecken abbekommen, doch war es sicher keine besonders gute Idee, mit den Kleidern auch Dinge zu entsorgen, auf denen mein Name stand, also ließ ich die Papiere stecken und nahm mir vor, mich später darum zu kümmern.

»Wo bist du gewesen?«

Die Plastiktüte in der Hand drehte ich mich um und sah Paula in der Küchentür stehen. Ich hatte keine Ahnung, wie lange sie mir schon zusah. Gut möglich, daß sie mich bereits beobachtet hatte, als ich mit den blutigen Kleidungsstücken und Papieren herumhantierte.

»Wann denn?« fragte ich und fühlte, wie ich rot anlief.

»Ich bin wirklich nicht zu irgendwelchem Blödsinn aufgelegt«, sagte sie. »Warum warst du heute nicht bei der Eheberatung? Hattest du einfach keine Lust? Oder was hast du sonst für eine Entschuldigung vorzubringen?«

»Ich war in einer Bar... hab getrunken«, antwortete ich kleinlaut.

»Dachte ich es mir doch.«

Ich wollte ausholen, mich entschuldigen, aber sie ließ mich gar nicht erst zu Wort kommen: »Morgen zieh ich aus.«

Ich traute meine Ohren nicht.

»Komm schon«, sagte ich. »Ich weiß, du…«

»Bitte«, unterbrach sie mich. »Mir ist wirklich nicht danach, jetzt darüber zu reden. Morgen zieh ich in ein Hotel. Gute Nacht.«

Paula ging auf den Flur, und gleich darauf hörte ich, wie die Schlafzimmertür zugezogen und abgeschlossen wurde. Normalerweise wäre ich ihr nachgelaufen und hätte versucht, sie zur Vernunft zu bringen, aber jetzt war ich bloß froh, sie aus dem Weg zu haben. Natürlich wollte ich nicht, daß sie mich verließ, doch sagte ich mir, daß dies nicht gerade der ideale Zeitpunkt war, meine Ehe zu retten.

Paula hatte Otis aus dem Schlafzimmer gelassen. Er kam gleich zu mir gelaufen und fing an, die Plastiktasche zu beschnuppern.

»Weg da«, sagte ich und hatte Angst, er könnte bellen.

Ich nahm die Tasche mit ins Bad, wo ich mir gründlich Gesicht, Hände und Arme wusch, dann schlüpfte ich in eine alte Jogginghose und streifte mir ein altes T-Shirt über, das ich aus dem Wäschekorb fischte.

Anschließend zog ich meine Tennisschuhe an und legte Otis die Leine um. Während ich im Korridor auf den Fahrstuhl wartete, versuchte Otis immer noch, an der Tüte zu schnüffeln.

»Prima Wetter, nicht?« sagte ich zu Raymond, als wir an ihm vorbeiliefen, doch er brummte nur: »Na ja.«

Das gehörte zu meinem Plan – Raymond mit etwas Small Talk ablenken, damit er die Tüte in meiner Hand nicht bemerkte. Ich ging immer noch davon aus, daß es zu keinem Verhör kommen würde, doch sollte die Polizei mich dennoch aufspüren, wollte ich wenigstens für alles Erdenkliche vorgesorgt haben.

Meist ging ich mit Otis nur einmal um den Block, zur Second Avenue und wieder zurück, doch diesmal überquerte ich die Second und lief weiter in östlicher Richtung. Otis schien zu spüren, daß etwas Ungewöhnliches geschah. Normalerweise war er auf unseren Spaziergängen verspielt und schrecklich aufgeregt, schnüffelte an allem, was in Reichweite war und zerrte ständig an der Leine. Doch heute abend blieb er ruhig an meiner Seite, als wüßte, daß jetzt keine Zeit für Albernheiten war.

Hinter der First Avenue wurde die East Sixty-fourth Street immer düsterer und menschenleerer. Ich wollte die Tüte in irgendeine Mülltonne werfen. Das war zwar riskant – ein Penner konnte sie finden, aufmachen und den Inhalt über die Straße verstreuen – doch schien es mir weit weniger gefährlich, als die Tüte in die Müllpresse unseres Hauses zu stopfen, da die Beweismittel dann leicht mit mir in Verbindung gebracht werden konnten. Endlich entdeckte ich auf dem Bürgersteig vor einem Haus einen Müllcontainer, der halbvoll mit Holz und anderem Abfall war, so daß eine harmlose Plastiktüte kaum auffallen dürfte. Ich feuerte sie über die Seitenwand und sah beruhigt zu, wie sie aus meinem Blickfeld verschwand.

Anschließend kehrte ich in die Wohnung zurück und machte mich daran, den Rest der Aktenmappe auszuräumen. Ich holte mir einen großen Topf vom Küchenherd und trug ihn, zusammen mit den blutverschmierten Papieren und Heftern aus der Aktenmappe sowie einer Schachtel Streichhölzer, auf den Balkon. Dann zerriß ich Papiere und Hefter in kleine Stücke, warf sie in den Topf und zündete sie an. Das Feuer machte mehr Qualm, als ich vermutet hatte, doch ging ein leichter Wind, der die graue Wolke rasch vertrieb. Ich wartete, bis die Asche sich abgekühlt hatte, ging mit dem Topf ins Bad, schüttete die Asche in die Toilette und betätigte die Spülung.

In der Küche wischte ich die Aktenmappe noch einmal gründlich von innen und außen ab. Langsam wurde ich aufgeregt, weil ich wußte, daß ich fast fertig war. Drei- oder viermal ging ich im Geiste meine Prüfliste durch und vergewisserte mich, daß ich nichts vergessen hatte, dann stellte ich mich im Bad unter die Dusche. Und während ich ins heiße Wasser aufblickte, das aus dem Duschkopf auf mich herabsprühte, fühlte ich mich endlich wieder frei.

Später lag ich dann im Wohnzimmer auf der Couch und schloß die Augen. Was für eine Erleichterung, reine Dunkelheit zu sehen und nicht länger von der Vergangenheit gequält zu werden.

Ich preßte meine Zunge in die obere Mundhöhle, ließ einen Schnalzlaut hören und rief: »Hierher, Hund«, doch Otis reagierte nicht. Bestimmt hockte er noch unter dem Küchentisch, wohin er sich verkrochen hatte, nachdem wir von unserem Spaziergang zurückgekehrt waren.

11

Du mußt mir eine zweite Chance geben. Ich weiß, ich habe mich in letzter Zeit ziemlich bescheuert aufgeführt, gar keine Frage, aber ich kann mich ändern – ich *habe* mich geändert. Ich verspreche es – von jetzt an wird sich alles ändern. Ich gehe zur Eheberatung, zu den Anonymen Alkoholikern – ich mache, was du willst, aber bleib bei mir. *Bitte*. Ich flehe dich an.«

Es war früher Morgen, und ich stand im Flur zwischen Paula und der Wohnungstür. Sie trug ihre Jeans und ein Jackett, in der Hand hielt sie einen kleinen Koffer.

»Tut mir leid«, sagte sie. »Ich habe dir deine zweite Chance gegeben, aber du hast sie vertan.«

»Hör doch«, sagte ich und trat ihr in den Weg, als sie an mir vorbei wollte. »Ich weiß, daß ich ein Problem habe, aber ich kümmere mich jetzt drum – das schwöre ich dir. Ich weiß, es gibt keinen Grund, warum du mir vertrauen solltest, und wenn ich an deiner Stelle wäre, würde ich wahrscheinlich nicht anders denken, aber gib mir noch eine Chance, und ich verspreche dir, daß ich diesmal nichts verbocke. Du hast selbst mal Mist gebaut und ich habe dir verziehen, oder nicht? Das könntest du doch mir zuliebe jetzt wenigstens auch versuchen.«

Ohne zu blinzeln starrte Paula mich an. Sie war immer

noch ziemlich aufgebracht, aber meine letzten Worte hatten ihr offensichtlich zu denken gegeben.

Schließlich sagte sie: »Wie sollte ich dir vertrauen können? Ich meine, wir haben das doch alles schon einmal durchgemacht.«

»Was soll ich sagen? Ich habe mich wie ein Arschloch benommen, und ich kann dich nur anflehen – ich werde es nicht noch mal vermasseln. Gib mir noch eine Chance. Mehr verlange ich auch nicht von dir. Bitte, Liebes. Bitte!«

Paula schaute mich mindestens zehn Sekunden aus weit aufgerissenen Augen an und sagte dann: »Also gut, ich werde heute nicht ausziehen, aber das ist sie jetzt – deine letzte Chance. Noch einmal so ein Mist, und ich verschwinde durch diese Tür da.«

»Danke«, sagte ich. »Ich liebe dich. Danke.«

Sie ging ins Schlafzimmer und kam ohne ihren Koffer zurück.

»Bis später dann«, sagte sie.

Ich war im Wohnzimmer und faltete Laken und Decke zusammen.

»Wo willst du hin?« fragte ich.

»In mein Büro.«

»Am Samstag?«

»Ich muß für die nächste Woche ein Meeting vorbereiten.«

»Und wann bist du wieder zu Hause?«

»Keine Ahnung.«

Kaum war sie fort, ging ich an meinen Arbeitstisch im Gästezimmer, stellte den PC an und wählte mich ins Internet ein. Zuerst sah ich in der Online-Ausgabe der *New*

York Times nach, fand aber keinen Hinweis auf einen Mord in New Jersey. Genau genommen zählte so etwas auch nicht zu den Stadtnachrichten, doch sollte man annehmen dürfen, daß die New Yorker Zeitungen über die Ermordung eines Anwalts einer bekannten Kanzlei in der Madison Avenue berichteten.

Ich versuchte es dann mit Netscape News, gab die Suchworte ›Mord‹, ›Princeton‹ und ›New Jersey‹ ein und erhielt zwei Ergebnisse:

MANN AM BAHNHOF PRINCETON ERSTOCHEN

OPFER EINER MESSERSTECHEREI IN NEW JERSEY
KÄMPFT UMS ÜBERLEBEN

Mit angehaltenem Atem öffnete ich die erste Meldung. Als ich las, daß das Opfer einer Messerstecherei, der neununddreißigjährige Michael Rudnick aus Cranbury, New Jersey, sich in kritischem, doch stabilem Zustand im St. Francis Medical Center in Trenton befinde, glaubte ich, mein ganzer Körper würde erstarren. Es schien unmöglich – das mußte ein Irrtum sein. Ich hatte so oft auf ihn eingestochen, und er hatte derart viel Blut verloren – er konnte unmöglich überlebt haben. Doch laut diesem Artikel war genau das geschehen.

Ich überflog den Rest des Artikels, war aber so durcheinander, daß ich nicht begriff, was da stand, weshalb ich den Text noch mal lesen mußte. Nach mehreren vergeblichen Versuchen ergaben die Worte endlich einen Sinn. Rudnick war am gestrigen späten Abend gegen 22.15 Uhr entdeckt worden, etwa zur selben Zeit, als ich in der Penn

Station ausstieg. Offenbar war er ›dem Tode nahe‹ gewesen, als der Krankenwagen eintraf. Die Polizei hatte keine weiteren Einzelheiten verlauten lassen und nur gesagt, daß man eine ›gründliche Untersuchung‹ eingeleitet habe.

Der zweite Artikel enthielt im wesentlichen die gleichen Informationen, nur wurde noch ein Polizeisprecher zitiert, der behauptete, daß man ›mehreren Spuren‹ nachgehe. Beide Artikel sagten nichts darüber aus, ob Rudnick bei Bewußtsein gewesen war, als man ihn ins Krankenhaus gebracht hatte. Ich konnte nur hoffen, daß ›dem Tode nahe‹ hieß, daß er bewußtlos gewesen war, denn ansonsten dürften seine ersten Worte wohl mein Name gewesen sein. Wenn ich mich nicht täuschte, hatte er allerdings bereits mit der Polizei über mich gesprochen, denn nur so konnte ich mir erklären, wieso sie ›mehreren Spuren‹ nachging.

Ich wußte, man würde mich verhaften – es war nur noch eine Frage der Zeit. Also malte ich mir aus, wie die Polizei mich abholte und fühlte bereits die Scham und Erniedrigung, die mich gewiß überkamen, wenn ich in Handschellen aus dem Gebäude abgeführt wurde.

Ich las den ersten Artikel noch mal und fragte mich, was es eigentlich zu bedeuten hatte, daß Rudnick gestern abend um viertel nach zehn gefunden worden war. Da seither zwölf Stunden vergangen waren, dürfte er bei der Ankunft im Krankenhaus bewußtlos gewesen sein. Hätte er das Bewußtsein wiedererlangt, hätte die Polizei mich bestimmt schon aufgespürt. Diese Überlegung machte mir Hoffnung – allerdings nur wenig.

Erst als ich mir auch den zweiten Artikel noch einmal anschaute, begriff ich, was ich für ein Idiot war – im Internet, unter meiner eigenen Adresse, nach Informationen über den Mann zu suchen, den ich letzte Nacht umgebracht hatte. Warum hinterließ ich da nicht gleich meine Fingerabdrücke oder einen Zettel mit Namen und Anschrift auf Rudnicks Körper? Dann redete ich mir ein, daß es vermutlich nicht weiter wichtig war. Sicher würde sich die Polizei gar nicht die Mühe machen, meine Recherchen nachzuvollziehen. Dazu müßte sie nämlich erst einmal herausfinden, daß ich Netscape benutzte, und dann würden sie außerdem noch eine ganze Reihe von Informationen von meinem Internet-Provider brauchen. Trotzdem wäre es besser gewesen, in ein Internet-Café zu gehen oder erst gar nicht online zu suchen.

Nachdem ich alle Verlaufsdateien und temporären Internetdateien gelöscht hatte, ging ich ins Wohnzimmer und stellte New York 1 an, den Kabelsender, der rund um die Uhr Nachrichten über New York brachte. Nach etwa zehn Minuten kam ein Bericht über den versuchten Mord. Ein Foto von Rudnick wurde gezeigt, während der Nachrichtensprecher jene Informationen wiederkäute, die ich bereits im Internet gelesen hatte.

Ich war so begierig auf weitere Neuigkeiten, daß ich auch noch die Stereoanlage auf einen Nachrichtensender einstellte. Zu jeder vollen Stunde wurden die Schlagzeilen verlesen, zu denen auch folgende gehörte: ›Auf New Yorker Anwalt in New Jersey eingestochen.‹ Nervös lief ich im Wohnzimmer auf und ab und wartete auf den Bericht in voller Länge. Nach einigen anderen News brachte der Nachrichtensprecher ein paar grundlegende Informationen, und anschließend berichtete ein Reporter live vom

Tatort Princeton Junction. Mit grimmigem Ton erklärte der Reporter, daß Michael Rudnick aus vielen Wunden heftig geblutet hatte, als er von Mark Stevens und Connie Cordoza, einem jungen Paar auf dem Heimweg nach Manhattan, abends gegen viertel nach zehn gefunden worden war. Danach spielte man eine Bandaufnahme von Stevens ein: »'Ich hab was gesehen und sagte zu meiner Freundin: ›Ich glaub, da drüben liegt ein Toter‹, aber sie meinte: ›Ach, Quatsch.‹ Also bin ich hin und hab all das Blut gesehen, und wir sind einfach losgerannt, um Hilfe zu rufen. Sind einfach losgerannt.'«

Ich blieb vor den Lautsprechern auf den Knien liegen, wartete auf die nächsten Nachrichten und betete, daß Rudnick inzwischen gestorben war. Etwa jede halbe Stunde wurde der Bericht über den Überfall in Princeton wiederholt, und es war wie ein ständig wiederkehrender Alptraum, demselben Reporter am selben Tatort zuhören zu müssen, wie er dieselben Details berichtete, denselben Kommentar jenes Paares zu vernehmen, das Rudnick gefunden hatte. Ich hörte die Nachrichten bestimmt fünfmal, was bedeutete, daß ich über zwei Stunden in praktisch unveränderter Haltung auf dem Boden gelegen hatte.

Schließlich stand ich auf und ging ins Bad. Als ich mich über die Schüssel beugte, hörte ich es klingeln und war mir sicher, daß die Polizei bereits vor der Tür stand, um mich zu verhaften, bis ich endlich begriff, daß die Klingel in einer anderen Wohnung schellte und das Geräusch durch die Abzugsklappe über der Toilette ins Bad drang.

Als ich wieder ins Wohnzimmer kam, sagte der Reporter in Princeton Junction: ›...gegenwärtig sind von der

Polizei keine weiteren Einzelheiten zu erfahren. Es heißt nur, daß die Untersuchung auf Hochtouren läuft und daß man mehrere Spuren verfolgt. Noch einmal: Michael Rudnick, der Anwalt, der gestern abend auf einem Parkplatz am Bahnhof Princeton Junction überfallen wurde, hat das Bewußtsein wiedererlangt, und die Polizei rechnet damit, ihn bald vernehmen zu können.‹

Ich wußte, meine einzige Chance lag nun in der Flucht. Vielleicht konnte ich mich irgendwo verstecken, meine Identität ändern und mich mit Paula in Verbindung setzen, sobald ich in Sicherheit war.

Ich fing an, im Schlafzimmer einen Koffer zu packen – warf einige Hemden hinein, Unterwäsche, Hosen und Socken und was mir sonst noch in die Hände kam – und gab dann plötzlich erschöpft wieder auf, da ich einsah, daß eine Flucht sinnlos sein würde. Wenn die Polizei über mich Bescheid wußte und wenn sie eine Beschreibung von mir hatte, käme ich niemals unerkannt aus dieser Stadt.

Ich ging ins Wohnzimmer zurück und ließ mich auf die Couch fallen. Stundenlang hockte ich da, beinahe ohne mich zu rühren, bis ich schließlich einschlief. Als ich die Augen wieder aufschlug, war es dunkel. In der Küche hörte ich Geschirr klappern – Paula war zu Hause. Die arme Paula. Sobald es in den Nachrichten kam, daß ihr Mann kaltblütig jemanden umgebracht hatte, war ihr Leben ruiniert. Wenn sie jetzt glaubte, sie hätte Probleme und bräuchte eine Therapie, dann sollte sie erst mal bis morgen warten.

Mir fehlte noch immer die Kraft, mich zu bewegen. Inzwischen mußte es acht oder neun Uhr sein, doch hatte ich einfach keine Lust, den Arm zu heben und auf meine Uhr zu schauen. Ich wußte nicht, wo die Polizei bloß so lange blieb. Vielleicht kümmerten sich die Ärzte noch um Rudnick, und das Verhör mußte warten.

»Willst du da den ganzen Tag liegen?« fragte Paula.

Ich gab keine Antwort.

»Na, egal«, sagte sie schließlich, ging fort, kam aber gleich darauf zurück und fragte: »Was geht hier eigentlich vor? Bist du betrunken?«

Wieder sagte ich nichts.

»Falls du wieder betrunken bist«, sagte sie, »nach alldem, was du mir gesagt hast…«

»Ich bin nicht betrunken«, unterbrach ich sie. Meine Stimme klang tief und heiser, da ich seit Stunden kein Wort geredet hatte.

»Und was ist dann los?«

»Nichts ist los.«

»Aber warum liegt da ein Koffer auf dem Bett?«

Ich wartete einige Sekunden und sagte dann: »Weiß nicht.«

»Was soll das heißen, du weißt es nicht? Auf dem Bett liegt ein Koffer mit Kleidern. Wolltest du weg?«

Ich schloß die Augen.

»Na schön, wenn du nicht mit mir reden willst, dann eben nicht. Ich habe von diesem Mist jedenfalls die Nase voll.«

Als sie gehen wollte, sagte ich: »Vielleicht bin ich einfach nur deprimiert.«

»Dann nimm eine Prozac oder geh zu einem Psychiater«, sagte sie, »aber hör auf, dich wie ein verdammtes Baby zu benehmen.«

Ich blieb auf der Couch und starrte an die dunkle Decke. Paula ging ins Schlafzimmer und sah sich offenbar eine Sitcom an, da ich manchmal Gelächter aufbrausen hörte.

Mit der Fernbedienung schaltete ich den Wohnzimmerapparat wieder ein und schaute Nachrichten auf New York 1. Es war neun Uhr. Eine Reporterin stand vor dem Krankenhaus in Trenton und berichtete live, daß die Polizei inzwischen mit Rudnick gesprochen habe und daß der ihnen schildern konnte, was sich am gestrigen Abend auf dem Parkplatz am Bahnhof Princeton Junction zugetragen hatte. Ich rechnete damit, jede Sekunde meinen Namen zu hören, doch die Reporterin fuhr fort, ein Weißer, ein junger Mann mit Pferdeschwanz und Ziegenbart, habe Rudnick angefallen, und die landesweite Suche nach ihm sei bereits ausgelöst worden.

12

Ich mußte unbedingt raus aus der Wohnung, also lief ich einige Querstraßen weit zum East River hinunter und blieb dann auf der Promenade neben dem FDR-Drive. Außer einigen Joggern, Betrunkenen, Obdachlosen und dem ein oder anderen Paar, das noch einen abendlichen Spaziergang unternahm, war kaum jemand auf der Promenade zu sehen. Es war kühl, vom Fluß wehte eine frische Brise herüber. Nach ungefähr zwanzig Minuten kam ich zum Gracie Mansion. Ich drehte um, machte mich auf den Rückweg und ließ immer wieder die Erinnerungen an die Ereignisse der vergangenen vierundzwanzig Stunden in Angst verzerrten Bildern an mir vorüberziehen.

Gestern Nacht war der Parkplatz nur spärlich erleuchtet gewesen, doch hatte das Licht für Rudnick gereicht, um mein Gesicht erkennen zu können. Außerdem hatte er gefragt: »Was zum Teufel willst *du* denn hier?«, weshalb wohl kein Zweifel daran bestehen konnte, daß er mich erkannt hatte. Möglicherweise litt er unter Gedächtnisschwund, doch würde dies nicht erklären, warum er der Polizei erzählte hatte, von einem jungen Mann überfallen worden zu sein.

Als ich die Promenade verließ, taten mir die Füße weh, und die Blase an meinem Fuß machte mir wieder zu schaffen, doch war ich voller Energie. Da ich mich tagsüber so lange ausgeruht hatte und mir noch so viel durch den Kopf ging, würde ich heute Nacht bestimmt nicht schlafen können.

Beim Griechen in der Sixty-fifth, Ecke Second machte ich Pause und setzte mich an einen der hinteren Tische. Ich hatte den ganzen Tag noch nichts gegessen, war aber trotzdem nicht hungrig. Und während ich an einer Tasse Kaffee nippte und lustlos an einem überbackenen Thunfischbrot knabberte, fragte ich mich immer wieder aufs Neue, warum Rudnick gelogen hatte. Nachdem ich gut zwei Stunden in dem Restaurant gesessen und mir noch zweimal Kaffee hatte nachschenken lassen, war mir nur eine wahrscheinliche Erklärung eingefallen – er hatte Angst. Er wußte, wenn ich fähig war, ihn auf einem Parkplatz anzufallen, dann würde ich zu allem fähig sein – auch dazu, die Vorfälle im Keller an die Öffentlichkeit zu bringen. Wenn er also die Wahrheit sagte, würde man mich zwar verhaften, aber mit seiner Karriere als Anwalt wäre es dann auch vorbei. Und ich zweifelte keinen Augenblick daran, daß die Karriere für so einen arroganten Pinsel wie Michael Rudnick wichtiger als alles andere war.

Es lag wohl am Koffein im Blut, daß ich mich beim Verlassen des Restaurants noch wacher als zuvor fühlte. Als ich zurück in die Wohnung kam, war es halb zwölf. Das Licht im Schlafzimmer war aus, also nahm ich an, daß Paula bereits schlief. Ich ging noch mal mit Otis zu dem Müllcontainer, in den ich die Einkaufstüte geworfen hatte. Er sah nicht gerade so aus, als wäre er inzwischen geleert worden, doch machte ich mir deshalb keine Gedanken mehr. Da es keine Untersuchung gab – wenigstens keine, in der ich eine

Rolle spielte – würde die Polizei auch nicht nach irgendwelchen Beweismitteln in meiner Nachbarschaft suchen.

Ich ging zurück und hockte mich im Wohnzimmer gleich wieder vor den Fernseher. Auf New York 1 gab es einen weiteren Bericht mit neuen Einzelheiten über die Messerstecherei. Ein Reporter sagte, Michael Rudnick sei gestern abend etwa um viertel vor neun zu seinem Wagen gegangen, als er von einem jungen Mann mit Pferdeschwanz und Ziegenbart um Geld angebettelt wurde. Rudnick behauptete, dem Jungen gut zugeredet zu haben, als der plötzlich ›verrückt gespielt‹ hätte und mit einem Messer über ihn hergefallen sei. Dann berichtete der Reporter über Rudnicks körperliche Verfassung. Er hatte viel Blut verloren, die linke Lunge war kollabiert und mußte unter Umständen entfernt werden, außerdem litt er an schweren Unterleibsverletzungen.

Es machte mich froh, daß Rudnick litt, und ich hoffte, daß die ›schweren Unterleibsverletzungen‹ bedeuteten, daß ich ihm die Eier abgeschnitten hatte.

Ich saß auf der Couch und freute mich des neu gewonnenen Lebens, als ich hörte, wie die Wohnungstür aufging. In der festen Ansicht, daß jemand bei uns einzubrechen versuchte, tappte ich in die Küche, um das Schlachtermesser zu holen, als auf einmal Paula in den Flur trat.

»Hast du mir eine Angst eingejagt«, sagte ich. »Ich dachte, du schläfst schon längst.«

»Tut mir leid«, sagte sie abweisend.

»Mach das ja nicht noch mal.«

»Mein Gott, ich habe doch gesagt, daß es mir leid tut.«

»Wo warst du?«

»Und wo warst *du*?«

»Draußen«, sagte ich. »Spazierengehen... nachdenken.«

»Das war ich auch – spazierengehen und nachdenken.«

»Hör mal, es tut mir leid, okay?« sagte ich. »Ich habe gerade allerhand hinter mir – liegt vielleicht am Alkoholentzug. Aber jetzt bin ich ein neuer Mensch – wirst schon sehen.«

Paula sah mich an, als wäre ich ein Fremder.

Schließlich sagte sie: »Bis morgen« und ging ins Schlafzimmer.

Obwohl ich fast die ganze Nacht wach auf der Couch gelegen hatte, war ich um halb sieben wieder auf den Beinen und schlich, um Paula nicht zu wecken, auf Zehenspitzen ins Schlafzimmer, zog mir Shorts und T-Shirt an und grub meine Laufschuhe aus den Tiefen meines Kleiderschranks.

Es war ein herrlicher Frühlingstag – die Sonne schien hell, und es wehte ein sanfter, warmer Wind. Vor dem Haus machte ich einige Lockerungsübungen, konzentrierte mich auf meine Kniesehnen und joggte dann langsam in Richtung Central Park. Nach einigen Häuserblocks war ich so außer Puste, daß ich den Rest der Strecke im Schrittempo zurücklegen mußte.

Im Park joggte ich etwa eine Viertelmeile über den Hauptweg, aber als es etwas bergauf ging, japste ich wieder keuchend nach Luft. Außerdem bekam ich Magenkrämpfe, und auch die Blase an meinem Fuß setzte mir wieder zu, obwohl ich Pflaster in mehreren Schichten drübergeklebt hatte. Also ruhte ich mich auf einem Rasenstück ein wenig aus und lief dann wieder nach Hause.

Meine erste Morgengymnastik war nicht gerade ein voller Erfolg gewesen, aber sie war wenigstens ein Anfang. In einem Deli auf der Lexington Avenue kaufte ich Fruchtsalat und Hüttenkäse ohne Fett. Von jetzt an wollte ich gesund leben – kein Fastfood mehr essen, einem Fitneßclub beitreten.

Ich frühstückte am Eßtisch und las dabei die *Sunday Times*. Der Mordversuch in Princeton hatte es auf die dritte Seite des Metro-Teils geschafft, doch mußte ich unwillkürlich lachen, als ich las, daß die Polizei sich fragte, ob der Überfall im Zusammenhang mit der zunehmenden Bandenkriminalität in Trentons High-School stand.

Ich blätterte gerade die restliche Zeitung durch, als Paula im Nachthemd ins Eßzimmer kam.

»Alles in Ordnung?« fragte sie.

»Ich fühle mich großartig. Warum?«

»Du ißt Obst zum Frühstück«, sagte sie. »Und du ißt nie Obst zum Frühstück.«

»Ich bin ein neuer Mensch – habe ich dir doch gesagt.«

Sie blickte mich mißtrauisch an und ging dann in die Küche.

Mir war klar, wie seltsam mein rascher Stimmungswechsel auf Paula wirken mußte. Gestern lag ihr Mann noch mit Depressionen auf der Couch, heute führte er sich wie Turnvater Jahn persönlich auf. Bestimmt nahm sie an, daß ich langsam manisch-depressiv wurde.

Fast den ganzen Tag lang gab sich Paula jede Mühe, mich zu ignorieren. Sie setzte sich oben aufs Flachdach, um an ihrem Laptop zu arbeiten, und anschließend ging sie einkaufen.

Also beschloß ich, selbst auch einige Arbeit nachzuholen. Ich loggte mich über Internet in meinen Büro-Computer ein und arbeitete einige Stunden an den Kostenvoranschlägen, die ich nächste Woche verschicken mußte. Außerdem fand ich über Netz heraus, daß morgen abend ein Treffen der Anonymen Alkoholiker in einer Kirche in der Seventy-ninth Street stattfand.

Gegen vier Uhr ging ich zu einem Blumenladen in der Second Avenue und kaufte einen Strauß roter, rosafarbener und weißer Rosen. Als ich zurückkam, brannte Licht im Flur, was mir verriet, daß Paula wieder zu Hause war. Ich ging in die Küche und sah sie vor dem offenen Kühlschrank stehen. Sie drehte sich nach mir um, betrachtete ausdruckslos den Strauß Blumen und nahm sich eine Flasche Evian.

»Die sind für dich«, sagte ich.

»Das sehe ich. Danke.«

Sie goß sich ein Glas Wasser ein, trank aus und ging an mir vorbei in Richtung Schlafzimmer.

»Falls du Lust hättest, heute abend mit mir zu essen...«

»Hör auf«, sagte sie und drehte sich plötzlich zu mir um. »Hör endlich damit auf. Ich bin nicht ausgezogen, aber das heißt noch lange nicht, daß wir da weitermachen, wo wir aufgehört haben, als wenn nichts geschehen wäre. Du hast verdammt viel Mist gebaut, und so ein paar dämliche Blumen können auch nichts daran ändern.«

Sie marschierte ins Schlafzimmer und knallte die Tür hinter sich zu.

Die Nachrichten um sechs Uhr meldeten den Tod von Michael Rudnick. Laut einem Kurzbericht hatte sich sein Zustand über Nacht verschlechtert. Gegen vier Uhr nachmittags, also etwa zu der Zeit, als ich für Paula die Blumen kaufte, war er dann gestorben.

Erst regte mich die Nachricht auf. Nicht, weil Rudnick tot war – die Erde wäre ein besserer Ort ohne Dreckskerle wie ihn –, sondern weil mir die Vorstellung gefallen hatte, daß Rudnick den Rest seines Lebens unter seinen Schmerzen und der Angst leiden würde, daß ich ihn noch mal angreifen könnte. Doch nach einer Weile fand ich mich damit ab und dachte, eigentlich hätte gar nichts besseres passieren können, als daß Rudnick noch einen Tag überlebte. Wäre Rudnick nämlich gleich auf dem Parkplatz gestorben, hätte mich die Polizei bestimmt längst verhört und wahrscheinlich auch schon verhaftet. Doch da Rudnick sie auf diese aussichtslose Suche nach einem jungen Mann geschickt hatte, konnte ich mir beinahe sicher sein, mit dem Mord ungestraft davonzukommen.

Beim Essen wollte Paula nicht mit mir reden. Ich fing zwar mehrmals ein Gespräch an, aber sie blickte einfach stur auf ihren Teller und tat, als wenn ich nicht da wäre.

Irgendwann sagte ich dann: »Morgen abend gehe ich übrigens zu einem Treffen der Anonymen Alkoholiker.«

»Aha?« sagte Paula und starrte immer noch in ihr Essen.

»Ich dachte,… ich dachte, du würdest dich freuen?«

Sie schluckte einen Bissen von ihrem Chicken Chow Fun hinunter und erwiderte: »Na ja, tu ich aber nicht.«

Am Montag morgen lief ich durch windgepeitschten Regen zur Arbeit. Ecke Forty-eighth und Park zerfetzte mir eine Bö den Regenschirm, und als ich ins Büro kam, war ich klitschnaß, aber trotzdem gut gelaunt.

Auf meinem Anrufbeantworter war eine Nachricht – von Don Chaney, dem Leiter des Managementinformationssystems, der letzte Woche so enttäuscht gewesen war, als ich ihm keinen Techniker für sein Problem mit dem Web-Server besorgen konnte. Chaney sagte, er hätte von seinem Finanzvorstand das Okay für den Kostenvoranschlag, und er würde mir den Vertrag für den größeren und weit lukrativeren Auftrag gleich zufaxen. Einige Minuten später ging ich zum Faxgerät, und dort wartete tatsächlich der unterschriebene Vertrag auf mich.

Wie unter Schock starrte ich mindestens eine Minute lang auf die Papiere. Monatelang hatte ich mich vergebens für einen Vertrag abgerackert, und jetzt fiel er mir ohne alle Mühe in den Schoß.

Ich ging ins Büro von Bob Goldstein, der an seinem Tisch saß und die Zeitung las.

»Noch nie was von Anklopfen gehört?« fragte er, ohne mich anzusehen. Ich warf ihm das Fax hin und sah, wie er beim Lesen zu lächeln begann.

»Sie Prachtkerl!« Er stand auf, um mir die Hand zu schütteln. »Sehen Sie? Ich habe doch gewußt, daß es in Ihnen steckt. Meinen herzlichen Glückwunsch, *mazel tow*! Das sind ja phantastische Neuigkeiten – wirklich phantastisch. Doch das ist erst der Anfang – jetzt müssen Sie am Ball bleiben. Diese Woche will ich noch zwei große Verkäufe sehen. Ich bin stolz auf Sie, Richard – wirklich stolz.«

Die Neuigkeit von meinem Erfolg verbreitete sich rasch. Schon in der nächsten halben Stunde schauten mehrere Leute in meiner Kabine vorbei, um mir zu gratulieren, unter anderem auch Martin Freiden, unser Finanzvorstand, und Alan Wertzberg, der Marketingdirektor.

Weil ich wissen wollte, ob ich nur Glück gehabt oder meinen alten Schwung wirklich wiedergefunden hatte, rief ich Jim Turner an, jenen Mann, der Steve und mich letzten Montag praktisch aus seinem Büro geworfen hatte. Wenn ich auch noch den Vertrag mit Jim Turner abschließen konnte, dann würde ich jeden Vertrag abschließen können.

Turners Sekretärin sagte, er telefoniere gerade, doch ich antwortete, es mach mir nichts aus zu warten. Dann meldete sie sich wieder und sagte, er spreche immer noch, aber ich erwiderte: »Das macht nichts, ich warte.« Endlich hatte ich Turner am Apparat. Nachdem ich Hallo gesagt und ihn an mich erinnert hatte, gab ich ihm überhaupt keine Chance, etwas zu sagen. Statt dessen erklärte ich: »Hören Sie, ich weiß, es war letztens nicht gerade das beste Meeting, aber ich wollte mich trotzdem noch mal bei Ihnen melden und mich für den falschen Eindruck entschuldigen, den unsere Firma unter Umständen hinterlassen hat. Außerdem wollte ich Sie bitten, unseren Vorschlag ernsthaft in Erwägung zu ziehen, bevor Sie sich endgültig entscheiden. Ich kann Ihnen garantieren, daß Ihnen keine andere Beraterfirma der Stadt den Service und die Zuverlässigkeit bietet, die Ihnen Midtown offeriert. Sie dürfen auch gern unsere Referenzen überprüfen, fragen Sie, wen Sie wollen. Ich sage Ihnen was – um Ihnen zu beweisen, was für eine ausgezeichnete Mannschaft wir haben, schicke ich Ihnen heute noch einen Techniker vorbei...«

»Okay.«

Ich preßte den Hörer drei geschlagene Sekunden an mein Ohr, ehe ich fragte: »Wie bitte?«

»Ich sagte okay, ich laß es auf einen Versuch mit euch Jungs ankommen. Was muß ich tun? Soll ich das Angebot unterschreiben, das Sie mir gemacht haben?«

Fünfzehn Minuten später stand ich wieder am Faxgerät und hielt einen von Jim Turner unterschriebenen Vertrag über einen achtzigtausend-Dollar-Job in der Hand. Als sich die Neuigkeit von meinem zweiten großen Erfolg an diesem Morgen verbreitete, sammelten sich die Leute um mich, als ob ich der Messias der Verkäufer sei. Sogar ich selbst war von mir beeindruckt. Ich malte mir aus, daß ich befördert wurde oder eine andere, besser bezahlte Stelle annahm. Paula und ich, wir würden unsere Probleme in den Griff kriegen und mit unseren zwei Kindern – einem Jungen und einem Mädchen – in ein großes Haus, nein, auf einen Landsitz nach Connecticut ziehen.

Bob kam in meine Kabine und legte mir eine Hand auf die Schulter. Er sagte: »Zwei an einem Tag? Du machst heute glatt einen Tausender extra, wie? Das ist unglaublich – einfach unglaublich. Du hast echt den Dreh raus, Junge.«

Ich wußte, daß ich mein Glück ziemlich auf die Probe stellte, beschloß aber trotzdem, einen weiteren potentiellen Kunden anzurufen, der bereits seit Wochen von mir bearbeitet wurde – den Finanzvorstand einer Steuerberatungsfirma in der Seventh Avenue. Der Kostenvoranschlag umfaßte nur einen kleineren Auftrag, nämlich den Update der Citrix Remote-Access Software, und als ich vor einigen Wochen das letzte Mal mit ihm geredet hatte, verglich er meine Angaben noch mit den Vorschlägen anderer Beraterfirmen. Ich begann mein Spiel mit der gleichen ›unbekümmerten‹ Haltung, als er mich unterbrach und mir sagte, sein Budget für den Herbst sei gerade durch und er wolle mir den unterschriebenen Vertrag sofort zufaxen.

Während des ersten Jobs, den ich je gehabt hatte – in meinem letzten Studienjahr in Buffalo war ich Verkäufer in einem HiFi-Laden in der Fußgängerzone unweit vom Campus gewesen – hatte ich einmal drei Fernseher und eine Stereoanlage in weniger als einer Stunde verkauft. Das Gefühl war so unglaublich, daß ich noch im gleichen Moment beschlossen hatte, Verkaufsmanager zu werden. Seither hatte ich größere Verträge über weit mehr Geld abgeschlossen, aber kein Verkauf war je wieder so aufregend wie mein erster Erfolg gewesen – bis heute. Mir schoß das Blut in den Kopf, als ich den unterzeichneten Vertrag im Fax liegen sah, und ich wollte jede Sekunde dieses Augenblicks genießen.

Nahezu sämtliche Mitarbeiter von Midtown Consulting drängten sich in meine Kabine, darunter auch die Sekretärinnen aus anderen Abteilungen, die mich sonst nie zuvor wahrgenommen hatten. Endlich verlief sich die Menge wieder, aber die Atmosphäre im Büro schien von meinem Erfolg noch zu vibrieren, und immer wieder kamen Leute vorbei, um mir zu gratulieren. Ich hatte dermaßen viel geredet, daß mein Mund ganz trocken geworden war, weshalb ich zur Cafeteria ging, um mir etwas zu trinken zu holen.

»Du bist so ein heißer Typ, daß ich mich gar trau, näher heranzukommen – ich könnte mich ja verbrennen.«

Ich brauchte mich nicht umzudrehen, um zu wissen, daß Steve Ferguson hinter mir stand.

»Ist wohl auch besser so«, antwortete ich gelassen.

Ich nahm meine Dose Pepsi und wollte gehen, konnte aber der Versuchung nicht widerstehen, ihm noch etwas unter die Nase zu reiben.

»Ach, übrigens«, sagte ich, »falls du mal ein paar Tips brauchst oder möchtest, daß ich dich zu einem Meeting begleite oder falls ich mir deine Verkaufsmasche mal etwas näher ansehen soll, kein Problem. Ernsthaft, brauchst bloß Bescheid zu sagen, ich helfe dir wirklich gern.«

Lächelnd ging ich fort und versuchte, mir Steves Gesichtsausdruck vorzustellen.

Der übrige Tag verlief unglaublich hektisch. Ich verbrachte fast den ganzen Vormittag damit, Anlaufzeiten für die drei Projekte auszumachen, mich beim Personalbüro zu vergewissern, daß wir die richtigen Leute vor Ort hatten und mit den Mitarbeitern der drei Firmen Konferenzen zu organisieren, auf denen noch diverse Details besprochen werden mußten. Zum Mittagessen bestellte ich mir Pastrami auf Roggenbrot mit einer zusätzlichen Portion Pickles und aß beim Arbeiten in meiner Kabine. Ich hatte keine Zeit, noch zusätzliche Verkaufsgespräche zu führen und hätte mein Glück auch nicht weiter strapazieren wollen. Drei Verträge, das war mehr als gut, und ich hatte keine Lust, die Erinnerung an einen ansonsten perfekten Tag zu gefährden.

Als ich auf die Uhr sah, stellte ich überrascht fest, daß es bereits viertel vor sechs war. Ich ließ alles stehen und liegen, nahm mir vor, mich später von daheim ins Netzwerk einzuwählen und weiterzuarbeiten, rannte hinunter auf die Straße, rief mir ein Taxi, fuhr zum Auditorium der St. Monica Kirche in der East Seventy-ninth Street nahe der First Avenue und kam gerade noch rechtzeitig zum Treffen der Anonymen Alkoholiker. Ich setzte mich auf einen der kreisförmig angeordneten Klappstühle und sagte Hallo zu den etwa zehn anwesenden Leuten. Ich fühlte mich überhaupt nicht wohl. Die ›Alkoholiker‹ waren zumeist Männer – unter ihnen nur zwei oder drei Frauen – und bis auf einen älteren Herrn in Anzug sahen sie mit ihren Jeans, Turnschuhen, T-Shirts und Kapuzensweatshirts ganz schön nach Proletenklasse aus. Ich hörte zu, wie ein Mann – Gesicht und Hände waren dreckig, bestimmt war er Tischler oder Müllmann – erzählte, daß er seinen Sohn jedesmal, wenn er betrunken war, ›zu Brei geprügelt‹ hatte. Dann meldet sich ein anderer Typ und erklärte, daß er seiner Freundin die Nase gleich dreifach gebrochen habe. Eine der Frauen – sie schien relativ neu in der Gruppe zu sein – gestand, daß sie einmal nach einem ausgedehnten Gelage nackt neben einem fremden Mann aufgewacht sei und keine Ahnung gehabt habe, wie sie dahin gekommen war. Die Frau begann zu weinen, und einige aus der Gruppe begannen, sie zu trösten.

Der Gruppenleiter fragte mich, ob ich etwas zum Gespräch beizutragen hätte, doch ich sagte, ich wolle ›einfach nur zuhören‹.

Einige Leute teilten uns dann noch ihre Erfahrungen darüber mit, wie sie zu besseren Menschen geworden seien, nun, da sie keinen Alkohol mehr tranken, und danach endete das Treffen. Der Mann, der seinen Sohn regelmäßig verprügelt hatte, kam auf mich zu und bot sich als mein Betreuer an. Ich antwortete ›mal sehen‹, verließ allein die Kirche und machte mich auf den Weg nach Hause.

Ich wußte, daß ich bei den Anonymen Alkoholikern nichts zu suchen hatte, bei diesem Haufen gewalttätiger, ordinärer Säufer. Ich hatte bestimmt kein ›Problem mit dem Alkohol‹ – ich war nur eben durch eine üble Phase gegangen, über die mir der Alkohol hinweggeholfen hatte. Aber ich wußte auch, daß Paula ziemlich sauer werden würde, wenn ich nicht mehr zu den Anonymen Alkoholikern ginge. Also beschloß ich, die Treffen auch weiterhin einzuhalten – jedenfalls vorläufig.

Der Regen hatte aufgehört, und es war ein klarer, kühler Abend geworden. Ich ging die Third Avenue entlang, das Jackett über die Schulter geworfen, und freute mich über die Abgase, die hupenden Taxis, das Geschrei lärmender Jugendlicher und den Duft von thailändischem Essen. Von nun an, so beschloß ich, wollte ich mein Leben in vollen Zügen genießen. Ich würde meine Ehe kitten und hart arbeiten, bis das Elend der vergangenen Monat nur noch eine ferne Erinnerung war.

Als ich in die Sixty-fourth Street einbog und unser Haus sah, entdeckte ich durch die Glastür zwei ziemlich grimmig dreinblickende Männer in dunklen Anzügen, die sich mit dem Portier unterhielten.

13

»Sind Sie der Richard Segal, der früher in der Stratford Road in Brooklyn gewohnt hat?« fragte der größere der beiden Männer.

Sie hatten mir bereits ihre Marken gezeigt und erklärt, daß sie Beamte des Polizeireviers West Windsor in New Jersey seien. Ich hatte keine Ahnung, wo West Windsor lag, nahm aber an, daß es nicht allzu weit von Princeton entfernt sein konnte. Ehe ich auf die Frage des größeren Beamten einging, musterte ich kurz die unbewegte Miene des kleineren Mannes und sah dann zu Raymond hinüber, der unser Gespräch aufmerksam verfolgte.

Ich versuchte, keine Panik aufkommen zu lassen.

»Ja, so heißt die Straße, in der ich aufgewachsen bin«, sagte ich. »Warum? Was ist los?«

»Seit gestern suchen wir nach Ihnen«, sagte der größere Polizist. »Haben Sie eine Ahnung, wie viele Richard Segals und R. Segals in Manhattan wohnen? Jede Menge. Und dazu gehören noch nicht mal die, die ihren Namen mit S-e-g oder S-e-i-g oder S-i-e-g schreiben. Schön, daß wir Sie endlich gefunden haben. Ich bin übrigens Sergeant Roy Burroughs. Und dies hier ist mein Partner Detective Jim Freemont.«

Da ich den Eindruck hatte, daß Burroughs in diesem

Gespann der scharfe Hund war, schaute ich ihn mir etwas genauer an. Er schien um die fünfzig zu sein, gut zehn Jahre älter als Freemont, trug aber irgendwie künstlich wirkendes, rabenschwarzes Haar, während Freemont bis auf ein paar wuschlige, dunkelblonde Locken an den Ohren schon ziemlich kahl war.

»Können Sie mir bitte sagen, worum es eigentlich geht?« fragte ich.

»Tut mir leid – natürlich«, sagte Burroughs und warf einen kurzen Blick zu Raymond hinüber, der uns immer noch belauschte. »Wir möchten Ihnen einige Fragen stellen, die mit einem Fall zu tun haben, an dem wir gerade arbeiten.«

»Ein Fall?«

»Sicher nichts, weshalb Sie sich Sorgen machen müßten«, lautete Burroughs beunruhigende Antwort. »Meinen Sie nicht, wir sollten lieber in Ihre Wohnung gehen? Dort könnten wir uns bestimmt ein wenig ungestörter unterhalten.«

»Na gut«, sagte ich. »Aber über was für eine Art Fall reden wir hier überhaupt?«

»Über Mord«, sagte Burroughs.

»Mord?« Ich versuchte, möglichst schockiert zu klingen. »Wer... Was ist los? Ist meiner Frau was passiert?«

»Ihrer Frau geht es gut«, sagte Freemont. »Ich weiß nicht, ob Sie schon davon gehört haben, aber das Opfer ist jemand, den Sie von früher kennen. Wir gehen davon aus, daß er in einem Haus gegenüber von Ihrem aufgewachsen ist.«

»Wer?« fragte ich.

»Michael Rudnick«, antwortete Burroughs.

Ich schwieg, als müßte ich diese Information erst einmal verdauen und überlegte gleichzeitig, wie ich reagieren sollte. Ich wollte nicht allzu verwirrt wirken, da die Polizei inzwischen herausgefunden haben konnte, daß ich letzten Donnerstag in Rudnicks Büro gewesen war, wollte aber auch nicht so tun, als wäre ich überhaupt nicht überrascht, was mir leicht fallen dürfte, da ich keinen Schimmer hatte, wieso die Polizei wußte, daß Rudnick im Haus gegenüber gewohnt hatte.

»Herrje«, sagte ich schließlich. »Das ist ja schrecklich. Aber ich verstehe nicht recht. Warum wollen Sie ausgerechnet mit mir darüber reden?«

»Ich glaube, wir sollten nun wirklich nach oben gehen«, sagte Freemont abweisend.

»Warum?« sagte ich. »Was ist denn los?«

»Bitte«, wiederholte Freemont, »lassen Sie uns nach oben gehen.«

»Aber wieso?« fragte ich. »Ich verstehe nicht ganz...«

Eine hagere, rothaarige Frau mittleren Alters, die im selben Gebäude wohnte, kam neugierig näher. Ich wußte nicht, wie sie hieß, sah sie aber ständig im Aufzug oder mit ihrem kleinen schwarzen Mops spazierengehen.

»Also gut«, sagte ich schließlich. »Gehen wir.«

Im Aufzug wandte ich mich erneut an die Beamten: »Das ist alles ein großer Irrtum – Sie werden schon sehen; ich habe nichts mit der ganzen Sache zu tun. Aber wissen Sie, Sie haben wirklich Nerven, hier so einen Auftritt zu veranstalten. Wenn Sie jemand von der Hausverwaltung gehört hätte?«

»Wir haben Ihnen doch gleich vorgeschlagen, nach oben zu gehen«, erwiderte Freemont.

»Immerhin wohne ich hier«, fuhr ich fort, ohne ihn zu beachten, »und muß Tag für Tag mit diesen Menschen leben. Wissen Sie, vielleicht sollte ich mir doch lieber einen Anwalt besorgen, bevor ich mit Ihnen rede.«

»Sie sind nicht verhaftet«, sagte Burroughs, »aber wenn Sie meinen, einen Anwalt zu brauchen, können wir Sie auch gern mit aufs Polizeirevier in Jersey nehmen. Die Fahrt dauert allerdings etwa anderthalb Stunden.«

»Ich habe nicht gesagt, daß ich einen Anwalt *brauche*«, erwiderte ich und fürchtete, schuldbewußt zu klingen. »Ich verstehe ja noch nicht einmal genau, warum Sie überhaupt mit mir reden wollen.«

Burroughs sah hinüber zu Freemont, der aber unverwandt auf die Fahrstuhltür schaute.

Wie stets, wenn Fremde die Wohnung betraten, bellte Otis wie verrückt, sobald wir die Tür aufmachten, weshalb ich die Beamten bat, auf der Couch Platz zu nehmen, während ich Otis in mein Arbeitszimmer sperrte. Dabei fiel mir auf, daß die Tür zum Schlafzimmer geschlossen war. Außerdem konnte ich leise Rockmusik hören, also war Paula offensichtlich von der Arbeit zurück. Ich ging wieder ins Wohnzimmer und setzte mich in den Sessel gegenüber der Couch, auf der die beiden Polizisten saßen.

»Können Sie mir nun bitte erklären, worum es eigentlich geht?« sagte ich.

»Vielleicht fangen wir damit an, daß Sie uns sagen, was letzten Donnerstag passiert ist«, gab Burroughs zurück.

»Letzten Donnerstag?« fragte ich, als hätte er mich aus der Fassung gebracht.

»Uns wurde gesagt, daß Sie letzten Donnerstag in Michael Rudnicks Büro gewesen sind«, sagte Freemont.

Ich sah rasch zum Balkon hinüber, schüttelte leicht den Kopf, senkte dann meinen Blick und ließ gut zehn Sekunden verstreichen, ehe ich antwortete: »Ja – ich bin in Michael Rudnicks Büro gewesen.«

»Haben Sie ihn umgebracht?« fragte Burroughs.

»Was ist denn hier los?«

Paula war aus dem Schlafzimmer gekommen und stand nun rechts von mir. Sie hatte sich umgezogen und trug Shorts und T-Shirt.

»Nichts«, sagte ich. »Offenbar handelt es sich hier um ein großes Mißverständnis. Diese Männer sind Beamte der Polizei von Jersey.«

»Polizei?« fragte Paula. »Warum ist...«

»Sind Sie Frau Segal?« fragte Burroughs.

»Ja«, antwortete Paula.

»Würde es Ihnen etwas ausmachen, sich zu uns zu setzen?«

»Was hat sie denn damit zu tun?« fragte ich.

»Worum geht es überhaupt?« wollte Paula wissen.

»Ein Freund Ihres Mannes ist ermordet worden«, sagte Freemont.

»Er war nicht mein Freund... Er war nur ein Bekannter. Ein alter Bekannter.«

»Wer?« fragte Paula.

»Michael Rudnick«, sagte Burroughs.

»Und wer ist Michael Rudnick?«

»Ein Typ, der in meiner Straße in Brooklyn aufgewachsen ist«, sagte ich.

»Du hast den Namen noch nie erwähnt...«

»Vielleicht setzen Sie sich wirklich lieber zu uns, Frau Segal«, sagte Freemont zu Paula.

»Kannst du mir bitte mal erklären, worum es hier eigentlich geht? Und zwar sofort?« bat Paula mich.

»Ich war letzten Donnerstag in Michael Rudnicks Büro.«

»Was wolltest du da?«

»Muß sie denn wirklich dabei sein?« fragte ich die Beamten.

»Ja«, erwiderte Burroughs.

Ich stieß einen Seufzer aus und sagte: »Letzte Woche bin ich ihm zufällig auf der Straße begegnet, und irgendwie kamen wir auf Computer zu reden. Er benutzt ein ziemlich überholtes System in seinem Büro, also dachte ich, ich könnte ihm ein Upgrade verkaufen – Sie wissen schon, ins Geschäft mit ihm kommen.«

»Bitte, ersparen Sie uns diesen Blödsinn«, sagte Burroughs.

»Aber es ist die gottverdammte Wahrheit«, sagte ich.

»Wir wissen, warum Sie da waren«, sagte Freemont. »Wir wollen es nur auch von Ihnen hören – mit Ihren eigenen Worten.«

»Ich begreife immer noch nicht, was all dies mit einem Mord zu tun haben soll«, sagte Paula.

»Es hat auch nichts damit zu tun«, sagte ich.

»Erzählen Sie uns bitte, was sich tatsächlich in Rudnicks Büro abgespielt hat«, sagte Burroughs, »oder wir fahren alle zusammen nach New Jersey.«

»Ich habe Ihnen doch bereits gesagt, was passiert ist«,

sagte ich. »Ich habe versucht, ihm Software zu verkaufen.«

»Ach ja?« fragte Burroughs. »Und was hat es damit auf sich, daß Sie behauptet haben, von ihm unsittlich belästigt worden zu sein?«

Ich starrte Burroughs ausdruckslos an, doch wurde mir plötzlich ganz mulmig, als könnte ich jeden Augenblick ohnmächtig werden.

»Stimmt das?«

Mir war, als hätte Paula die Frage schon einmal gestellt.

»Stimmt das?« wiederholte sie ungeduldig.

Mir war klar, daß ich es nicht länger verschweigen konnte. Den Blick in den Schoß gerichtet nickte ich langsam. Fast eine Minute lang sagte niemand ein Wort. Paula saß in einem Sessel neben mir. Und obwohl ich die Augen niedergeschlagen hielt, spürte ich, daß alle mich beobachteten und auf meine Antwort warteten.

»Warum haben Sie uns das nicht gleich gesagt?« fragte Burroughs.

»Verdammt, was glauben Sie wohl?« sagte ich, blickte aber immer noch in meinen Schoß.

»Es wäre besser gewesen, du hättest mir davon erzählt«, sagte Paula kühl.

Ich schaute zu den beiden Beamten hinüber. »Haben Sie noch irgendwelche Fragen? Oder können Sie uns jetzt allein lassen?«

»Keine Sorge, wir lassen es Sie schon wissen, wann wir mit Ihnen fertig sind«, sagte Burroughs. »Aber warum erzählen Sie uns jetzt nicht die ganze Geschichte? Fangen Sie einfach damit an, wie es dazu kam, daß Sie letzte Woche

Michael Rudnicks Büro aufgesucht haben und was genau zwischen Ihnen vorgefallen ist.«

Ich schwieg einige Sekunden und schilderte ihnen dann in gekürzter Version, wie Rudnick mir auf der Straße begegnet war und wie mich seither die Erinnerung an das quälte, was er mir angetan hatte. Ich erklärte ihnen auch, daß ich anfangs einfach alles wieder vergessen wollte, schließlich aber doch beschloß, zu Rudnicks Büro zu gehen und eine Entschuldigung von ihm zu fordern.

»Und als er sich nicht entschuldigen wollte, haben Sie ihn angegriffen«, sagte Burroughs.

»Aber ich habe ihn doch überhaupt nicht angegriffen«, erwiderte ich.

»Rudnicks Frau behauptet etwas anderes.«

»Rudnicks Frau?« fragte ich. »Was hat die denn damit zu tun?«

»Als Rudnick am Donnerstag abend nach Haus kam, hat er seiner Frau erzählt, Sie seien am Vormittag in sein Büro gekommen, um ihm vorzuwerfen, daß er Sie sexuell belästigt hätte, und anschließend seien Sie über ihn hergefallen.«

Das erklärte, warum die Polizei in Manhattan nach einem Richard Segal fahndete, doch überraschte mich, daß Rudnick seiner Frau von mir erzählt hatte. Müßte er nicht eigentlich Interesse daran gehabt haben, meine Existenz vor ihr zu verschweigen?

»Tja, so ist es jedenfalls nicht gewesen«, sagte ich.

Ich sah mich Unterstützung heischend nach Paula um. Sie saß da, die Arme vor der Brust gekreuzt, und wirkte immer noch ziemlich geschockt.

»Warum erzählen Sie uns dann nicht Ihre Version der Ereignisse?« sagte Burroughs.

»Ich bin in sein Büro gegangen, um mit ihm zu reden«, sagte ich. »Er wurde wütend und fing an, mich anzuschreien, dann holte er zum Schlag aus. Was hätte ich denn tun sollen? Einfach stehenbleiben? Also habe ich ihn fortgestoßen, so daß er gegen seinen Tisch fiel, und in diesem Augenblick kam der Hausmeister herein – oder wer auch immer das war –, und hat uns auseinandergebracht.«

Burroughs und Freemont wirkten nicht gerade überzeugt.

»Wußten Sie, daß man Michael Rudnick schon einmal sexuelle Belästigung von Kindern vorgeworfen hat?«

»Nein«.

»Vor drei Jahren«, sagte Burroughs. »Ein Junge aus einer Fußballmannschaft, die von Rudnick trainiert wurde, hat einen entsprechenden Vorwurf erhoben. Die Sache stand damals in der Lokalzeitung.«

Ich sah mich auf dem Parkplatz, wie ich mit dem Messer über Rudnick herfiel.

»Und was ist dann passiert?« fragte ich.

»Der Junge hat sich in Widersprüche verwickelt«, sagte Burroughs. »Von einer Anzeige wurde abgesehen.«

»Und was soll das mit mir zu tun haben?«

»Vielleicht haben Sie ja gehört, was mit dem Jungen war, und das hat dann Ihre ›Erinnerungen‹ ausgelöst.«

»Aber ich habe Ihnen doch gesagt, daß ich nichts von dem Jungen wußte.«

»Wie spät sind Sie letzten Freitag abend nach Hause gekommen?« wollte Burroughs wissen.

»Am Freitag?« fragte ich. »Welchen Freitag?«

»Beantworten Sie bitte einfach meine Frage.«

Ich dachte rasch nach. Ich wußte, ich durfte den Beamten nicht sagen, daß ich erst um halb elf wieder daheim gewesen war, aber mit Paula an meiner Seite konnte ich auch nicht lügen und behaupten, schon um fünf oder um sechs Uhr zu Hause gewesen zu sein.

»Ich weiß nicht, spät«, sagte ich.

»Wie spät?«

»Keine Ahnung – gegen neun?« sagte ich und hoffte darauf, daß Paula vergessen hatte, wie spät es tatsächlich gewesen war.

»Und wo waren Sie so lange?« fragte Burroughs.

»Ich war einen trinken«, sagte ich.

»Ach ja?« fragte Burroughs, als glaubte er mir kein Wort. »Und wo waren Sie einen trinken?«

»In einer Bar«, erwiderte ich.

»Und in welcher Bar?«

»Im Old Stand. An der Second Avenue.«

Freemont schrieb meine Antwort auf, während Burroughs mich fragte: »Wann waren Sie da?«

»Ich bin gleich nach der Arbeit hingegangen – gegen halb sechs, denke ich.«

»Und wie lange sind Sie geblieben?«

»Vielleicht bis gegen halb acht.«

»War jemand bei Ihnen?«

»Nein.«

»Ist das für Sie normal? An einem Freitag abend allein in einer Bar etwas zu trinken?«

»Leider ja«, sagte ich und schaute dabei Paula an. »Ich bin Alkoholiker.«

Paula deutete ein Lächeln an und freute sich offensichtlich darüber, daß ihr Mann zum ersten Mal zugab, ein Alkoholproblem zu haben.

»Kann jemand Ihre Aussage bestätigen?« fragte Freemont. »Jemand in der Bar zum Beispiel?«

»Ich weiß nicht«, sagte ich. »Durchaus möglich. Ich meine, schließlich waren jede Menge Leute da.«

»Was ist mit dem Barkeeper?« fragte Freemont. »Glauben Sie, daß der sich an Sie erinnern könnte?«

»Könnte sein«, erwiderte ich, »aber ich kann es wirklich nicht beschwören. Es war ziemlich voll.«

»Beschreiben Sie uns den Kellner, der Sie bedient hat«, sagte Burroughs.

»Ich weiß nicht genau, wer mich bedient hat.«

»Waren Sie vorher schon mal in der Bar?«

»Ja, und die haben ziemlich viele Kellner. Ich weiß, daß es da zum Beispiel einen alten Iren gibt, dann noch einen jungen Typen mit blondem Haar, und manchmal hilft auch eine Dunkelhaarige aus. Kann durchaus sein, daß mich an dem Abend mehrere bedient haben.«

»Mehrere?« fragte Burroughs skeptisch.

»Ganz richtig«, erwiderte ich. »Mehrere.«

»Mrs. Segal«, sagte Burroughs und wandte sich an Paula.

»Borowski«, gab Paula zurück.

»Wie bitte?«

»Mit Nachnamen heiße ich Borowski und nicht Segal. Ich habe meinen Mädchennamen beibehalten.«

»Tut mir leid – Mrs. *Borowski*. Wann haben Sie Ihren Mann am Freitag abend gesehen?«

Paula blickte kurz zu mir herüber, rückte unbehaglich in

ihrem Sessel hin und her und sagte dann: »Etwa zu der Zeit, die er genannt hat – gegen neun Uhr.«

Ich zeigte ihr meine Erleichterung, in dem ich langsam einmal mit den Augen blinzelte.

»Hatten Sie den Eindruck, daß Ihr Mann etwas getrunken hatte?«

»O ja«, sagte Paula, »den hatte ich tatsächlich.«

»Hat er Ihnen gesagt, daß er im Old Stand war?«

»Nein«, bekannte Paula. »Aber ich weiß, daß er schon öfter in dieser Bar gewesen ist. Ich meine, er hat mir gegenüber diesen Namen bereits einmal erwähnt.«

»Tja, ich schätze, das werden wir wohl selbst überprüfen müssen«, sagte Burroughs, wandte sich wieder an mich und fragte dann noch: »Besitzen Sie irgendwelche langen Messer, Mr. Segal?«

»Sicher«, entgegnete ich, doch wurde mein Mund plötzlich trocken. »Das heißt, kommt darauf an, was Sie unter ›lang‹ verstehen.«

»Ein Messer mit einer zwölf bis fünfzehn Zentimeter langen Klinge.«

»Könnte sein«, erwiderte ich.

»Natürlich haben wir solche Messer«, sagte Paula zu mir.

»Hätten Sie etwas dagegen, wenn wir uns mal in Ihrer Küche umsehen?« fragte Burroughs.

»Nein, machen Sie ruhig«, sagte Paula.

»Doch, wir haben was dagegen«, widersprach ich. »Ohne einen Durchsuchungsbefehl sehen Sie sich in dieser Wohnung überhaupt nichts an. Oder ich müßte erst mit einem Anwalt reden. Was wollen Sie sonst noch wissen?«

Burroughs lächelte und stand auf. Freemont schlug den Notizblock zu und erhob sich ebenfalls.

»Ich denke, es lohnt sich nicht, Ihre Zeit noch mehr in Anspruch zu nehmen«, sagte Burroughs zu mir. »Schließlich haben Sie ein Alibi. Wir werden einfach fragen, ob sich einer der Kellner daran erinnern kann, Sie am Freitag abend in der Bar gesehen zu haben. Allerdings sollten Sie uns ein Bild von sich mitgeben, falls Sie nicht mit nach Jersey fahren und unseren Fotografen kennenlernen möchten.«

»Sie können ein Bild von mir haben«, sagte ich.

»Ich hole Ihnen eins«, sagte Paula und lief ins Schlafzimmer.

»Ein deutliches, bitte«, rief Burroughs ihr nach.

Ich ging vor den Beamten auf den Flur und hörte Burroughs von hinten sagen: »Wie ich sehe, haben Sie sich letzten Sonntag die *Times* gekauft.«

»Stimmt«, erwiderte ich und fragte mich, worauf er hinaus wollte. »Und?«

»Ist mir nur aufgefallen«, sagte Burroughs. »Der Metro-Teil liegt obenauf – das war der Teil, in dem der Artikel über die Messerstecherei stand.«

»Und?«

»Haben Sie nun den Metro-Teil gelesen oder nicht?«

»Ich lese bloß den Finanzteil und die ›Woche im Überblick‹.«

»Ich auch.« Burroughs lächelte.

Ein verlegenes Schweigen breitete sich aus, während ich seinen Blicken auswich. Endlich kam Paula mit einigen Fotos zurück und fragte: »Können Sie damit was anfangen?« Zu mir gewandt meinte sie: »Das sind die Bilder aus den Berkshires.«

»Das hier dürfte genügen«, sagte Burroughs und griff nach einem Foto, das mich vor dem Red Lion Inn zeigte, kurz nachdem wir das Hotel verlassen hatten.

An der Tür wandte sich Burroughs noch einmal an mich: »Eine letzte Frage – kennen Sie vielleicht einen jungen Mann mit Pferdeschwanz und Ziegenbart?«

»Nein«, antwortete ich. »Warum fragen Sie?«

»Einfach so«, sagte er und lächelte wieder. »Wir werden uns sicher bald wieder bei Ihnen melden.«

Kaum waren die Beamten gegangen, sagte ich zu Paula: »Ist das zu fassen? Die wollen mir wirklich einen Mord anhängen – einen Mord! Was für ein Blödsinn.«

»Warum haben die dich nach diesem jungen Mann gefragt?«

»Keine Ahnung«, sagte ich. »Diese ganze Geschichte ist so irrsinnig wie ein Alptraum. Kaum bin ich von meinem ersten Treffen mit den Anonymen Alkoholikern wieder zu Hause, werde ich des Mordes angeklagt.«

»Soll ich uns einen Tee machen?«

»Gute Idee«, sagte ich, ging ins Bad, beugte mich über das Becken und spritzte mir kaltes Wasser ins Gesicht. Meine Gedanken rasten, doch irgendwann beruhigten sie sich wieder. Wenn die Beamten erst mit den Kellnern im Old Stand geredet hatten, würden sie bestimmt zurückkommen, aber wenigstens hatte ich mir erst mal etwas Luft verschafft. Sorgen machte mir nur, wieso die Polizei überhaupt auf die Idee gekommen war, mich zu verhören. Ich konnte nicht einschätzen, ob es bloß zu ihrer Routine gehörte oder ob sie wußten, daß Rudnick die Sache mit dem jungen Mann schlicht erfunden hatte.

Auf dem Weg in die Küche hörte ich, wie eine Schublade geschlossen wurde. Als ich eintrat, gab Paula vor, eifrig mit dem Ausräumen der Spülmaschine beschäftigt zu sein.

»Du hast dir die Messer angesehen, stimmt's?« fragte ich.

Einige Sekunden lang fuhr sie fort, Teller zu stapeln, hielt dann aber inne und fragte mich: »Warum hast du Samstag einen Koffer gepackt?«

»Was meinst du damit?«

»Am Samstag lag ein halb gepackter Koffer auf dem Bett. Wolltest du irgendwo hin?«

»Ja, wollte ich. Ich hatte daran gedacht, für einige Tage in ein Hotel zu ziehen.«

»Warum?«

»Was glaubst du wohl warum? Du hattest mich aus dem Schlafzimmer ausgeschlossen, und ich habe mir gedacht, daß es vielleicht besser wäre, einige Tage getrennt zu verbringen... Was soll das alles überhaupt? Du glaubst, ich habe ihn umgebracht, stimmt's?«

»Natürlich nicht...«

»Und warum führst du dich dann so auf?«

»Ich bin mir nicht sicher.« Sie blickte kurz zur Seite, legte eine Hand über die Augen, wandte sich dann aber wieder zu mir um und sagte: »Natürlich halte ich dich nicht für einen Mörder, Richard, aber in letzter Zeit war unsere Beziehung so verkorkst, daß ich einfach nicht mehr weiß, was eigentlich vor sich geht.«

»Hör mal«, sagte ich, »alles wird wieder gut. Sie sind jetzt fort, und sie kommen auch nicht wieder.«

»Warum hast du mir nichts davon erzählt?«

»Wovon?«

Der Wasserkessel pfiff. Paula stellte die Herdplatte aus, und ich bat sie, mir einen Earl Grey zu machen. Minuten später brachte sie mir den Tee ins Wohnzimmer, stellte die Tasse auf den Eßtisch und setzte sich dann mit ihrem eigenen Becher vor mich hin.

»Vielleicht hat ihn der Vater des Jungen umgebracht«, sagte ich.

»Wovon redest du?« fragte Paula.

»Von Rudnick. Die Polizei behauptet, der Junge hätte sich in Widersprüche verstrickt, aber vielleicht hat Rudnick ihm ja wirklich was angetan. Und vielleicht hat ihn der Vater deshalb umgebracht – sich an ihm gerächt.«

»Erzähl mir, was passiert ist«, sagte Paula.

»Was hältst du von meiner Theorie?« wollte ich wissen.

»Könnte stimmen.«

Sie wartete und schaute mich an.

»Ich weiß wirklich nicht viel mehr, als das, was ich den Beamten erzählt habe«, sagte ich. »Es ist passiert, und jetzt ist es vorbei. Ich will einfach nicht mehr daran denken.«

Meine Hand umklammerte den Henkel der Teetasse. Paula strich über meine Finger und sagte: »Es war doch nicht deine Schuld.«

»Ich weiß.«

»Manchmal neigt man dazu, sich selbst statt dem anderen Vorwürfe zu machen.«

»Glaub mir, ich mache mir keine Vorwürfe.«

»Du brauchst dich auch nicht zu schämen...«

»Tu ich auch nicht.«

»Oder ein schlechtes Gewissen zu haben.«

»Wirklich – mit mir ist alles in Ordnung. Ich meine, ich verstehe, was du mir sagen willst, aber es ist vor langer Zeit passiert und endgültig vorbei. Erst recht, seit Michael Rudnick tot ist.«

»Das *glaubst* du vielleicht«, sagte Paula, »aber so etwas ist nie ganz vorbei. Es kann Jahre dauern, bis du begreifst, wie du dich wirklich fühlst.«

»Ich brauche keine Therapie.«

»Habe ich auch nicht behauptet...«

»So was mag dir helfen, aber mir bringt das nichts. Glaub mir, ich bin weit besser dran, wenn ich mit diesen Dingen allein umgehen kann. Ich weiß, daß es nicht meine Schuld war, daß es mit mir persönlich nichts zu tun hat. Ich kenne diesen ganzen Mist. Gut möglich, daß ich weit mehr Probleme damit gehabt hätte, wenn ich mich daran erinnern könnte, was eigentlich genau passiert ist. Aber jetzt weiß ich wenigstens, daß ich drüber weg bin.«

»Bist du vielleicht noch nicht«, sagte Paula. Sie ließ meine Hand los und richtete sich auf. »Ich werde dir nicht raten, zu einem Therapeuten zu gehen, also hör mich bitte an, okay? Ich glaube, eine Therapie könnte dir helfen, aber wenn du nicht willst, laß es lieber sein – die Entscheidung liegt allein bei dir. Wahrscheinlich hättest du sowieso nichts davon, wenn du nicht daran glaubst. Aber deine Gefühle solltest du wirklich stärker rauslassen. Wenn du über solche Dinge nicht mit jemandem redest, können sie dir in deinem Leben noch ganz andere Probleme bereiten.«

»Machen wir das nicht gerade... darüber reden?«

»Immer wieder, meine ich. Wir können jetzt einfach nicht mehr... Ich meine, überleg doch, was in letzter Zeit zwischen uns gewesen ist. Ich kann mich nicht mal daran erinnern, wann wir uns zuletzt ernsthaft unterhalten haben. Wir müssen uns wieder näher kommen. Es ist einfach nicht gut, wenn sich zwei verheiratete Menschen so benehmen, wie wir es getan haben. Besonders jetzt nicht, wo dieser Kerl tot ist – eine völlig verrückte Situation. Dir werden sich noch eine Menge Fragen stellen – beängstigende Fragen –, und so was kannst du nicht einfach für dich behalten.«

Paula schlug den Blick nieder, und ich merkte, daß sie zu weinen begann. Plötzlich ergab alles einen Sinn. *Das* war ihr ›großes Thema‹, worüber sie mit ihrem Therapeuten, aber nie mit mir reden wollte. Jetzt verstand ich auch, warum sie mir immer sagte, daß sie Mühe habe, ›Menschen nahezukommen‹.

Paula schwieg eine Weile, und dann erzählte sie mir, wie sie mit neun Jahren von ihrem Onkel Jimmy sexuell mißbraucht worden war. Jedesmal, wenn Paula nachts bei ihrer Kusine schlief, bat Jimmy sie, ihre Schularbeiten mitzubringen. Jimmy nahm sie dann mit in sein Büro und erklärte seiner Tochter, daß sie ein wenig Ruhe bräuchten. Nachdem Jimmy Paula bei ihrer Schularbeit geholfen hatte, zwang er sie, ihn mit der Hand zu befriedigen. Paula hat keinem Menschen davon erzählt – aus den üblichen Gründen: Schuldgefühle, Angst, Scham. Doch anders als ich hatte sie diese Erinnerungen nicht jahrelang verdrängt. Selbst als Teenager wußte sie noch bis ins kleinste Detail, was er ihr angetan hatte.

»Ich bin froh, daß ich die Erinnerungen zugelassen habe«, sagte sie. »Wer weiß? Vielleicht wäre ich sonst noch eine Prostituierte oder drogenabhängig geworden. Oder ich wäre durchgedreht.«

Dennoch waren die Folgen für sie enorm. Mit siebzehn setzte ihre Periode aus, und ihre Ärztin diagnostizierte eine ›Borderline Anorexie‹. In der High-School hatte sie mit ihren Beziehungen ziemliche Probleme und ging mit verbal und manchmal auch körperlich gewalttätigen Jungen aus. Erst als sie sich auf dem College in mich verliebte, dachte sie, ihre Beziehungsprobleme seien vorbei, doch nach der Heirat war sie mit sich selbst dann wieder unzufrieden.

»Ich will mein Verhalten gar nicht entschuldigen«, sagte sie. »Es war dumm und gemein, dich zu betrügen, wahrscheinlich war es sogar der größte Fehler meines Lebens, aber wenigstens weiß ich nun, warum ich es getan habe, und ohne Therapie hätte ich es nie so weit geschafft.«

Sie schwieg und nippte an ihrem Tee. Ich griff über den Tisch nach ihrer Hand.

»Das tut mir leid«, sagte ich.

»Muß es nicht«, sagte sie. »Wenn ich mein Leben noch einmal leben könnte, würde ich nichts daran ändern wollen. Ich habe begriffen, daß das, was mit Jimmy gewesen ist, zu meiner Persönlichkeit gehört. Hätte es Onkel Jimmy nicht gegeben, wäre ich ein völlig anderer Mensch, und ich möchte kein anderer Mensch sein – ich mag mich mittlerweile.«

Offenbar steckte sie tiefer in diesem Therapeutenquatsch, als ich geglaubt hatte. »Schade nur, daß du nicht mit mir darüber geredet hast. Ich hätte dir… ich weiß nicht… helfen können.«

»Ich habe es mal versucht«, sagte sie, »habe es aber nicht geschafft. Miteinander zu reden war schon immer ein Problem für uns – ist es noch. Deshalb brauche ich ja auch so dringend diese Therapie. Außer Dr. Carmadie bis du der einzige Mensch, mit dem ich je über diese Dinge geredet habe.«

»Na ja, jetzt ist es für uns beide vorbei«, sagte ich und streichelte behutsam ihre Hand. »Jetzt können wir endlich ein normales Leben führen.«

Sie riß ihre Hand fort.

»Für mich ist es nicht vorbei«, sagte sie. »Für dich vielleicht, aber für mich wird es nie vorbei sein. Ich will gar nicht leugnen, daß dir schlimmes passiert ist, aber hast du eigentlich eine Ahnung, was ich durchgemacht habe? Dieser Typ, dieser Michael Rudnick, der war nicht mit dir verwandt. Aber kannst du dir vorstellen, was es heißt, wenn der Kerl, der dich mißbraucht, zur *Familie* gehört? Zusehen zu müssen, wie deine Eltern ihn als Freund behandeln, wenn du doch genau weißt, was für ein Drecksack er ist? Ich glaube, das begreift nur, wer es selbst mitgemacht hat. Irgendwie hast du trotz allem noch Glück gehabt.«

»Glück?«

»Vielleicht nicht gerade Glück, aber das Schicksal hat es doch besser mit dir gemeint. Du hattest wenigstens noch Gelegenheit, Michael Rudnick vor seinem Tod zur Rede zu stellen. Eine solche Chance hatte ich nie. Mein Onkel zog nach Chicago und starb ein Jahr später. Fiel eines Morgens beim Rasenmähen einfach tot um. Als ich davon erfuhr, habe ich tagelang geweint. Kannst du dir das vorstellen? Ich habe wegen dieses kranken Scheißkerls geweint! Ich meine, ich kann gut verstehen, warum du in dieses Büro gegangen bist, um Klartext mit ihm zu reden. Du glaubst gar nicht, wie oft ich mir vorgestellt habe, vor meinen Onkel hinzutreten, ihm in die Augen zu sehen und zu sagen: ›Du verdammtes Arschloch, wie konntest du das nur einem Kind antun?‹ Manchmal male ich mir auch aus, wie er in seinem Büro im Sessel sitzt, in genau dem Sessel, in dem ich sitzen mußte, wenn… Egal, jedenfalls sitzt er da, raucht eine seiner Stinkezigarren, und ich schleiche mich von hinten an ihn ran, eine Stahlschlinge in der Hand, wie sie die Typen von der Mafia benutzen. Ich werfe ihm die Schlinge um den Hals und ziehe so fest zu, daß es ihn halb vom Sessel reißt. Und dann sehe ich zu, wie sein großer Glatzkopf rot anläuft und wie der Kerl immer schwächer wird, bis ich schließlich loslasse und sein fetter, häßlicher Leichnam zurück in den Sessel sinkt.«

Plötzlich lief Paula selbst knallrot an, als ob *sie* gewürgt würde. Ich spürte, daß sie in Gedanken dort war, daß sie ihren Onkel umbrachte, und ich erinnerte mich, wie im Rausch gewesen zu sein, als ich auf dem Parkplatz über Rudnick herfiel, fast, als wäre ich für wenige Sekunden außerhalb meiner selbst gewesen und könnte mir von außen zusehen, so wie es einem kurz vor dem Tod ergehen soll. Ich hatte große Lust, ihr die Wahrheit zu gestehen. Vielleicht verstand sie, was ich getan hatte, und dann bräuchte ich ihr nichts mehr zu verschweigen.

Statt dessen aber sagte ich: »Ich bin froh, daß du das nicht getan hast.«

»Wieso?« fragte Paula mit hochrotem Kopf.

»Weil man dir vermutlich nicht geglaubt hätte. Du wärest

sicher im Gefängnis gelandet und hättest für einen blöden Perversen dein Leben ruiniert.«

Paula weinte. Ich ging zu ihr und legte meine Hände auf ihre Hüften. Nach einer Weile schlang sie ihre Arme um mich, und so standen wir lange da und hielten uns fest.

Während Paula sich zum Schlafen umzog, ging ich mit Otis spazieren. Jetzt, da Paula und ich uns wieder verstanden, verhielt Otis sich merklich anders, war viel lebhafter als in letzter Zeit, lief ständig voraus, beschnupperte die Passanten und sämtliche Dinge, an denen wir vorbeikamen und zerrte ständig an der Leine.

Auf dem Weg zur Second Avenue begriff ich dann, warum Rudnick seiner Frau von mir erzählt hatte. Aus Angst, ich würde ihn erpressen wollen, hatte er seiner Frau gesagt, daß ich ihn der sexuellen Belästigung beschuldigte, bevor ich selbst auch nur die Gelegenheit fand, irgendwelche Forderungen zu stellen. Bestimmt hatte er ihr gesagt, daß ich verrückt sei und die ganze Geschichte nur erfunden habe, um meinen Vorteil aus der Geschichte mit dem Jungen in der Fußballmannschaft zu ziehen. Falls ich dann an die Öffentlichkeit gegangen wäre, hätte ihm seine Frau vielleicht sogar geglaubt.

Ich lächelte und dachte daran, wie verzweifelt Rudnick während der letzten Tage seines Lebens doch gewesen sein mußte.

Ecke Sixty-fourth und Second überlegte ich kurz, noch ein Stückchen weiter in östlicher Richtung zu dem Müllcontainer zu laufen, in den ich die Tüte geworfen hatte, sagte mir dann aber, daß es zu riskant sei – woher wollte ich schließlich wissen, daß die Polizei mich nicht beobachtete und nur darauf wartete, daß ich einen Fehler beging? – machte kehrt und ging zurück zur Wohnung.

14

Zum ersten Mal seit über einer Woche schliefen Paula und ich wieder miteinander. Als am Morgen der Wecker klingelte, hielten wir uns immer noch eng umschlungen. Ich wollte nicht aufstehen. Es war zu schön, meine Frau wieder an meiner Seite zu haben, da, wo sie hingehörte, und ich begriff, wie nahe ich daran gewesen war, sie zu verlieren. Ich nahm mir fest vor, nie wieder etwas zwischen uns kommen zu lassen.

Wir duschten gemeinsam. Zwar fehlte die Zeit, um uns noch einmal zu lieben, doch seiften wir uns gegenseitig ein und bedeckten uns mit Küssen, als wären wir frisch verheiratet. Wir bedauerten beide, daß es kein Wochenende war oder daß wir uns nicht einfach krank melden konnten, doch wollten wir dafür früh wieder zu Hause sein, gegen sieben Uhr, und den ganzen Abend gemeinsam verbringen.

Paula mußte schon früh zu einem Termin und ging um viertel vor sieben aus der Wohnung. Ich ließ mir Zeit, rasierte mich, zog mich an und fühlte mich trotz der Vorkommnisse in den letzten zwölf Stunden unbeschwert und vergnügt. Ich drehte die Stereoanlage auf und hörte Rockmusik, was für mich ziemlich ungewöhnlich war, da ich mich seit Jahren morgens meist in aller Stille anzog.

Anschließend ging ich mit Otis spazieren, kehrte in die

Wohnung zurück und aß zum Frühstück Cornflakes mit Rosinen, eine Scheibe Toast und trank dazu ein halbes Glas Orangensaft. Um acht Uhr verließ ich das Haus.

Punkt halb neun zog ich die Magnetstreifenkarte durch und freute mich auf meinen Arbeitstag. Ich mußte die drei neuen Projekte koordinieren und würde den ganzen Tag viel zu tun haben. Außerdem fühlte ich mich wieder wie ein Star, wie ein Hochleistungskünstler, so, wie ich mich in meinem alten Job bei Network Strategies gefühlt hatte. Mit federndem Schritt lief ich über den Flur zu meiner Kabine, erfüllt von einem Selbstvertrauen, das mir in den letzten Monaten gefehlt hatte. Ich war einfach niemand mehr, der bloß noch an seine Lohntüte dachte, sondern ein wichtiges Mitglied dieser Firma. Ich gehörte dazu.

Ich telefonierte fast den ganzen Vormittag mit Jim Turner und einigen Angestellten von Loomis & Caldwell, die das Managementinformationssystem verwalteten, und besprach mit ihnen die bevorstehende Umrüstung auf Linux. Dann machte ich für zwei Uhr ein Treffen mit einem Projektmanager und einigen unserer Informationstechniker im Bürogebäude von Loomis & Caldwell aus. Ich war so in meine Arbeit vertieft, daß ich die polizeiliche Ermittlung fast vergessen hatte. Manchmal fielen mir ein paar Satzfetzen aus meinem Gespräch mit den Beamten wieder ein, oder ich fragte mich, ob sie die Kellner schon verhört hatten, doch machte ich mir deshalb keine Sorgen mehr. Die Polizei hatte sich mit mir nur unterhalten, weil ich Rudnick in seinem Büro bedroht hatte, doch lagen keinerlei Beweise gegen mich vor, und ihre beste Spur war immer noch Rudnicks Aussage, daß ein junger Mann mit dem Messer in der

Hand über ihn hergefallen sei. Burroughs würde es verdammt schwer haben, daran vorbeizukommen, so gern er mich auch festnageln wollte.

Um elf Uhr traf ich mich mit Bob Goldstein und zwei Projektmanagern, Alex Petrowski und Paul Evans, um die Personalfragen im Zusammenhang mit den bevorstehenden Arbeiten zu besprechen. Das Gespräch war gegen Mittag zu Ende, aber Bob bat mich, noch auf einen Augenblick zu bleiben, da er etwas ›Persönliches‹ mit mir zu besprechen habe.

Bob saß am anderen Ende des Konferenztisches, als er sagte: »Ich habe gute Neuigkeiten für Sie – aber glauben Sie bloß nicht, es bestünde da ein Zusammenhang mit Ihren gestrigen Verkäufen. In dieser Firma treffen wir schließlich keine Entscheidungen, die auf den Erfolg eines einzigen Tages basieren, doch wie es der Zufall will, hat Mary aus der Personalabteilung gestern gekündigt...«

»Ach, wie schade.«

»Die Nachricht hat mich ebenfalls ziemlich überrascht. Wie auch immer, in einigen Wochen wird sie jedenfalls fort sein, so daß Sie dann in ihr Büro ziehen könnten. Es ist ein wenig größer als Ihr altes Büro, weshalb ich annehme, daß Sie damit ganz zufrieden sein dürften.«

Kaum war ich wieder in meiner Kabine, mußte ich unwillkürlich laut auflachen. Schon möglich, daß ein Büro frei geworden war, weil Mary gekündigt hatte, aber wenn gestern nicht mein großer Tag gewesen wäre, hätte Bob nie im Leben daran gedacht, mir dieses Büro anzubieten. Offenbar war Bob der Auffassung, daß ich meine elende Durststrecke hinter mich gebracht hatte, und falls ich innerhalb der nächsten Monate noch einige große Verträge an Land zog, würde er mich sicher auch zum Vizepräsidenten der Marketingabteilung ernennen. Steve Ferguson und ich hatten zwar beide ein Anrecht auf Beförderung, aber ich wußte, daß Bob niemals einen ›Goj‹ einem ›Mitjuden‹ vorziehen würde.

Das Treffen um zwei Uhr mit Jim Turner und seinen Leuten verlief ausgezeichnet. Wir besprachen Zeitplan und Ablauf der bevorstehenden Arbeit sowie einige Kompatibilitätsprobleme im Zusammenhang mit dem Upgrade der Software. Nach dem eigentlichen Meeting blieb ich noch eine Weile in Jims Büro und schwatzte mit ihm über Gott und die Welt, bloß nicht über die Arbeit. Normalerweise hätte ich ihn bei dieser Gelegenheit auf einen Drink oder in ein Stripteaselokal eingeladen, hielt es aber für eine schlechte Idee, mich der Versuchung durch den Alkohol auszusetzen. Statt dessen schlug ich daher vor, uns in ein oder zwei Wochen gemeinsam ein Spiel der Yankees anzusehen. Bob hatte für die Yankees, die Kicks und die Rangers stets einige Karten auf Vorrat, mit denen Verkäufer ihre Kunden bei Launen halten sollten. Jim erwiderte, er sei ein großer Fan der Yankees und ihm gefalle der Vorschlag. Danach unterhielten wir uns noch eine Weile, und als wir uns zum Abschied schließlich die Hand gaben, sagte er: »Ich glaube, wir werden ganz hervorragend zusammenarbeiten – ich könnte gar nicht zufriedener sein.«

Im Taxi, auf dem Weg nach Uptown, war ich aufgekratzt und fühlte mich – wie immer nach einem erfolgreichen Treffen mit einem Kunden – einfach unschlagbar, doch sobald ich ins Büro kam, spürte ich, daß etwas nicht stimmte.

Wenn ich am Empfang vorbeikam, grüßte Karen mich normalerweise mit einem breiten Lächeln, doch diesmal sah sie mich nur merkwürdig an. Ich sagte Hallo, aber sie schwieg einen Moment, als weilte sie in einer anderen Welt, ehe sie schließlich: »Ach, hallo Richard« sagte.

Auf dem Flur traf ich Heidi, die mir nur kurz angebunden sagte: »Bob sucht Sie.« Statt also in meine Kabine zu gehen, eilte ich direkt in sein Büro.

Bob saß am Schreibtisch und arbeitete am PC. Da ich nicht vergessen hatte, wie ich letztens in sein Büro gestürmt war und wie sehr er sich darüber geärgert hatte, klopfte ich diesmal an die halb geöffnete Tür. Bob blickte auf, sah mich und sagte: »Nehmen Sie Platz, Richard.«

Der kumpelhafte Ton von heute mittag war verschwunden. Jetzt redete er wieder wie vor ein oder zwei Wochen mit mir, als mein Job noch auf dem Spiel gestanden hatte.

»Stimmt was nicht?« fragte ich und setzte mich auf den Stuhl ihm gegenüber.

»Ich hoffe nicht«, sagte er, musterte mich eine Weile und meinte dann: »Sie haben mir nicht erzählt, daß die Polizei gestern abend bei Ihnen war.«

Ich schaute ihn eine Weile ausdruckslos an und versuchte, meine Gedanken zu sammeln. Dann antwortete ich: »Das war nicht weiter wichtig.«

»Nicht weiter wichtig? Es ging um diese Geschichte, die überall in den Nachrichten kam – die Sache mit dem Anwalt, der ermordet wurde. Sie sagten, man hätte Sie im Verdacht.«

»Wer hat das gesagt?«

»Die Beamten, die hier waren.«

»Und das Wort haben sie benutzt, im *Verdacht*?«

»Weiß ich nicht genau, jedenfalls hieß es, daß man gegen Sie ermittelt. Man behauptete, Sie wären letzten Donnerstag am Nachmittag im Büro des Anwalts gewesen, und es hätte eine üble Szene gegeben, weil Sie mit ihm aneinander geraten wären. Das war der Tag, an dem Sie sich krank gemeldet hatten und an dem Sie von Heidi in der Madison Avenue gesehen wurden.«

»Nichts als ein großes Mißverständnis«, sagte ich, lächelte und versuchte, den Vorfall abzuwiegeln. »Ja, ich habe den Kerl gekannt, der umgebracht wurde – ja, ich bin an jenem Tag dort gewesen – und ja, wir hatten in der Vergangenheit das ein oder andere miteinander zu schaffen. Doch mit dem, was in New Jersey passiert ist, habe ich nicht das Geringste zu tun. Ich begreife nicht mal, warum sich die Polizei überhaupt die Mühe macht, deswegen herzukommen und Ihnen Fragen zu stellen.«

Bob blickte mich mit ernster Miene an und sagte: »Die Beamten haben nicht nur mich befragt – sie haben auch mit einigen anderen Leuten im Büro gesprochen –, und es hat keineswegs so ausgesehen, als ob sie ihre Arbeit auf die leichte Schulter nähmen. Mir kam es eher so vor, als führten sie ernsthafte Ermittlungen in einem Mordfall durch, in dessen Mittelpunkt Sie stehen.«

»Ich fürchte, der Eindruck täuscht«, sagte ich, »denn ich kann Ihnen versichern, daß die Polizei eigentlich nicht annimmt, daß ich etwas mit dieser Sache zu tun hätte. Man wollte mit mir nur als mit einer Art ... Augenzeuge reden.«

»Man hat jedenfalls eine Menge Fragen über Sie gestellt«, sagte Bob.

»Was für Fragen?«

»Hauptsächlich darüber, wo Sie letzten Donnerstag und Freitag gewesen sind. Ich mußte Ricky von der Systemabteilung anweisen, der Polizei Ihre Arbeitszeiten auszudrucken. Offenbar versucht man, so etwas wie einen zeitlichen Ablaufplan aufzustellen.«

»Die ganze Sache tut mir leid«, sagte ich. »Sie ist völlig aus dem Ruder gelaufen.«

»Hören Sie, ich will mich nicht in Ihr Privatleben einmischen, okay? Das ist wirklich nicht meine Absicht. Doch wenn die Polizei ins Büro kommt, um Ermittlungen in einem Mordfall durchzuführen, dann geht mich das auch was an. Ich hatte gerade einen Kunden, und ich brauche Ihnen wohl nicht zu sagen, wie unangenehm das Auftauchen der Beamten war.«

»Das verstehe ich durchaus«, sagte ich, »aber ich kann nur wiederholen – das Ganze ist ein Mißverständnis.«

Bob hatte die Arme vor der Brust verschränkt. »Nun gut«, sagte er, »ich wollte mir nur Ihre Seite der Geschichte anhören. Was den Verkauf angeht, haben Sie die Kurve ja offenbar gekriegt, also kann ich nur um Ihretwillen hoffen, daß sich der Verdacht der Polizei als haltlos erweist.«

Als ich aus Bobs Büro kam, merkte ich, wie man mir aus dem Weg ging. Falls jemand im Büro noch nicht gehört hatte, daß ich unter Mordverdacht stand, war es bloß noch eine Frage der Zeit, bis er auch Bescheid wußte.

Ich beschloß, mir trotzdem nicht die Laune verderben zu lassen, kehrte in meine Kabine zurück und konzentrierte mich auf die Arbeit. Gestern war ich noch der große Held gewesen, und beinahe pausenlos waren die Leute zu mir gekommen, um mir zu gratulieren, aber heute hielten alle Abstand. Einmal blickte ich vom Schreibtisch auf und sah Steve Ferguson, wie er im Flur, keine zehn Schritte von meinem Platz entfernt, mit Rob Cohen, unserem Junior-Verkäufer, redete. Steve schaute immer wieder zu mir herüber, grinste und schien sich offenkundig über die Gerüchte zu freuen, die ihm zu Ohren gekommen waren. Ich warf ihm einen wütenden Blick sowie ein lautloses ›Fick dich!‹ zu und richtete meine Aufmerksamkeit wieder auf den Computer.

Am besten stopfte ich Steve Ferguson das Maul mit einem guten Geschäft, und schon mein nächster Anruf brachte mir Glück – ich schloß einen Vertrag für die vollständige Ausstattung einer Firma mit neuer Hardware und der dazugehörigen Software für 110 zu vernetzende Computer ab. Als am Ende meines Arbeitstages der unterzeichnete Vertrag kam, machte ich eine Kopie und schob sie Steve unter die Tür durch – eine nicht gerade passiv-aggressive Art, ihm ›du kannst mich mal‹ zu sagen.

Auf dem Weg nach Hause zog ich meine Anzugsjacke aus, warf sie mir über die Schulter und genoß den kühlen, angenehmen Abend. Während ich an der Ecke Fifth Avenue und Forty-eighth Street darauf wartete, daß die Ampel umsprang, ging mir auf, daß ich exakt an derselben Stelle stand, an der ich vor zwei Wochen Michael Rudnick gesehen hatte. Und als ich schließlich die Straße überqueren konnte, starrte ich in die Menge und freute mich, sein Gesicht nie wieder sehen zu müssen.

Kurz vor unserem Haus entdeckte ich Paula, die gerade aus einem Taxi stieg. Wir gaben uns auf dem Bürgersteig einen Kuß und betraten händchenhaltend das Gebäude. Paula erzählte mir, wie ihr Tag gewesen war, und ich erzählte ihr von meinem. Als ich jedoch erwähnte, daß die Beamten mit Bob und anderen Leuten im Büro geredet hatten, regte sie sich schrecklich auf.

»Du solltest einen Anwalt einschalten«, sagte sie. »Die werden ja richtig aufdringlich – ist doch widerlich.«

»Ich denke drüber nach.«

»Warum solltest du keinen Anwalt einschalten? Was hast du schon zu verlieren?«

»Nichts, schätze ich. Aber die Polizei weiß vermutlich schon, daß sie nichts gegen mich in der Hand hat – bestimmt ist der ganze Spuk jetzt vorbei.«

Wir duschten gemeinsam und zogen uns um, um auszugehen. Paula entschied sich für ein schwarzes Kleid und ihre Pumps, ich trug zu schwarzen Hosen ein Sportjackett Wir gingen in ein malaiisches Restaurant in der Third Avenue, in das wir uns zuvor nie getraut hatten, da es nicht gerade billig war, doch seit ich mit meinen Verkäufen wieder Glück hatte, zahlte ich einen Hunderter für ein Essen zu zweit doch mit links.

Nach dem Essen gingen wir in ein Café in der Fiftyninth Street, tranken Cappuccino und teilten uns ein Stück Schokoladentorte. Auf dem Heimweg blieben wir immer wieder stehen, um uns zu küssen. Kurz bevor wir zur Hause ankamen, fing es an zu regnen, so daß wir das letzte Stück im Dauerlauf zurücklegten und uns dabei lachend an den Händen hielten.

Während der nächsten Tage ging es für mich stetig bergauf. Es war schon verblüffend, wie sehr sich manche Leute am Mittwoch darum bemühten, nett zu mir zu sein. Martin Freiden, der Finanzvorstand, kam in meine Kabine und sagte, er hätte von der Sache mit der Polizei gehört und wenn es irgend etwas gäbe, daß er für mich tun könnte, sollte ich in seinem Büro vorbeischauen und ihn darum bitten. Ich wußte, daß die Aufforderung nicht ernst gemeint war und daß er nicht damit rechnete, mir tatsächlich helfen zu müssen, doch wußte ich sein Entgegenkommen zu schätzen. Später kam Joe aus der Marketingabteilung, mit dem ich ein etwas freundschaftlicheres Verhältnis hatte, und fragte, ob ich mit ihm essen gehen wollte, doch sagte ich ihm, daß ich mich zwar über sein Angebot freue, aber später darauf zurück kommen müsse, da ich zu beschäftigt sei.

In den Mittwochszeitungen wurde der Mord mit keinem Wort erwähnt. Das war eine ziemliche Erleichterung, da ich bereits mit dem Titel: VERKÄUFER ANGEBLICH VON TOTEM BELÄSTIGT gerechnet hatte. In der Mittagspause ging ich in Midtown in ein Internetcafé, loggte mich unter falschem Namen ein und klickte mehrere Nachrichten-Sites an, fand aber nur die archivierten Artikel vom letzten Wochenende. Die Story geriet offenbar langsam in Vergessenheit, und ich hoffte, das Gleiches auch für die polizeilichen Ermittlungen galt.

Trotzdem hatte ich auf dem Weg zurück ins Büro das Gefühl, von Polizisten in Zivil beobachtet zu werden. Mir fiel zwar niemand auf, und ich wußte, daß ich vermutlich nur an Verfolgungswahn litt, doch blickte ich immer wieder über die Schulter und rechnete damit, jemanden zu sehen, der sich gerade in einen Hauseingang duckte oder abrupt den Kopf abwandte.

Paula hatte mir ständig in den Ohren gelegen, doch endlich einen Anwalt anzurufen, also beschloß ich, genau dies zu tun, vor allem, damit sie endlich Ruhe gab. Der Anwalt, der unsere Vertragsverhandlungen führte, empfahl Kevin Schultz, einen Verteidiger, und noch am Nachmittag rief ich vom Büro aus bei Schultz an. Ich erklärte ihm, was ich der Polizei erzählt hatte – daß ich Rudnick zur Rede gestellt hatte, aber absolut nichts mit dem Mord zu tun habe. Schultz erwiderte, seiner Meinung nach hätte ich nichts gesagt, was mich belasten könnte, doch drängte er mich, ohne sein Beisein nicht mehr mit der Polizei zu reden.

Um sechs Uhr begann mein zweites Treffen mit den Anonymen Alkoholikern. Ich hatte eigentlich nicht vorgehabt, den Mund aufzumachen, doch als ich an die Reihe kam, war mir plötzlich danach. Ich berichtete von meinem Umgang mit dem Alkohol, erzählte, wie für mich im Alter von dreizehn Jahren alles angefangen hatte und wie es mit den Jahren immer schlimmer geworden war. Dann erzählte ich von meinen Alkoholproblemen der letzten Zeit, daß ich im betrunkenen Zustand meine Frau verletzt hatte und daß dies das Übelste, das Bedauernswerteste gewesen sei, was ich je getan hatte. Mir traten die Tränen in die Augen, und ich bekam kein Wort mehr heraus. Als ich mich wieder setzte, applaudierten alle.

Paula hatte unterwegs eingekauft und bereitete eine ihrer Spezialitäten zu – Chicken piccata mit Wildreis und Pinienkernen. Wir aßen bei Kerzenlicht, hörten eine CD mit klassischen Meisterwerken und unterhielten uns beinahe pausenlos. Ich erzählte ihr, wie einsam ich mich nach der Scheidung meiner Eltern gefühlt hatte, da ich in der neunten Klasse mit meiner Mutter nach Manhattan gezogen war und auf eine High-School wechseln mußte, an der ich niemanden kannte. Ein paar fiese, aber beliebte Jungs hatten mich auf dem Kieker und riefen mir ›Schwuchtel‹ und ›Homo‹ nach. Ein paar Mal wurde ich sogar zusammengeschlagen; und Freunde hatte ich keine. Da meine Zeugnisse nicht besonders gut ausfielen, durfte ich nicht auf die Stuyvesant High-School, und meine Mutter war sehr von mir enttäuscht.

Paula vertraute mir weitere Geschichten aus ihrem Leben an und erzählte von der Zeit, als sie, vierzehn Jahre alt, mit ihrer Freundin Kokain ausprobiert hatte, das sie beide im Schlafzimmer des Bruders entdeckt hatten. Ihre Freundin bekam einen Herzanfall und wäre fast gestorben. Mit fünfzehn Jahren, kurz nach Onkel Jimmys Tod, sprang Paula dann selbst dem Tod nur knapp von der Schippe. Hoffnungslos deprimiert war sie ins Auto ihrer Eltern gestiegen, das in einer fensterlosen Garage stand, und hatte den Motor angelassen. Sie verlor schon das Bewußtsein, als ihre Schwester sie schließlich entdeckte und in Sicherheit brachte. Die Eltern schickten sie anschließend zu einem Psychotherapeuten, mit dem sie über alles redete, bloß nicht über ›die große Sache‹, da sie Angst hatte, ihren Eltern weh zu tun, wenn sie die Wahrheit über Onkel Jimmy erfuhren. Sie bekam Anti-Depressiva verschrieben, litt aber auch weiterhin unter Selbsthaß und Minderwertigkeitsgefühlen.

Plötzlich schlug Paula einen ernsten, tragischen Tonfall an und sagte, daß es da noch etwas aus ihrer Teenagerzeit gäbe, daß sie mir beichten müsse. Paula besaß die Angewohnheit, Triviales enorm wichtig klingen zu lassen. Einmal hatte sie mir erzählt, sie müsse etwas ›sehr Ernstes‹ mit mir bereden, und nachdem ich mich gewappnet und gefürchtet hatte, daß ein Verwandter gestorben oder ein schrecklichen Unfall passiert sei, sagte sie nur: »Ich denke daran, mir die Haare schneiden zu lassen.« Also rechnete ich jetzt auch damit, irgendeine unbedenkliche Geschichte über die Partys einer Halbwüchsigen oder ihren Abschlußball zu hören, doch kam es leider anders.

Ich hatte immer angenommen, daß Paula vor mir etwa zehn Typen gehabt hatte, was nicht weiter schlimm gewesen wäre, doch lag ich weit daneben. Paula ratterte die Namen von ungefähr zwanzig Jungen herunter, mit denen sie in der High-School Sex gehabt hatte, und sie versicherte mir, daß es noch etwa ein ›weiteres Dutzend‹ gäbe, an deren Namen sie sich nicht mal erinnern könne. Zwei dieser ›Namenlosen‹ waren der Gitarrist einer Vorgruppe der Who, die sie mit sechzehn Jahren live erlebt hatte sowie irgendein ›Vierzigjähriger‹, dem sie während ihrer Zeit auf der Junior High-School auf der Rollschuhbahn begegnet war. Ihre einzige ernsthafte Beziehung in der Schulzeit war die zu Andy Connelly gewesen, den sie bloß ›du weißt schon wer‹ nannte. Auf dem College, wo ich sie kennenlernte, hatte sie sich dann gezielt den Ruf zugelegt, eine sexuell unerfahrene Studentin zu sein.

Hätte Paula mir das vor einigen Tagen gesagt, wäre ich sicher ziemlich wütend geworden – herauszufinden, daß die eigene Frau als Jugendliche ein Flittchen gewesen ist, gehört schließlich nicht zu den angenehmsten Erfahrungen, die ein Ehemann machen kann –, doch empfand ich jetzt nur Mitleid für sie. Fast kam es mir vor, als sei das Band zwischen uns dadurch sogar noch fester geworden. Wir waren beide als Kinder mißbraucht worden und hatten auf unterschiedliche Weise reagiert – ich hatte mich gegen den Menschen gewandt, der mich verletzt hatte, sie sich gegen sich selbst.

Später liebten wir uns, und Paula weinte sich an meiner Schulter aus. Ich fragte sie, was los sei, doch bestand sie darauf, daß es keinen Grund für ihre Tränen gebe. Dann meinte sie, daß es vielleicht an ihren Hormonen läge oder daran, daß sie sich so glücklich fühle.

Am Donnerstag begannen zwei meiner Projekte. Nachdem ich in den beiden Firmen gewesen war und mit den diversen Koordinatoren vor Ort gesprochen hatte, kehrte ich zu internen Besprechungen mit den Projektmanagern und den Leuten vom Einkauf in mein Büro zurück. Und obwohl ich hart arbeitete, fühlte ich mich weder erschöpft noch gestreßt.

Nach der Arbeit trat ich einem Fitneßklub bei, der in der Nähe meines Büros lag. Sportsachen hatte ich von zu Hause mitgebracht, und ich hielt es fast zwanzig Minuten auf dem Hometrainer aus, stemmte dann noch eine Zeitlang Gewichte und machte zum Abschluß ein paar Klimmzüge. Ich war voller Energie und hätte noch länger Sport treiben können, wollte mich aber nicht gleich am ersten Tag überanstrengen. Von heute an würde ich während der Mittagspausen mehrere Male pro Woche Sport machen, und an den Wochenenden würde ich ins Upper East Side Wellness-Center gehen. Bis August wollte ich mindestens fünfzehn Pfund abspecken, was natürlich bedeuten würde, daß mir meine alten Kleider nicht mehr paßten und ich mir neue Sachen kaufen mußte. Ich kleidete mich schlicht und konservativ, und meist kamen die Sachen von *Today's Man*, aber ich brauchte ein dynamischeres Outfit. Vielleicht sollte ich in Zukunft lieber bei *Barney's* oder in den Boutiquen entlang der Madison Avenue einkaufen.

Paula hatte mir gesagt, daß sie erst gegen acht Uhr zu Hause sein würde, da sie einen Termin bei ihrem Therapeuten hatte, also beschloß ich, sie mit einem Abendessen zu überraschen. Ich druckte mir aus dem Internet ein Rezept für Chateaubriand aus und ging zum Feinkostgeschäft einen Block weiter, um sämtliche Zutaten zu kaufen. Ich war eigentlich ein katastrophaler Koch, glaubte aber, mit einem Rezept nicht allzu viel falsch machen zu können, doch als Paula nach Hause kam, zog eine Qualmwolke durch die Wohnung, und die Brandschutzsirene erwachte mit lautem Jaulen zum Leben. Paula kam in die Küche, sah das verkohlte Fleischstück, und wir krümmten uns beide vor Lachen.

Wir warfen das ungenießbare Essen in den Müll und bestellten beim Vietnamesen. Danach gingen wir mit Otis spazieren. Es war ein lauer Abend. Wir hatten nur Shorts, T-Shirts und Sandalen an. Auf der First Avenue kauften wir uns zwei Hörnchen und schleckten das Eis auf einer Bank vor dem Laden. Wir redeten und verstummten nur, um uns zu küssen oder um uns in die Augen zu sehen.

Auf dem Heimweg erzählte mir Paula, sie habe Dr. Lewis angerufen und den Eheberatungstermin streichen lassen. Da es mit unserer Beziehung so gut lief, glaubte Paula nicht, daß wir noch Beratung nötig hatten.

Als wir uns später um den Abwasch kümmerten und dann für die Nacht zurecht machten, gestand Paula, daß sie ein Kind haben möchte. Erst hielt ich ihre Bemerkung für einen Scherz, begriff aber bald, daß sie sich über so etwas niemals lustig machen würde. Sie überlegte zwar, ob es möglicherweise damit zu tun hatte, daß ihre Schwester letzte Woche Mutter geworden war oder ob sie vielleicht – wie von ihrem Therapeuten angedeutet – endlich verstanden hatte, was in ihrem Leben wirklich wichtig war, doch wollte sie jedenfalls sofort die Pille absetzen. Ich umarmte und küßte sie und gestand ihr, wie glücklich sie mich machte. Schließlich sagte sie auch noch, daß sie mit mir einer Meinung sei, ein Kind brauche einen Garten, so wie sie einen in Syracuse gehabt hatte, und wir beschlossen, vielleicht schon an diesem Wochenende hinunter nach Tarrytown und in die anderen kleinen Städte entlang des Hudson zu fahren, um uns nach einem Haus umzuschauen.

Paula sagte, sie sei zu müde, um mit mir zu schlafen, weshalb sie schon zu Bett ging, während ich noch fern sah und von einem Nachrichtensender zum anderen schaltete. Wie auch an den vergangenen Abenden wurde der Mord mit keiner Silbe mehr erwähnt, und ich war mir mittlerweile ziemlich sicher, daß der Fall längst zu den Akten gelegt worden war. Innerhalb der nächsten Monate würden wir ein Haus in einer überschaubaren, freundlichen Nachbarschaft in Westchester finden und in der Zwischenzeit einen Makler damit beauftragen, unsere Wohnung auf dem freien Markt anzubieten. Seit mein Job nicht mehr auf er Kippe stand und ich dabei war, mit Kommissionen anständig Geld zu verdienen, spielte es keine Rolle mehr, ob wir beim Verkauf der Wohnung einen Verlust machten oder nicht. Was für eine Erleichterung, endlich aus Manhattan fort zu können. Mag sein, daß mir der Elan der City fehlen würde, doch hatte ich es reichlich satt, über irgendwelchen Leuten in einem Mietshaus zu leben, meine Nachbarn im Fahrstuhl scheel anzusehen und nicht mal ihre Namen zu kennen oder auch nur kennen zu wollen. Ich wollte ein ruhiges, harmonisches Vorstadtleben: Jeden Morgen mit dem Pendlerzug in die City, am Laptop arbeiten und an meiner Tasse Kaffee nippen. Meine Arbeit würde massenhaft Geld einbringen, und alle Leute würden mich mit Respekt behandeln. Anschließend führe ich dann wieder nach Hause und äße mit meiner Familie zu abend. Falls wir einen Sohn bekamen, wäre ich sein Freund und kein Fremder, wie es mein Vater für mich gewesen war. Abends und am Wochenende wollte ich mir viel Zeit für ihn nehmen – ihm bei den Schularbeiten helfen und mit ihm zu irgendwelchen Ballspielen gehen. Vielleicht ließe ich mich sogar als Trainer der Nachwuchsmannschaft engagieren.

Ich stellte den Fernseher aus, schmiegte mich an Paulas Rücken und malte mir weiter meine strahlende Zukunft aus. Ich sah uns mit unseren beiden Kindern am Eßtisch sitzen und lachen. Danach sah ich mich mit meinem Sohn an einem hellen, sonnigen Tag im Garten Fangen spielen. Anschließend tauchte vor meinen Augen ein Bild unserer ganzen Familie auf – wir standen auf einem makellos gepflegten Rasen vor einem üppig ausgestatteten Haus, als posierten wir für ein Foto. Ich war hervorragend in Form und wirkte kaum älter als fünfundzwanzig Jahre, die Haut von der Sonne gebräunt, ein breites Grinsen im Gesicht.

Gerade als ich einzuschlafen begann, vermengten sich Träume und Gedanken, und meine glückseligen Visionen verblaßten. Das vollkommene Haus in der Vorstadt verschwand ebenso wie die Kinder. Plötzlich waren wir beide allein, Paula und ich, in einer düsteren, freudlosen Wohnung. Ich sah uns, wie wir uns stritten und einander beschimpften; ich nannte sie eine ›Hure‹, eine ›dumme Kuh‹, war betrunken und prügelte auf sie ein, und sie weinte; beide Augen waren blau angelaufen und geschwollen. Auf einmal rannte ich über dunkle Zuggleise, ein blutiges Schlachtermesser in der Hand. Es war windig und bitterkalt.

15

Mit Erleichterung entdeckte ich in der Küche die Kanne mit heißem Kaffee. Nach der schrecklichen Nacht war ich mit dumpfen Kopfschmerzen aufgewacht und fühlte mich ziemlich wacklig auf den Beinen. Ich schenkte mir eine Tasse ein, goß etwas Dosenmilch hinzu und nippte daran. Normalerweise verhalf mir Kaffee sofort zu einem richtigen Energieschub, aber heute morgen zeigte er überhaupt keine Wirkung.

Paula stand unter der Dusche, also kroch ich wieder ins Bett, um mich noch fünf Minuten auszuruhen. Ich mußte wohl erneut eingeschlafen sein, denn als ich meine Augen aufschlug, war Paula bereits angezogen. Wir redeten kaum ein Wort miteinander, da sie selbst auch in ziemlich mieser Verfassung war. Nach einem flüchtigen Kuß zog sie die Wohnungstür hinter sich zu.

Im Büro fühlte ich mich immer noch ziemlich schlapp. Ärger in Don Chaneys Firma – er war unzufrieden mit einem unserer Berater – lenkte mich eine Weile ab, doch konnte ich nur mit Mühe verdrängen, wie elend mir zumute war. In einem Schrank in der Cafeteria fand ich eine Schachtel Advil und spülte zwei Tabletten mit einem Schluck lauwarmen Kaffee hinunter. Die Kopfschmerzen ließen daraufhin zwar nach, aber Koffein auf nüchternem

Magen machte mich hypernervös, weshalb ich hinunter auf die Straße zu einem Stand ging, mir einen Bagel mit Streichkäse kaufte und ihn auf dem Weg zurück ins Büro mit einigen wenigen Bissen verschlang. Dieses Frühstück hielt bis zum Mittag vor, danach fühlte ich mich wieder wie zerschlagen.

Bob schaute mit Alan, dem Marketingdirektor, in meiner Kabine vorbei und fragte, ob ich mit ihnen Essen gehen wollte. Ich war noch nie von Bob eingeladen worden, weshalb mich seine Bitte ziemlich überraschte, vor allem, wenn ich daran dachte, wie er sich gestern nach dem Gespräch mit der Polizei verhalten hatte. Alan war um die vierzig, also ungefähr in Bobs Alter, und obwohl wir uns grüßten und auf dem Flur nette Belanglosigkeiten miteinander austauschten, hatte er sich nie sonderlich an mir interessiert gezeigt.

Wir gingen zu einem koscheren Italiener in der Fortysixth Street. Das Essen war fürchterlich, aber unser Gespräch ganz angenehm. Bob gab einige seiner alten Polen-Witze zum besten, und Allan erzählte von seiner ältesten Tochter, die ans SUNY-College nach Buffalo wollte. Als ich ihm sagte, daß ich in Buffalo studiert hätte, schien uns gleich etwas zu verbinden. Ich sagte ihm, was ich vom Campus und von der Stadt hielt und bestätigte ihm, daß Buffalo ›eine klasse Stadt‹ sei, um dort vier Jahre zu verbringen, obwohl Buffalo für mich damals die Hölle gewesen war. Da seine Tochter sich aber bereits für dieses College entschieden hatte, nahm ich nicht an, daß er etwas schlechtes darüber hören wollte. Später fragte mich Alan dann noch, wie meine Pläne für die Zukunft aussähen. Erst war ich ein wenig verwirrt, weil ich nicht wußte, worauf er hinauswollte, also sagte ich ihm, daß ich möglichst viel Geld für die Firma scheffeln und dann weitersehen wollte. »Gute Antwort«, sagte Bob, und wir alle lachten. Dann fragte mich Alan, ob ich unter Umständen auch daran interessiert sei, mich stärker mit der ›Marketingseite des Geschäftes‹ zu befassen. Und ich erwiderte, daß mich jede Chance interessierte, die sich mir böte. Worauf Alan sagte, daß er zwar keine Garantien geben könne, doch würde bald eine Stelle im Marketing frei und für ihn stünde ich ganz oben auf der Liste der Kandidaten.

Wir saßen am Tisch und schwatzten noch lange, nachdem wir die Rechnung bereits bezahlt hatten. Auf dem Weg ins Büro lief uns in der Lobby Steve Ferguson über den Weg. Er wechselte einige nichtssagende Bemerkungen mit uns und tat, als sei alles im Lot, doch die Art, wie er sich weigerte, mir in die Augen zu sehen, verriet mir, wie sauer er sein mußte. Fast meinte ich sein borniertes, kleinkariertes Hirn flehen zu hören: ›Warum geht ihr mit *dem* essen? Warum nicht mit mir? Habe ich in dieser Firma keinen Respekt mehr verdient?‹

Meine Zukunft breitete sich wieder strahlend vor mir aus. Falls man mir eine hochkarätige Position im Marketing anbot, kam ich auch in die engere Wahl für die Stelle des Vizepräsidenten, wenn nicht bei Midtown, dann doch bei irgendeiner anderen Computerfirma. Ich würde ein ordentliches Grundgehalt haben, mindestens soviel, wie ich jetzt verdiente, doch ohne den Druck, ständig Verträge abschließen zu müssen.

Ich rief Paula in ihrem Büro an, um ihr die gute Neuigkeit mitzuteilen, erwischte aber nur den Anrufbeantworter. Also hinterließ ich ihr eine kurze Nachricht und sagte dann: »Ich wollte nur, daß du weißt, wie sehr ich dich liebe, und daß ich dich vermisse.«

Kaum hatte ich aufgelegt, meldete mein Computer mit einem kurzen Piepton, daß eine E-Mail für mich angekommen war. Lächelnd und in Gedanken immer noch bei Paula öffnete ich die Mail:

Du bist ein Lügner@yahoo.com

Übelkeit stieg in mir auf. Weder war die Betreff-Zeile ausgefüllt, noch wußte ich, wer mir die Nachricht geschickt hatte. In der Hoffnung, es nur mit einem schlechten Scherz zu tun zu haben, öffnete ich den Anhang.

GESTEHE!

Einen Moment lang starrte ich nur dieses eine Wort auf meinem Bildschirm an, ohne auch nur einen klaren Gedanken fassen zu können. Dann zwang ich mich zur Konzentration und fragte mich, wer mir so etwas schreiben könnte.

Ich dachte noch einmal über die Adresse nach: Du bist ein lügner@yahoo.com. Jeder x-beliebige Computerbenutzer konnte sich umsonst eine E-Mail-Adresse von Yahoo besorgen und mußte damit doch nichts Persönliches von sich preisgeben. Ich loggte mich noch einmal bei Yahoo ein und sah nach, ob sich zu dieser E-Mail-Adresse zusätzliche Informationen abrufen ließen, war aber keineswegs überrascht, als ich nichts weiter in Erfahrung bringen konnte. Ich wußte, daß es Möglichkeiten gab, eine E-Mail rückzuverfolgen und dachte kurz daran, Chris, einen unserer Internetgurus, um Hilfe zu bitten, da er oft damit prahlte, einmal sogar bei Microsoft eingedrungen zu sein, entschied dann aber, daß es keine gute Idee war, jemand anderen in die Sache hineinzuziehen.

Es fiel mir immer schwerer, ruhig zu bleiben. Ich dachte an jenen Abend auf dem Bahnhof zurück und fragte mich, ob vielleicht doch jemand den Mord beobachtet hatte. Es ergab zwar keinen Sinn, daß mich ein Zeuge auffordern sollte, die Tat zu gestehen, doch hätte ich auch nicht sagen können, warum mir sonst jemand eine solche Nachricht schicken sollte.

Ich ging zum Empfang, wo Karen saß, Headset über den Ohren.

»Ich habe mich gerade gefragt«, sagte ich, »ob gestern oder heute wohl zufällig jemand für mich angerufen und nach meiner E-Mail-Adresse gefragt hat.«

»Heute nicht«, sagte Karen. »Aber gestern war ich krank, und meine Vertretung ist für mich eingesprungen. Kann schon sein, daß da jemand angerufen hat.«

»Trotzdem vielen Dank«, sagte ich, ging in meine Kabine zurück und starrte erneut die Nachricht an. Ich war versucht, dem Unbekannten eine Antwort zu schicken und hätte es fast auch gemacht, sah dann aber ein, daß ich damit einen großen Fehler begehen würde. Es war wichtig, Stärke zu zeigen, zu beweisen, daß ich keine Angst hatte und mir keine Sorgen machte. Als ich einige Sekunden später mein Jackett öffnete und auf mein schweißgetränktes Hemd starrte, begriff ich, wie schwer mir das fallen würde.

Auf dem Heimweg gab ich mir alle Mühe, so zu tun, als wäre es ein ganz normaler Freitag, doch warf ich unwillkürlich immer wieder einen Blick über die Schulter zurück. Einmal war ich dermaßen überzeugt, ein Rothaariger wäre mir auf den Fersen, daß ich stehenblieb und wartete, bis er an mir vorübergegangen war, ehe ich um die Ecke lief und meinen Weg fortsetzte. Einige Minuten später dann war ich mir sicher, daß mich ein schwarzer Käfer verfolgte. Mir fiel ein, daß ich schon in der Nähe der Fifth Avenue einen schwarzen VW-Käfer gesehen hatte, und nun hielt auf der Park Avenue einer in zweiter Reihe. Ich wußte zwar nicht, ob es sich um denselben Wagen handelte, beschloß aber trotzdem, mir ein Taxi zu rufen. Der Käfer folgte uns einige Querstraßen weit, doch dann bog das Taxi in die Sixty-fourth Street, und der Käfer blieb auf der Park Avenue.

Paula lag auf der Couch im Wohnzimmer, hörte sich eine ihre alten Scheiben von George Michael an und las in einer Zeitschrift. Ich gab ihr einen Kuß.

»Tut mir leid, daß ich heute morgen so unausstehlich war«, sagte sie, »aber jetzt geht es mir viel besser.«

Ich sagte ihr, daß ich immer noch nicht ganz ›auf dem Damm‹ sei und mich etwas ausruhen müsse, zog mir Jogginghose und T-Shirt an, legte mich aufs Bett und versuchte abzuschalten, mußte aber pausenlos an diese E-Mail denken.

Paula kam ins Schlafzimmer und legte sich neben mich. Sie küßte mich sanft auf die Stirn und sagte: »Wie fühlst du dich?«

»Ein wenig besser«, log ich.

»Gut«, antwortete sie, »das freut mich.«

Sie begann, mir von ihrem Tag im Büro und von dem neuen Projekt zu erzählen, an dem sie gerade arbeitete. Ich hörte kaum zu, sagte aber an den passenden Stellen stets ›ach ja?‹, ›wirklich?‹ und ›so, so‹.

Doch plötzlich hörte ich Paula mit verführerischer Stimme sagen: »Nächste Woche können wir es versuchen.«

»Versuchen?« fragte ich zerstreut. »Was denn versuchen?«

»Du weißt schon. Das Baby.«

»Entschuldige«, sagte ich, »das hatte ich vergessen. Nicht *vergessen* – ich habe einfach nicht genau hingehört.«

»Was ist los?«

»Nichts. Es war nur ein langer Tag, das ist alles.«

Paula nahm mich in den Arm, und eine Weile sagten wir beide kein Wort. Es war mir zuwider, Geheimnisse vor ihr zu haben, und am liebsten hätte ich ihr die Wahrheit gestanden, auch die Wahrheit über den Mord. Wenn sie mich wirklich so sehr liebte, wie sie behauptete, würde sie mich schon verstehen.

»Es stimmt nicht«, sagte ich und spürte, wie ich schlagartig rot anlief.

»Was stimmt nicht?«

»Es war nicht bloß ein langer Arbeitstag – es ist heute etwas passiert. Etwas wichtiges.«

»Und was?«

Ich zögerte.

»Nun?«

»Man hat mir quasi eine Beförderung angeboten«, sagte ich und erzählte ihr dann vom Mittagessen mit Bob und

Alan. Sie sagte mir, wie stolz sie auf mich sei und schlug vor, mich zur Feier des Tages in ein Restaurant einzuladen. Ich behauptete, nicht recht in Stimmung zu sein und außerdem, sagte ich, gäbe es ja eigentlich noch nichts zu feiern.

Freitag abend blieben wir daheim und sahen uns auf Premiere einen Film an, aber da ich der Handlung nicht recht folgen konnte, schlief ich irgendwann ein. Nachts wachte ich dann mehrmals auf und malte mir aus, welche Schlagzeilen mein Fall machen würde. Die Medien liebten es, wenn so ein Durchschnittsbürger wie ich als Killer überführt wurde. Eine solche Meldung schaffte es bestimmt sogar in die landesweiten Nachrichten, und ich stellte mir vor, wie meine Eltern davon erfuhren. Mein Vater war so sehr mit sich selbst beschäftigt, daß er bestimmt nur einige Tage verärgert sein und dann alles wieder vergessen würde, aber meine Mutter wäre am Boden zerstört. Wahrscheinlich würde sie den Rest ihres Lebens in der Kirche verbringen und Jesus um Vergebung anflehen.

Am Samstag ging Paula zu Bloomingdale's und ich ins Fitneßzentrum, doch hatte ich überhaupt keine Kraft, Gewichte zu heben, weshalb ich nur einige Bauchübungen machte, es dann mit der Sauna versuchte und hoffte, dort zur Ruhe zu kommen, aber leider wurde ich beim Schwitzen nur noch angespannter; außerdem juckte es mich hinterher überall.

Zurück nahm ich die Second Avenue und sah in zweiter Reihe einen schwarzen Käfer parken. Der Fahrer war rothaarig, und mir fiel wieder ein, wie ich gestern geglaubt hatte, von einem rothaarigen Polizist in Zivil verfolgt zu werden. Ich hätte nicht sagen können, ob es sich um denselben Mann handelte, doch fand ich, daß er ihm zumindest ziemlich ähnlich sah. Ich blieb stehen und starrte ihn an, aber er beachtete mich überhaupt nicht. Dann kam ein zweiter Mann aus dem Restaurant, einen Pizza-Karton in der Hand, und stieg zu dem Rothaarigen, der gleich darauf losfuhr.

An diesem Abend hielt mich nichts in der Wohnung, und so gingen Paula und ich mexikanisch Essen. Als wir wieder nach Hause kamen, klingelte das Telefon. Ich nahm ab, aber niemand war am Apparat. Plötzlich erinnerte ich mich, daß mir so etwas in dieser Woche schon mehrere Male passiert war. Ich fragte Paula, ob bei ihr in letzter Zeit auch einfach wieder aufgelegt worden wäre, und sie sagte, es sei ein- oder zweimal vorgekommen. Dann kam mir der Gedanke, daß diese Anrufe mit der E-Mail zu tun haben könnten, und als Paula ins Schlafzimmer ging, nahm ich das schnurlose Telefon mit ins Eßzimmer und wählte *69, um automatisch die Person zurückzurufen, die zuletzt unsere Nummer gewählt hatte. Eine puertoricanisch klingende Frau meldete sich mit ›allo‹. Ich kam mir wie ein Idiot vor und legte gleich wieder auf.

Am nächsten Tag, einem Sonntag, mieteten Paula und ich einen Wagen und fuhren nach Westchester. Wir kurvten einige Meilen oberhalb von Tarrytown am Hudson durch die idyllischen kleinen Städtchen Scarborough und Harmon, bis wir schließlich, einfach so aus Spaß, bei einem Maklerbüro anhielten. Man zeigte uns einige Häuser. Sie waren allesamt groß und geräumig, hatten Schlafzimmer mit viel Platz und weitläufige Gärten. Eines der Häuser wies sogar eine beängstigende Ähnlichkeit mit jenem Vorstadthaus auf, in dem ich einmal zu wohnen geträumt hatte, doch machte es mich traurig, mit Paula durch diese Häuser zu spazieren, darüber zu reden, wo das Kinderzimmer hinkommen und wo der Eßtisch stehen würde, während ich zugleich wußte, daß ich vermutlich im Gefängnis landen würde. Ich bedauerte, daß ich mich überhaupt darauf eingelassen hatte, mir Häuser anzusehen.

Zurück zur City nahmen wir den Henry Hudson Parkway. Als wir uns der George Washington Bridge näherten, sah ich in den Rückspiegel und entdeckte einen schwarzen Käfer. Ich konnte nicht genau erkennen, ob der Fahrer rote Haare hatte.

»Ist dir der Wagen vorher schon mal aufgefallen?« fragte ich.

»Welcher Wagen?«

»Der direkt hinter uns – der schwarze Käfer.«

Paula drehte sich um. »Nein. Warum?«

»Egal.«

Ich wurde langsamer. Schließlich überholte uns der Käfer auf der linken Spur, und ich schaute hinüber – eine Frau mit mausblondem Haar. Sie erwiderte kurz meinen Blick und sah dann wieder auf die Straße.

Ich bildete mir ein, Michael Rudnick lachen zu hören, so wie er immer gelacht hatte, wenn er mich rund um die Tischtennisplatte jagte.

Nachdem wir den Wagen zurückgebracht hatten, ging ich mit Otis spazieren. Die Nacht war drückend schwül. Kaum wieder in der Wohnung, stellte ich mich unter die Dusche. Und als das eiskalte Wasser auf meine Stirn trommelte, kam mir plötzlich ein Geistesblitz.

16

Am nächsten Morgen um neun Uhr platzte ich in Steve Fergusons Büro und schrie ihn an: »Du Dreckskerl!«

»Was soll das?« rief Steve, als wenn er nicht genau wüßte, worum es ging. Er saß an seinem Schreibtisch und nippte an einer Tasse Kaffee.

»Ich weiß, daß du es warst, aber damit kommst du nicht durch«, sagte ich. »Du kannst es ebensogut gleich zugeben.«

Er lächelte sein schleimiges, falsches Lächeln.

»Immer mit der Ruhe, Richie«, sagte er, »ich bin nämlich noch bei meiner ersten Tasse Kaffee und ...«

Ich trat näher an seinen Tisch und fegte einige Papiere beiseite, um ihm zu zeigen, wie ernst ich es meinte.

»He«, rief er und sprang auf, »was zum Teufel ist denn mit dir los?«

»Ich mach mir einfach nichts aus deinen blöden Späßen«, sagte ich und sprühte beim *Sp* im letzten Wort einige Spucketropfen über seinen Tisch. »Vielleicht hältst du das hier für deinen kleinen Privatkrieg, und du glaubst, wenn du mir Druck machst, schließe ich keine Verträge mehr ab, und dann werden Bob und Alan dich doch noch vor mir befördern. Tja, aber so funktioniert's nicht, egal, wie viele E-Mails du mir noch schickst.«

Plötzlich war ihm das Lächeln vergangen.

»E-Mails? Was denn... Bist du jetzt völlig übergeschnappt oder was?«

Ich stürmte aus dem Büro und knallte die Tür hinter mir zu. In meiner Kabine stellte ich meine Aktenmappe ab und ging dann auf die Toilette. Beim Blick in den Spiegel fielen mir die dunklen Tränensäcke unter meinen Augen auf.

Kaum saß ich an meinem Schreibtisch, fuhr ich den Computer hoch und sah meine elektronische Post durch. Ich hatte vier Mails erhalten – drei bezogen sich auf meine Arbeit, die vierte kam von ›Du_bist_ein_Lügner‹:

WIR WARTEN IMMER NOCH, ARSCHLOCH. GLAUB BLOSS NICHT, DU KOMMST DAMIT DURCH. DU WICHSER. WIRSTE NÄMLICH NICHT. DU HAST KEINE GOTTVERDAMMTE CHANCE.

Die Nachricht war gestern abend um neunundzwanzig Minuten nach neun Uhr abgeschickt worden. Auf der Suche nach irgendwelchen Anhaltspunkten las ich sie noch einmal. Die Grammatik war nicht gerade berauschend, und mir war, als wenn der Absender nicht sonderlich intelligent wäre. Schließlich konzentrierte ich mich auf das WIRSTE und überlegte, ob ich jemanden kannte, der so etwas schreiben würde.

Möglich, daß die Nachricht tatsächlich von Steve stammte, aber ich ahnte, daß mein Vorwurf vermutlich ein großer Fehler gewesen war. Würde er sich wirklich so viel Mühe machen, um mich in die Enge zu treiben?

Da ich annahm, daß ich nichts zu verlieren hatte, klickte ich auf Antworten, dachte einige Sekunden nach und tippte dann: »Wer sind Sie? Ich fürchte, Sie haben den Falschen.«

Doch dann überlegte ich es mir anders, löschte die Worte und schrieb: »Sorry, falsche E-Mail-Adresse.«

Genial. Es klang kurz angebunden und zugleich völlig unverdächtig, als wäre ich zu beschäftigt, um mich mit irgendwelchen blödsinnigen E-Mails abzugeben. Ich las die Antwort noch einige Male sorgfältig durch, und jedesmal gefiel sie mir besser. Dann schickte ich sie ab.

Ich erstellte einige neue Angebote für Hardware, die Jim Turner verlangt hatte, doch fiel es mir schwer, mich auf meine Arbeit zu konzentrieren.

Gegen halb zwölf klingelte dann mein Telefon.

»Sie glauben doch nicht, daß wir Sie vergessen haben, oder?« fragte Burroughs.

»Was wollen Sie?« erwiderte ich und überlegte, ob es zwischen dem Anruf und der gerade abgeschickten E-Mail einen Zusammenhang geben konnte.

»Ich fürchte, wir werden Sie heute nachmittag aufs Revier bitten müssen«, sagte Burroughs.

»Und warum?«

»Wir brauchen Sie für eine Gegenüberstellung.«

»Eine Gegenüberstellung?« fragte ich und versuchte, ganz ruhig zu bleiben. »Wozu?«

»Es hat sich ein Zeuge gemeldet, und wir möchten feststellen, ob er Sie identifizieren kann.«

»Hören Sie, ich habe heute extrem viel zu tun und...«

»Ihnen bleibt keine Wahl«, sagte Burroughs. »Ein Streifenwagen ist bereits zu Ihrem Büro unterwegs, um Sie abzuholen. Ich habe nur angerufen, um sicherzugehen, daß Sie auch wirklich da sind.«

Ich dachte daran, Kevin Schultz hinzuzuziehen, da ich mit ihm bereits telefoniert hatte, doch entschied ich mich schließlich dagegen. Wenn ich einen Anwalt mitbrachte, weckte ich nur den Verdacht, ich hätte etwas zu verbergen. Sicher wäre es besser, erst einmal abzuwarten, ob ich tatsächlich in Schwierigkeiten steckte. Schultz konnte ich immer noch anrufen. Außerdem würde kein Anwalt, wie gut er auch sein mochte, einen Zeugen daran hindern können, mich gegebenenfalls zu identifizieren.

»Sie machen einen großen Fehler, warten Sie es nur ab«, sagte ich, »aber wenn Sie mich für einen Gegenüberstellung brauchen, werde ich zu einer Gegenüberstellung kommen.«

Bob war in einer Besprechung, und mir war klar, daß ich nicht einfach ohne Erklärung verschwinden konnte, aber dann fiel mir ein, daß einer meiner Kunden, ein gewisser Ken Hanson vom Steuerbüro in der Seventh Avenue, gesagt hatte, er wäre die ganze Woche nicht in der Stadt, also trug ich ein Treffen mit ihm für 12.30 Uhr in meinen Lotus Notes Terminplaner ein.

Wie Burroughs versprochen hatte, wartete mittags ein Streifenwagen vor dem Gebäude. Es war ein schöner Tag, und auf der Straße wimmelte es von Menschen, die zum Mittagessen eilten. Ich blickte mich aufmerksam um und versuchte, mich zu vergewissern, daß mir niemand aus dem Büro zusah, stieg dann rasch in den Wagen und hielt den Kopf gesenkt, als der Wagen sich in den Verkehr einreihte.

Der Fahrer – ein junger Beamter mit blondem Haar – sagte kein Wort. Leise Jazzmusik drang aus der Stereoanlage.

Eigentlich hätte es mich nervös machen müssen, in einem Streifenwagen zu sitzen und zu einer Gegenüberstellung zu fahren, doch blieb ich überraschend ruhig.

Es herrschte kaum Verkehr, und wir brauchten nicht mal eine Stunde bis zum Polizeirevier mitten in Jersey. Ich hatte damit gerechnet, von Burroughs begrüßt zu werden, doch der ließ sich nicht blicken. Man führte mich in eine Art Warteraum, in dem bereits zwei Männer saßen, von denen einer offensichtlich betrunken war, ein Penner; der andere war ein typischer Hinterwäldler aus New Jersey mit fadenscheiniger Jeansjacke, zerzaustem Ziegenbart und abgekautem Zahnstocher im Mundwinkel.

Fast eine Viertelstunde saßen wir da. Langsam wurde ich ungeduldig. Endlich bat uns eine Beamtin, unsere Jacketts auszuziehen. Sie fragte mich, ob ich unter meinem Hemd noch etwas anhätte, und ich antwortete, ich trüge ein T-Shirt. Daraufhin bat sie mich, Schlips und Hemd ebenfalls abzulegen.

Die Beamtin führte uns in einen Raum, in dem bereits zwei Männer in T-Shirts warteten, der eine um die sechzig, der andere gerade mal zwanzig. So weit ich sehen konnte, hatten wir nur eines gemeinsam, nämlich unsere weiße Hautfarbe. Außerdem schien ich der einzige zu sein, der für seinen Unterhalt arbeitete und nicht aussah, als ob er an einer ansteckenden Krankheit litte.

Die Beamtin bat uns, in einer Reihe vor einem großen Spiegel anzutreten und die Arme hängen zu lassen. Dann sagte sie, wir sollten eine möglichst ›normale‹ Miene aufsetzen, den Kopf gerade halten und die Augen offenlassen.

Nach etwa dreißig Sekunden kam die Beamten mit fünf Sonnenbrillen zurück. Sie hatten überhaupt keine Ähnlichkeit mit der Brille, die ich am Mordabend getragen hatte, doch fand ich es ziemlich beängstigend, daß die Polizei über dieses Detail Bescheid wußte.

»Wir möchten Sie nun bitten, diese Brillen aufzusetzen und wieder nach vorn zu schauen«, sagte die Beamtin.

Ich setzte die Brille auf – sie war mir etwas zu klein – und versuchte, ›normal‹ auszusehen. Nach ungefähr einer Minute kehrte die Beamtin zurück, sagte: »Das war's« und führte uns aus dem Raum.

Ich zog mir Hemd, Schlips und Jackett wieder an. Die anderen Typen unterhielten sich, aber ich sonderte mich ab. Ein Mann im Anzug – er sah wie ein Kriminalbeamter aus, doch hatte ich ihn vorher noch nie gesehen – kam herein und bat mich, mit ihm zu kommen.

Ich folgte dem Mann über den Flur und fragte mich, ob es nun soweit war. Irgendwie schien die Möglichkeit, überführt zu werden, nun realistischer als je zuvor. Ich malte mir aus, wie ich zu Boden sinken und wie ein Kleinkind in Tränen ausbrechen würde, wenn man mir sagte, daß ich verhaftet sei.

Der Mann führte mich in ein Verhörzimmer, in dem die Beamten Burroughs und Freemont an einem Tisch saßen. Burroughs bat mich, Platz zu nehmen, doch ich blieb stehen.

»Was ist?« fragte ich, innerlich auf das Schlimmste gefaßt.

»Setzen Sie sich doch bitte«, sagte Burroughs.
»Hat mich Ihr Zeuge nun identifiziert oder nicht?«
»Bitte setzen Sie sich, Mr. Segal.«
Ich zögerte einige Sekunden, doch dann setzte ich mich.
»Um Ihre Frage zu beantworten«, sagte Burroughs, »Nein, der Zeuge konnte Sie nicht identifizieren.«
»Dann bringen Sie mich bitte zurück nach Manhattan.«
»Ich fürchte, Sie sind noch nicht aus dem Schneider«, sagte Burroughs. »Wir wissen nämlich, daß Sie uns belogen haben, als es um Ihr Alibi ging.«
»Wovon reden Sie?«
»Das Old Stand hat Überwachungskameras. Wir haben uns die Bänder angesehen und wissen jetzt, daß Sie an jenem Abend nicht in der Bar waren.«
Keine Frage, sie versuchten es mit einem Trick.
»Da kann was nicht stimmen«, sagte ich, »denn ich war an dem Abend in der Bar. Und das ist die Wahrheit.«
»Nein, nein, das stimmt schon«, sagte Burroughs. »Wir haben die Bänder sorgfältig geprüft, und es gibt keine Zweifel – Sie waren nicht da. Wollen Sie uns also nicht erzählen, was an jenem Abend wirklich passiert ist?«
»Ich habe Ihnen gesagt, wo ich war«, erwiderte ich. »Ich verstehe das nicht. Haben Sie mit den Kellnern geredet?«
»Ja, das haben wir«, sagte Burroughs.
»Und? Hat mich einer von ihnen erkannt?«
»Zwei sogar«, sagte Burroughs. »Sie sagten, Sie wären in den letzten Wochen einige Male dort gewesen, konnten aber nicht mit Sicherheit behaupten, Sie an dem entscheidenden Abend gesehen zu haben.«
»Das ist ja nicht mein Problem.«

»Oh doch, das ist Ihr Problem«, sagte Burroughs, »denn wir wissen genau, daß Sie nicht in der Bar gewesen sind.«

»Aber ich *war* in der Bar«, beharrte ich.

»Hören Sie«, sagte Burroughs, »Ihnen bleiben zwei Möglichkeiten. Sie geben zu, Michael Rudnick getötet zu haben und erhalten dadurch vielleicht Strafmilderung. Oder Sie machen es für uns alle etwas schwieriger und werden zu lebenslänglich verurteilt. Die Wahl liegt bei Ihnen.«

»Das ist doch lächerlich«, sagte ich. »Sie kommen in meine Wohnung, machen ein Riesentheater und bringen mich vor meiner Frau in Verlegenheit. Dann kreuzen Sie in meinem Büro auf, um mich wiederum in Schwierigkeiten zu bringen. Und obwohl ich heute extrem viel zu tun habe, schleppen Sie mich nach New Jersey, an den Arsch der Welt, weil ich irgendeine sinnlose Gegenüberstellung mitmachen soll. Dabei haben Sie überhaupt keine Beweise dafür, daß ich mit dem Ganzen irgendwas zu tun habe. Wissen Sie, vielleicht sollte ich allmählich doch einen Anwalt anrufen und Anklage gegen Sie erheben. Außerdem habe ich den Eindruck, daß auch die Zeitungen daran interessiert sein dürften, wie Sie unschuldige Menschen unter Druck setzen.«

»Michael Rudnick wurde fast der Penis abgetrennt«, sagte Burroughs in sachlichem Ton.

»Aha?« erwiderte ich. »Und wieso erzählen Sie das?«

»Ist nicht gerade die übliche Art, jemanden umzubringen«, sagte Burroughs. »Es sei denn, der Mörder ist von seinem Opfer sexuell belästigt worden.«

»Ich habe Ihnen gesagt, daß ich an jenem Abend in der Bar war.«

»Und warum sind Sie dann auf dem Videoband nicht zu sehen?«

»Weil es überhaupt kein Videoband gibt«, sagte ich. »Sie wollen mich reinlegen, dabei habe ich damit überhaupt nichts zu tun.«

Ungefähr zwanzig Minuten lang nahmen mich Burroughs und Freemont in die Zange. Sie wollten mein Alibi aufweichen, wollten von mir hören, daß ich an jenem Freitag abend nicht im Old Stand gewesen war. Sie hatten festgestellt, daß die in meinem Kalender für vier Uhr angesetzte Besprechung frei erfunden war, und ich erklärte ihnen, daß es aus ›gutem Glauben‹ zu diesem Irrtum gekommen sei. Sie ließen mich wiederholen, was ich ihnen beim letzten Mal erzählt hatte, gingen die Zeiten mit mir durch, wann ich das Büro verlassen und die Bar betreten hatte und wann ich zu Hause angekommen war. Ich wich keinen Millimeter von meiner Geschichte ab und spürte, wie ich die Beamten allmählich zermürbte. Schließlich sahen sie ein, daß sie mich ohne konkrete Beweise nicht länger festhalten konnten. Burroughs brachte mich nach draußen und sagte, man würde mich nach Manhattan zurückbringen, sobald ein Wagen zur Verfügung stünde.

Ich mußte über eine Stunde warten, weshalb mir genügend Zeit blieb, darüber nachzudenken, wer der Zeuge gewesen sein mochte. Burroughs hatte gesagt, der Bahnsteig wäre schlecht beleuchtet gewesen, so daß mich der Zeuge entweder gesehen haben mußte, als ich in Princeton Junction den Zug verließ oder später dann, als ich den Zug nach New York bestieg. Außerdem hatte Burroughs von einem ›er‹ gesprochen, also konnte ich die Frau, die mich vom gegenüberliegenden Bahnsteig angelächelt hatte, wohl ausschließen. Mir fiel der Mann im Anzug ein, dem ich auf der Treppe zum Bahnsteig begegnet war, dann erinnerte ich mich an mehrere Leute, die auf einer Bank gesessen hatten. Jeder von ihnen könnte der Zeuge sein, doch sagte ich mir, daß es letztlich nicht weiter wichtig war. Schon möglich, daß mich irgendein Typ an jenem Abend auf dem Bahnsteig gesehen hatte, doch dürfte er mich kaum besonders deutlich gesehen haben, sonst hätte er der Polizei etwas von meinem blonden Haar erzählt.

Irgendwann tauchte ich aus meinen Überlegungen wieder auf, blickte nach rechts und sah Michael Rudnick in der Tür stehen. Er sah aus wie damals als Teenager – übergewichtig, das Gesicht voller Akne und raupendicke Brauen.

Ich kniff die Augen zusammen, und als ich sie wieder aufschlug, war Rudnick verschwunden.

17

Die Fahrstuhltür ging auf, und vor mir stand Bob, Aktenmappe in der Hand. Es war schon nach fünf, und er wollte gerade gehen.

»Wo sind Sie gewesen?« fragte er. »Wir hatten um vier Uhr eine Verkaufsbesprechung.«

»Tut mir leid«, sagte ich. »Das Meeting um halb eins hat etwas länger gedauert.«

»Sicher, natürlich«, murmelte er. »Bis morgen dann.«

Auf dem Weg in mein Büro fragte ich mich, ob ich jetzt wieder aufs Bobs schwarzer Liste stand, sagte mir dann aber, daß es mir egal sein konnte. Vor einigen Wochen hätte ein fingierter Termin meinen Job vielleicht noch in Gefahr gebracht, aber ich befand mich längst auf dem besten Wege, der erfolgreichste Verkäufer dieser Firma zu werden, so daß Bob die Leine wohl nicht mehr ganz so straff halten würde.

Zum Glück hatte ich keine neuen Droh-Mails erhalten, was hoffentlich bedeutete, daß meine Schwierigkeiten vorbei waren.

Ich blieb noch lange im Büro und versuchte, einiges von der Arbeit nachzuholen, die in letzter Zeit liegengeblieben war. Gegen acht Uhr ermahnte ich mich, endlich Schluß zu machen. Ich war erschöpft. Es war wiederum ein feuchtwarmer, drückender Abend, und so nahm ich mir ein Taxi.

Paula begrüßte mich schon in der Tür. Sie sagte, sie hätte sich Sorgen um mich gemacht, doch sei ihr dann eingefallen, daß heute abend ein Treffen der Anonymen Alkoholiker stattfand. Ich hatte das Treffen völlig vergessen, reagierte aber aalglatt. Das Treffen sei ›gut gelaufen‹, sagte ich, woraufhin sie wissen wollte, was wir denn so beredet hätten. »Du weißt schon, das Übliche – Wie hältst du es mit dem Alkohol? Geschichten eben.« Paula sagte: »Ich bin wirklich stolz auf dich« und verriet mir dann, daß in der Küche warmes chinesisches Essen auf mich wartete.

Obwohl ich nicht besonders hungrig war, aß ich einige Garnelen mit Zuckererbsen, öffnete mein Fortune-Cookie und las Paula laut vor: »Sie haben Ihr Schicksal fest im Griff.«

»Das bezieht sich bestimmt auf das Treffen der Anonymen Alkoholiker«, sagte sie.

»Bestimmt.«

Anschließend setzten Paula und ich uns zusammen auf die Couch und sahen fern. Ich war schon fast eingeschlafen, als das Telefon klingelte. Paula sagte, sie wolle abnehmen, doch ich war schneller und sagte ›Hallo?‹, aber am anderen Ende wurde gleich wieder aufgelegt.

»Falsch verbunden«, sagte ich. »Wenn das noch mal passiert, beschwere ich mich bei der Telefongesellschaft.«

Ich setzte mich wieder auf die Couch und war im Handumdrehen eingeschlafen.

»DAS IST DEINE LETZTE CHANCE, DRECKSACK.
GESTEHE, SONST KANNST DU WAS ERLEBEN!«

Diese E-Mail erwartete mich am Dienstag an meinem Arbeitsplatz. Langsam war das Maß voll. Gestern hatte ich seit Tagen zum ersten Mal wieder gut geschlafen, und jetzt fing der Alptraum offenbar von vorn an.

Meine Finger hieben auf die Tasten: »BLÖDER WICHSER! WENN DU MIR WAS ZU SAGEN HAST, DANN SAG ES MIR INS GESICHT!«

Dann setzte ich noch »FEIGLING!« hinzu und klickte auf ›absenden‹.

Der restliche Vormittag verlief angenehm ereignislos. Einige Mitarbeiter waren zusammen mit Bob auf einem Lehrgang, weshalb es im Büro entspannter als gewöhnlich zuging. Ich hing fast pausenlos am Telefon, überprüfte ein paar Projekte und führte einige Verkaufsgespräche. Eine Zeitlang gelang es mir sogar, alles andere über meine Arbeit zu vergessen.

Am späten Vormittag rief dann eine Frau an, die mit Richard Segal sprechen wollte. Die Stimme war mir nicht vertraut, und mein Gefühl sagte mir, daß dieser Anruf nichts mit meiner Arbeit zu tun hatte.

»Am Apparat«, sagte ich argwöhnisch.

»Ich weiß nicht, ob Sie sich an mich erinnern«, sagte die Frau. »Ich heiße Kirsten Gale. Wir haben uns vor einigen Wochen in Stockbridge kennengelernt.«

Ich erinnerte mich sofort wieder an Kirsten, die so perfekt in ihrem weißen Tennisdress ausgesehen und jedesmal orgiastisch gequiekt hatte, wenn ihr Schläger den Ball traf, konnte mir aber nicht denken, weshalb sie mich anrief.

»Tut mir leid, Sie bei Ihrer Arbeit zu stören«, fuhr sie fort, »aber ich wußte nicht, wie ich Sie sonst erreichen sollte. Im Telefonbuch stehen jede Menge Richard Segals, aber dann ist mir wieder eingefallen, daß Sie für eine Computerfirma arbeiten. Erst meinte ich, die Firma hieße Middletown Consulting, doch darunter habe ich keinen Eintrag gefunden, und plötzlich wußte ich es wieder – Midtown Consulting haben Sie gesagt. Ist ja auch egal, jedenfalls freue ich mich, Sie gefunden zu haben.«

Ihr Gerede erinnerte mich daran, wie geistlos sie mir in Stockbridge vorgekommen war.

»Was führt Sie zu mir?«

»Na ja«, sagte sie, »es geht um Ihre Frau ... um Paula.«

»Was ist mit Paula?« Ich war immer noch verwirrt, doch formten sich meine Ahnungen allmählich zu einem Bild.

»Nicht direkt um Ihre Frau, eher um Ihre Frau und meinen Verlobten. Meinen Ex-Verlobten.«

»Sie haben eine Affäre«, stellte ich nüchtern fest.

Lange sagte Kirsten kein Wort, doch dann fragte sie: »Woher haben Sie das gewußt?«

»Ich habe es gar nicht gewußt«, sagte ich und fühlte mich dabei benommen und schwindlig, fast, als hätte ich gerade erfahren, daß jemand gestorben war. »Also stimmt es. Sie haben tatsächlich eine Affäre?«

»Das verstehe ich nicht«, sagte Kirsten. »Dann haben Sie über die beiden schon Bescheid gewußt?«

»Nein, bis jetzt habe ich nicht das Geringste gewußt.« Mein Gesicht brannte. Ich begann zu zittern. »Wie haben Sie es herausgefunden?«

»Ich versteh das immer noch nicht«, erwiderte Kirsten.

»Verdammt, haben sie nun eine Affäre miteinander oder haben sie nicht?«

»Was schreien Sie mich denn so an? Ich habe Sie doch bloß angerufen, um Ihnen zu sagen, daß mein Ex-Verlobter in Ihre Frau verliebt ist. Aber wenn Sie schon alles wissen...«

»Wie haben Sie es herausgefunden?«

»Doug hat sich letzte Woche von mir getrennt. Er sagte, er habe eine andere kennengelernt. Erst wollte er mir nicht verraten, wer sie ist – aber dann gestand er mir, es sei Ihre Frau. So ein verdammtes Arschloch, finden Sie nicht? Ich meine, ich könnte es vielleicht noch verstehen, wenn er sich von mir trennen will – aber sich von mir zu trennen, weil er was mit einer verheirateten Frau hat? Meine Freunde behaupten, es sei so wohl am besten, er wäre doch sowieso ein Versager und ohne ihn sei ich besser dran. Ist sicher eine schlimme Neuigkeit für Sie, aber ich dachte mir, Sie würden es bestimmt wissen wollen. Ich weiß jedenfalls, wenn ich an Ihrer Stelle wäre, würde ich es wissen wollen.«

Ich dankte Kirsten für ihren Anruf, ging nach draußen, um etwas frische Luft zu schnappen und stieß auf dem Bürgersteig mit einigen Leuten zusammen, zu denen auch ein junger Latino gehörte, der sich offenbar unbedingt mit mir prügeln wollte. »Komm doch her«, rief er, »komm her, du Arsch, ich mach dich fertig. Komm sofort zurück!«, aber ich lief einfach weiter.

Ich kam mir wie der größte Idiot vor. Die ganze Zeit hatte ich gedacht, Paula und ich, wir hätten unsere Beziehung wieder ›hingebogen‹, wären einander so nah gekommen wie noch nie zuvor, dabei trieb sie es mit diesem arroganten Banker.

Mir fiel ein, daß Doug in der Wall Street arbeitete, bestimmt gleich um die Ecke von Paula, und ich stellte mir vor, wie sie sich an den Tagen, an denen sie ›Überstunden‹ machen mußte, während der Mittagspause unter irgendeinem falschen Namen in einem Hotel in Downtown ein Zimmer genommen hatten. Vielleicht war Doug nicht mal ihr einziger Liebhaber. Durchaus möglich, daß sie jetzt genauso ein Flittchen wie zu ihren Schulzeiten war. Bestimmt trieb sie es mit jedem im Büro, der etwas zu sagen hatte, was ihre schnelle Beförderung erklären würde.

Ich lief weiter Richtung Downtown, vorbei am Port Authority Busbahnhof, dann machte ich kehrt und ging zurück ins Büro.

Auf dem Flur kam mir Bob entgegen.

»Hatten Sie eine Besprechung?« fragte er.

»Sicher«, rief ich, ohne stehenzubleiben.

»Die stand aber nicht in Ihrem Terminkalender.«

»Hab vergessen, sie einzutragen.«

Ich merkte, wie kurz angebunden ich klang und nahm mir vor, später bei ihm vorbeizusehen und mich zu entschuldigen, doch im Augenblick gingen mir wichtigere Dinge durch den Kopf.

Ich rief Paula an. Ich rechnete damit, daß ihre Sekretärin mir sagte, Paula sei zum Mittagessen, würde also gerade Dougs Schwanz lutschen, doch Paula war selbst am Apparat.

»Hallo, Liebling«, flötete ich.

»Ach, du bist es«, sagte sie. »Ich habe gerade ein Gespräch auf der anderen Leitung. Kann ich dich gleich zurückrufen?«

Bestimmt telefonierte sie mit Doug.

»Nicht nötig, mein Herz«, sagte ich. »Ich wollte nur wissen, wann du heute abend zu Hause bist.«

»Zwischen halb acht und acht; ich muß etwas länger bleiben.«

»Natürlich mußt du das.«

»Stimmt was nicht?«

»Alles in Ordnung«, sagte ich. »Wie kommst du auf den Gedanken, daß was nicht stimmen könnte?«

»Du klingst so komisch.«

»Komisch? Wieso denn komisch?«

»Hör mal, ich muß erst dieses andere Gespräch zu Ende führen. Ich ruf gleich zurück.«

»Brauchst du nicht. Ich hab selbst ziemlich viel zu tun. Wir sehen uns zu Hause, Honey.«

»Warum sagst du mir nicht, was los ist?«

»Nichts ist los. Einen schönen Tag noch.«

Nachdem ich aufgelegt hatte, zischte ich: »Flittchen.«

Es war mir unmöglich, mich auf meine Arbeit zu konzentrieren. Mehrmals klingelte an diesem Nachmittag das Telefon, aber ich ließ den Anrufbeantworter eingeschaltet und hörte die Nachrichten ab. Ein Anruf war von Paula, aber ich beschloß, sie nicht zurückzurufen.

Da ich nur noch das reinste Nervenbündel war, machte ich schon gegen halb fünf Schluß und trug wie gestern irgendeine vorgeschobene Besprechung in meinen Terminkalender ein. Auf dem Weg nach Hause wurde ich immer wütender, und da ich Angst hatte, etwas zu sagen oder zu tun, was ich hinterher bereuen könnte, machte ich einen Abstecher zum Subway Inn, einer Bar in der East Sixtieth

Street, nicht weit von der Lexington Avenue. Mir war klar, daß ein oder zwei Drinks nicht gerade die beste Lösung waren, doch wirkte Alkohol normalerweise eher besänftigend auf mich, und nichts schien mir schlimmer, als nüchtern nach Hause zu kommen.

Ich bestellte mir einen Scotch mit Soda, setzte das Glas an die Lippen, zögerte einen Moment und fragte mich: ›Willst du das jetzt wirklich tun? – Darauf kannst du einen lassen‹, antwortete ich mir und kippte den Drink in einem Zug runter. Schlagartig fand ich meinen Ärger mit Paula gar nicht mehr so schlimm. Trieb sie es eben mit einem Banker, na und? Natürlich stand uns jetzt keine einfache Zeit bevor, aber auf die ein oder andere Art würden wir das Ganze schon schaukeln. Jedenfalls war es bestimmt nicht das Ende der Welt.

Vermutlich hätte ich der Bar nach dem ersten Glas den Rücken kehren sollen. Sicher war es auch ein Fehler, den vierten und auch noch einen fünften Drink zu bestellen, aber für Gewissensbisse war es jetzt zu spät – der Alkohol zirkulierte bereits durch meine Blutbahnen. Als ich vom Barhocker aufstand, wäre ich beinahe hingefallen. Ich stolperte durch das bleierne Schummerlicht. Bloomingdale's war ganz in der Nähe, weshalb draußen ein reges Treiben herrschte. Außerdem schien sich auch noch der Bürgersteig unter mir zu bewegen, als ich zur Third Avenue ging und mich dabei dicht an die Häuser zu meiner Linken hielt, um nicht irgendwen anzurempeln. Der Optimismus, den ich in der Bar gespürt hatte, war jedenfalls längst verflogen. Ich war nur noch sauer und irgendwie beleidigt, aber bestimmt bloß deshalb, weil der Alkohol seine Wirkung verlor, weshalb ich mir in einem Getränkeladen eine kleine Flasche Kahlúa kaufte. Wie der letzte Penner soff ich gleich aus der in einer Papiertüte steckenden Flasche. Und als mir aufging, was für eine tödliche Kombination Scotch und Kahlúa ergaben, war es längst zu spät. Ich wußte nicht mehr, wohin ich lief. Ich meinte, auf dem Heimweg zu sein, landete aber irgendwie in der York Avenue, mehrere Querstraßen weit von meinem Ziel entfernt. Also konzentrierte ich mich auf die Straßenschilder und fand nach und nach zur East Sixty-fourth Street zurück. Als ich vor unserem Haus stand, war ich fix und fertig.

Als ich den Portier sah, riß ich mich zusammen, benahm mich möglichst nüchtern und versuchte, mein Gleichgewicht zu halten, spürte aber, daß ich ihm nichts vormachen konnte.

Im Flur ließ ich mein Jackett fallen, ging dann aufs Klo, stellte mich schwankend vor die Schüssel und sah zu, wie der Urin wild durch die Gegend und über meine Hose spritzte. Ich dachte gar nicht erst daran, sauber zu machen, torkelte ins Wohnzimmer, setzte mich auf die Couch und nahm noch einen kräftigen Schluck Kahlúa. Das Zimmer drehte sich, und auf der Ottomane vor mir lagen mindestens zwei Otisse. Als Paula nach Hause kam, hatte ich die Flasche fast leer getrunken.

»Na, wie geht es dir?« sagte sie und merkte offenbar nicht, daß ihr angeblich vom Alkoholismus geheilter Gatte sich auf der Couch fläzte, eine Flasche Kahlúa in der Hand. Ohne ein weiteres Wort marschierte sie gleich ins Schlafzimmer, und mir war es, als käme sie schon Sekunden später wieder zum Vorschein, doch mußten mehrere Minuten vergangen sein, da sie nun Shorts und ein langes T-Shirt trug.

»Ich hatte einen echt beschissenen Tag. Außerdem sterbe ich vor Hunger«, sagte sie. »Hast du Lust auf Chinesisch? Oder lieber auf Vietnamesisch?« Offenbar nahm sie mich erst dann genauer in Augenschein, denn plötzlich rief sie: »Verdammt, was ist los? Hast du *getrunken*?«

»Fällt dir das jetzt schon auf?« nuschelte ich. »Hat ja lang genug gedauert.«

»Ich faß es nicht. Was ist bloß los mit dir?«

»Sag du's mir.«

»Ich? Was soll ich dir sagen?«

»Sag's mir« wiederholte ich. »Sag's mir einfach.«

»Du bist besoffen, und du redest Unsinn. War was mit der Polizei? Waren die Beamten wieder bei dir im Büro? Hast du deshalb…?«

»Jetzt sag's mir schon, verdammt.«

»Okay, wenn du nicht drüber reden willst, dann eben nicht.«

Sie ging in die Küche. Ich lief ihr nach und stieß dabei aus Versehen eine Vase vom Couchtisch. Sie zerbrach, und Otis fing an zu bellen.

»Jetzt sieh doch nur, was du angestellt hast!« kreischte Paula, und ihre Stimme übertönte noch den kläffenden Hund. »Was zum Teufel ist bloß mit dir los?«

»Sag's mir. Jetzt sag's mir schon, verdammt.«

»Was soll ich dir sagen?«

»Das weißt du selbst am besten. Und jetzt sag mir bloß nicht, du wüßtest nicht, wovon ich rede. Das weißt du nämlich verdammt genau, du alte Schlampe!«

Ich packte sie an den Schultern und schüttelte sie. Otis kläffte immer noch.

»Sag's mir. Verdammt noch mal, sag's mir.«

»Laß mich los!«

»Sag's mir. Sag's mir.«

Paula weinte jämmerlich. Ich begriff, daß ich jeden Augenblick die Beherrschung zu verlieren drohte und hatte mir doch vorgenommen, es nicht soweit kommen zu lassen. Nur weil sie mir weh getan hatte, mußte ich ihr jetzt nicht auch noch weh tun. Ich war besser als sie – ich brauchte mich nicht auf ihr Niveau herabzulassen.

Ich lockerte meinen Griff und sagte mir gelassenerer Stimme: »Sag's mir einfach. Sei ehrlich, sag's mir, und ich vergebe dir. Versprochen.«

Immer noch weinend fragte Paula: »Warum?... Warum tust du mir das wieder an? Warum?«

Otis bellte wie verrückt. »Halt die Schnauze, verdammt noch mal!« brüllte ich ihn an, und der Hund schoß aus dem Zimmer. Dann sagte ich zu Paula: »Sag mir, was zwischen dir und Doug läuft. Jetzt sag's mir endlich.«

Abrupt hörte Paula auf zu weinen und riß ihre blauen Augen auf.

»Das glaubst du also?« sagte sie. »Tja, du irrst dich. Da ist nichts zwischen uns. Und da ist auch nie was gewesen.«

»Du lügst.«

»Ich lüge nicht. Ich sage dir die Wahrheit.«

»Du lügst doch immer! Du lügst, sobald du den Mund aufmachst! Du lügst sogar, wenn du behauptest, auf meiner Seite zu sein!«

»Ich lüge *nicht*«, schluchzte sie, und die Tränen tropften ihr über die Wangen.

»Kirsten hat mich angerufen«, sagte ich. »Du erinnerst dich doch noch an Kirsten, nicht wahr?... Das tust du doch, ja?«

»Was hat sie dir denn gesagt?«

»Siehst du? Du leugnest es schon gar nicht mehr.«

»Hör mal, mich interessiert überhaupt nicht, was du denkst, okay? Aber du kannst dir hinter die Ohren schreiben, daß ich dir diesmal nicht verzeihen werden – niemals!«

Paula stürmte an mir vorbei, aber noch ehe die Tür ins Schloß schlug, flitzte Otis ihr nach und verschwand mit ihr im Schlafzimmer. Besoffen schwankend blieb ich in der Küche stehen.

Ich hatte keine Lust, mich mit Paula unter einem Dach aufzuhalten, selbst wenn wir nicht im selben Zimmer waren, schnappte mir also die Flasche Kahlúa und ging nach draußen.

Ich stolperte durch die Gegend, bis ich die Flasche ausgetrunken hatte, dann taumelte ich in eine Bar an der First Avenue. Trotz des Riesengedränges fand ich unter all den Zwanzigjährigen noch einen Platz am Tresen, übertönte die dröhnende Musik und bestellte einen Scotch mit Soda. Ich kann mich nicht erinnern, etwas getrunken zu haben, aber irgendwie war mein Glas sofort wieder leer. Also bestellte ich noch einen Drink, nippte daran und wurde von einem Typ angerempelt. Dann weiß ich nur noch, daß wir uns gegenüberstanden und daß ich ihn anschrie: »Du Arschloch! Ich mach dich fertig!« Er war jünger und größer, aber das konnte mich nicht abschrecken. Ich holte aus, zumindest *versuchte* ich es, doch packte er meinen kraftlosen Arm und hielt ihn fest. Als er zu lachen begann, spuckte ich ihm ins Gesicht. Da ließ er los und schlug zu. Ich fiel hin, und er trat mir die Seele aus dem Leib. Es tat gar nicht so weh, wie ich befürchtet hatte. Sekunden später kam der Türsteher, ein italienisch aussehender Typ, hob mich auf und schob mich nach draußen. Ich muß mich wohl gewehrt oder irgendwas zu ihm gesagt haben, jedenfalls drängte er mich an eine Ziegelmauer und hämmerte mir die Faust ins Gesicht. Überall standen Leute, feuerten ihn an und lachten. Später lag ich dann auf dem Bürgersteig, zusammengekauert wie ein Baby, schmeckte Blut auf den Lippen und fragte mich, wie ich das alles den Anonymen Alkoholikern erklären wollte.

18

Als ich die Augen aufschlug, konnte ich nicht durch die Nase atmen. Ich holte tief Luft, sog schnaubend ein, was meine Nase verstopfte und bemerkte einen widerlichen Gestank. Es roch wie eine Mischung aus saurer Milch und Pisse. Offenbar lag ich immer noch draußen, irgendwo im Müll, doch allmählich begriff ich, daß ich zu Hause im Bett lag und daß dieser widerliche Gestank von mir selbst ausging.

Mein ganzer Körper tat weh. Mir war schwindlig, und ich fühlte mich viel zu elend, um mich bewegen zu wollen. Mein Hals schmerzte, die Kehle war trocken, und mein Atem roch nach Erbrochenem. Ich schloß die Augen, wollte wieder einschlafen, doch dann merkte ich, daß Tageslicht durch die Jalousie auf meine Lider fiel. Also schlug ich erneut die Augen auf und lenkte meinen Blick mühsam zur Digitaluhr auf dem Nachtschränkchen. Die Ziffern zeigten 10:23 an. Ich mußte träumen oder die falschen Zahlen ablesen – so spät konnte es gar nicht sein. Bestimmt war es 5:23 oder 6:23 – das dürfte eher stimmen. Doch nach einigen Sekunden wurde mir klar, daß es sich um die korrekte Zeit handelte – es war dreiundzwanzig Minuten nach zehn Uhr, und um elf Uhr hatte ich ein Verkaufsgespräch.

Ich sprang zu plötzlich aus dem Bett, meine Knie gaben nach, und ich fiel zu Boden. Der Geschmack von Kahlúa und Scotch kam mir hoch. Ich richtete mich mühsam auf, taumelte ins Bad und krümmte mich dabei vor Schmerzen in Beinen und Bauch. Oben herum war ich nackt, aber ich trug immer noch die Hose und die Schuhe, die ich gestern zur Arbeit angehabt hatte. Nach dem Pinkeln riskierte ich einen Blick in den Spiegel und erschrak über mein eigenes Gesicht. Ein Auge war blau angelaufen und geschwollen, den Mund umrahmten getrocknetes Blut und Erbrochenes. Tiefe Schnittwunden zogen sich quer über meine Wangen, hatten aber zu bluten aufgehört und waren inzwischen verkrustet. Vielleicht hatte mich eine Katze zerkratzt, als ich im Müllhaufen lag. Ich zog die feuchte Hose aus, stellte mich unter die Dusche und schrubbte mich so gründlich und so sauber, wie dies auf die Schnelle möglich war. Danach fühlte ich mich immer noch gräßlich und sah auch ebenso aus, aber ich konnte mich unmöglich krank melden. Ich hatte haufenweise Arbeit zu erledigen, und eine Verkaufsbesprechung zu verpassen, wäre ein ziemlich schlechter Zug, wenn ich mir weiterhin Chancen auf eine Beförderung ausrechnen wollte.

Ich ärgerte mich über mich selbst, weil ich mich so betrunken hatte und schwor mir, nie wieder einen Tropfen anzurühren. Dann fiel mir der Krach ein, den ich gestern abend mit Paula gehabt hatte, bevor ich aus der Wohnung gegangen war.

»Paula!«

Keine Antwort. Was glaubte ich denn auch? Sie mußte schon vor drei Stunden zur Arbeit gegangen sein.

Ich machte die Schlafzimmertür auf, und Otis bellte mich an. Undeutlich erinnerte ich mich, ihn gestern abend angeschrien zu haben.

»Ist ja schon gut, ruhig Blut«, sagte ich. Von der Bellerei wurde mein Kater auch nicht gerade besser. »Verdammt, hörst du wohl auf!«

Doch Otis bellte immer weiter, knurrte und sprang mich an, als ich ins Wohnzimmer ging.

Als ich gestern abend sturzbesoffen nach Hause gekommen war, hatte Paula neben mir im Bett gelegen, doch mußte ich wohl so widerlich gestunken haben, daß sie sich freiwillig auf die Couch verzogen hatte.

Vielleicht war sie auch zu Doug gegangen.

Ich zog mich um und führte kurz den Hund aus. Otis war immer noch nicht ganz der alte. Bestimmt hatte er wegen gestern abend noch genug von mir.

Die Elf-Uhr-Besprechung hatte bereits angefangen, als ich den Konferenzraum durch die Hintertür betrat und am langen Tisch Platz nahm. Es waren sieben oder acht Leute im Zimmer, darunter auch Bob, der an der Infotafel stand. Alle drehten sich zu mir um und musterten mich mit einer Mischung aus Faszination und Abscheu.

Bob fuhr fort, als wenn nichts wäre, doch sorgte mein Aussehen für eine zu große Ablenkung, weshalb er schließlich fragte: »Alles in Ordnung, Richard?«

»Alles bestens«, erwiderte ich und wußte selbst, wie unglaubwürdig diese Antwort klingen mußte.

»Was ist denn mit Ihnen *passiert*?«

»Das erzähl ich später«, sagte ich. »Nichts schlimmes – wirklich nicht.«

Bob setzte erneut an, eine relativ unbedeutende Änderung in der Firmenstruktur zu erläutern.

Kaum war die Besprechung zu Ende, verließen alle das Zimmer, nur Bob und ich blieben zurück. »Also, jetzt erzählen Sie schon, was ist passiert?«

»Eine völlig verrückte Geschichte«, erklärte ich lächelnd. »Gestern abend war ich mit meiner Frau spazieren, und wir sind an einer Baustelle vorbeigekommen. Irgendein Bauarbeiter mußte offenbar unbedingt eine blöde Bemerkung loswerden, weshalb Paula ihm den Stinkefinger gezeigt hat. Ein Wort gab das andere, und ich weiß nur noch, daß ich mich plötzlich mit diesem Kerl geprügelt habe. Na ja, vielmehr war er derjenige, der geprügelt hat, wie Sie ja selbst sehen können.«

Bob starrte mich an. Irgendwie hatte ich den Eindruck, daß er mir meine Geschichte zwar nicht abkaufte, sich aber auch nicht die Mühe machen wollte herauszufinden, warum ich ihn anlog.

»Tja, das tut mir leid«, sagte er. »Wollen Sie Anzeige erstatten?«

»Anzeige?«

»Gegen den Bauarbeiter.«

»Nein. Ich meine, vielleicht. Ehrlich gesagt, ich weiß nicht, die ganze Situation ist mir doch ziemlich peinlich.«

»Nehmen Sie sich ruhig frei, wenn Sie wollen«, sagte er. »Ich denke, Sie könnten etwas Ruhe gebrauchen.«

»Danke, es geht schon. Ich habe heute ziemlich viel zu tun und würde mich lieber gleich an die Arbeit machen. Keine Sorge, mir geht es gut. Meinen Job schaffe ich schon noch.«

Trotz zwei Tassen Kaffee hielt ich am Schreibtisch kaum die Augen auf. Vom Koffein schien das Pochen in meinem Gesicht sogar noch schlimmer zu werden. Ich hatte meine E-Mails bereits abgeholt, sah aber vorsichtshalber noch mal nach und war froh, keine neuen Drohungen erhalten zu haben.

Ich erledigte einige Anrufe, aber die Arbeit ging mir heute nicht leicht von der Hand. Nichts klappte, was ziemlich frustrierend war, weil ich in Sachen Karriere unbedingt am Ball bleiben wollt. Schließlich sah ich ein, daß allein die Sauferei schuld an diesem Schlamassel war. Ich würde also auch weiterhin zu den Anonymen Alkoholikern gehen und mir endlich eingestehen müssen, daß ich ernsthafte Probleme hatte.

Jemand klopfte mir auf die Schulter, als ich wach wurde. Erst wußte ich nicht, wo ich war, aber dann erkannte ich Bobs Gesicht.

»Gehen Sie nach Hause, Richard – ruhen Sie sich aus.«

»Tut mir leid«, sagte ich, immer noch etwas verwirrt. »Ich wollte gar nicht…«

»Wir reden später darüber«, sagte Bob. »Jetzt gehen Sie schon.«

Zu Hause waren zwei Nachrichten auf meinem Anrufbeantworter, eine von Sheila, Paulas Sekretärin, die wissen wollte, ob Paula heute noch ins Büro kommen würde, die andere von Chris, Paulas Boss, der mit ernster, besorgter Stimme sagte, er habe Paula heute morgen bei einer Besprechung ›vermißt‹. Er bat, sie möge doch zurückrufen, sobald sie diese Nachricht erhalten habe.

Es paßte überhaupt nicht zu Paula, daß sie dem Büro fernblieb, ohne vorher Bescheid zu sagen. Bestimmt hatte sie den ganzen Tag mit Doug verbracht. Ich stellte mir die beiden vor – ihre nackten, verschwitzten Körper –, versuchte aber, es mir nicht allzusehr zu Herzen gehen zu lassen.

Otis benahm sich immer noch ziemlich merkwürdig. Er bellte und knurrte, als litte er unter der Anspannung, die in letzter Zeit in der Wohnung geherrscht hatte. Ich tätschelte seinen Kopf, und eine Weile schien er beruhigt, doch dann fing er wieder an zu bellen.

Obwohl mir nichts wichtiger war, als Paula wieder an meiner Seite zu haben, sah ich doch ein, daß die Situation langsam meiner Kontrolle entglitt. Wenn Paula mich tatsächlich nicht mehr liebte und es vorzog, mit einem anderen Mann zusammen zu sein, würde ich nichts dagegen tun können. Sollte sie mich aber noch lieben und an unseren Problemen arbeiten wollen, wäre ich durchaus dazu bereit. Die Entscheidung lag ganz bei ihr.

Ich zog mich aus, ging zu Bett und war gleich eingeschlafen. Als ich aufwachte, fühlte ich zwar immer noch erschöpft, hatte aber wenigstens den Kater überstanden. Es war fünf Uhr. Mich plagte immer noch ein ziemlich schlechtes Gewissen, weil ich so früh nach Hause gegangen war. Zweifellos hatte ich mich im Büro zum Narren gemacht. Jedenfalls würde ich mich ganz bestimmt bei Bob entschuldigen müssen.

Otis veranstaltete immer noch ein Höllenspektakel.

»Mein Gott, Hund, jetzt hör endlich auf«, rief ich.

Doch Otis bellte wieder, diesmal sogar noch lauter. Genug war genug. Ich zerrte ihn in mein Arbeitszimmer und schloß die Tür hinter ihm ab. Er hörte zwar nicht auf zu bellen, aber wenigstens drang der Lärm jetzt nur noch gedämpft an meine Ohren.

Ich bestellte mir etwas Chinesisches zum Abendessen und aß vor dem Fernseher direkt aus dem Pappkarton. Dann schlief ich auf der Couch ein und wachte erst wieder auf, als das Telefon klingelte.

»Könnte ich bitte mit Paula sprechen?«

»Wer ist denn da?« fragte ich verschlafen.

Es folgte eine lange Pause, ehe der Mann schließlich sagte: »Ich bin Doug Pearson – Sie erinnern sich? Wir haben in Stockbridge zusammen Tennis gespielt.«

Ich war immer noch m Halbschlaf und brauchte einen Augenblick, um eins und eins zusammenzuzählen: Doug, der Typ, der, wenn ich mich nicht irrte, meine Frau in den letzten vierundzwanzig Stunden nonstop gevögelt hatte, telefonierte mit mir.

»Was zum Teufel wollen Sie?«

Plötzlich war ich hellwach.

»Kann ich nun mit Paula reden oder nicht?«

Was dachte sich dieser Typ eigentlich dabei, in meiner Wohnung anzurufen?

»Sie haben vielleicht Nerven«, sagte ich.

»Ich möchte mit Paula reden.«

»Sie ist nicht da.«

»Und wo ist sie?«

»Das dürften Sie ja wohl besser wissen als ich.«

»Ich möchte mit ihr reden.«

»Ich sagte Ihnen schon, sie ist nicht da. Und wenn Sie jemals wieder hier anrufen, dann…«

»Tun Sie ihr bloß nicht noch mal was an«, sagte er. »Denn wenn Sie das tun, dann bringe ich Sie um, das schwöre ich Ihnen.«

»Ihr was antun?« fragte ich. »Was reden Sie denn da für einen Scheiß?«

»Sie kommt nie wieder zu Ihnen zurück«, fuhr er fort. »Mit Paula ist es endgültig vorbei, das können Sie ruhig hinter die Ohren schreiben.«

»Das werden wir ja sehen«, sagte ich.

Doug legte auf. Ich knallte das Telefon so heftig auf den Couchtisch, daß die Batterie herausfiel. Alles glitt mir aus den Händen. Ich konnte einfach nicht glauben, daß Doug die Frechheit besaß, in meiner Wohnung anzurufen.

Allmählich beruhigte ich mich wieder und begann, mir Sorgen um Paula zu machen. Wenn sie nicht bei Doug und auch nicht im Büro war, wo zum Teufel war sie dann? Selbst wenn sie in einem Hotel übernachtet hatte, hätte sie inzwischen doch bestimmt mich, ihren Boss oder sonst *irgend jemanden* angerufen.

Mir fiel die E-Mail wieder ein: »GESTEHE, SONST KANNST DU WAS ERLEBEN!« Vielleicht hatte derjenige, der diese Mails schickte, Paula entführt oder war über sie hergefallen, weil ich nicht gestand, Michael Rudnick umgebracht zu haben. Der Gedanke schien verrückt, trotzdem gab es da offenbar so etwas wie einen Zusammenhang. Denn daß Paula unmittelbar nach den Drohungen verschwunden war, schien mir doch ein bißchen viel Zufall zu sein.

Ich ging in die Küche und trank einen Schluck lauwarmes Wasser direkt vom Hahn. Auf dem Weg ins Wohnzimmer kam ich am Eßzimmer vorbei und blieb plötzlich stehen, als ich auf einem Stuhl Paulas Notizbuch entdeckte. Wenn sie in der Gegend blieb, wenn sie nur zum Supermarkt ging oder eine Besorgung im Viertel erledigte, ließ sie ihr Notizbuch manchmal liegen, aber ohne ihr Buch würde sie niemals zur Arbeit gehen.

Jetzt war ich erst recht davon überzeugt, daß irgendwas Schreckliches passiert war. Paula hatte in der Stadt keine engen Freunde – jedenfalls keine, bei denen sie einfach wohnen könnte. Möglicherweise hatte sie einen Liebhaber, von dem ich nichts wußte, aber der Gedanke war einfach absurd, daß sie länger fortbleiben wollte und ihr Notizbuch mitzunehmen vergaß.

Ich überlegte, ob ich in den Krankenhäusern nachfragen oder gar die Polizei anrufen sollte, beschloß dann aber, erst mal zur Ruhe zu kommen – es mußte für all das doch eine simple Erklärung geben. Vielleicht hatte Paula einen Tag frei genommen, um wieder zu sich zu finden. Und vermutlich hatte sie sogar im Büro angerufen, aber irgendwie war etwas durcheinander geraten, und ihre Kollegen hatten die Nachricht nicht erhalten. Bestimmt würde sie jeden Augenblick zurück in die Wohnung kommen.

Eine halbe Stunde lang lief ich unruhig im Flur auf und ab und verlor zunehmend die Hoffnung, daß es Paula gut ging. Um neun Uhr rang ich mich schließlich dazu durch, die Polizei anzurufen. Noch mehr Polizei in meinem Leben war zwar das letzte, was ich brauchte, doch wußte ich auch, daß ich wertvolle Zeit verlor und Paula in Gefahr brachte, wenn ich noch länger wartete.

Also wählte ich 911, legte aber wieder auf, bevor ich die zweite 1 gewählt hatte. Es schien mir einfach zu verrückt, die Polizei anzurufen, solange ich noch unter Mordverdacht stand. Bestimmt hatte die Polizei von New Jersey sich meinetwegen schon mit der Polizei von New York in Verbindung gesetzt, und ich wollte die Dinge nicht noch komplizierter machen, als sie es bereits waren. Selbst wenn die New Yorker Polizei nicht wußte, daß ich wegen des Mordes an Michael Rudnick verhört worden war, würde ich ihnen nichts von den Drohungen per E-Mail erzählen können, die doch vermutlich ihre beste Spur auf der Suche nach Paula sein würden.

Ich beschloß, noch einen Tag zu warten. Sicher würde ich morgen aufwachen und Paula an meiner Seite finden.

Otis machte noch immer einen Mordsradau. Ich schloß auf, um nachzusehen und ihn zu beruhigen, sah aber dann, daß er auf den Boden gekackt und überall hingepißt hatte.

»Verdammter Köter!« schrie ich ihn an. »Was ist denn bloß los mit dir?«

Otis fegte aus dem Zimmer, und ich jagte ihn quer durch die Wohnung. Im Wohnzimmer fing ich ihn schließlich ein, hob ihn hoch, verpaßte ihm ein paar ordentliche Hiebe und ließ ihn wieder fallen. Mit eingekniffenem Schwanz schlich er in die Küche.

19

»Es freut mich, daß Sie von sich aus heute morgen zu mir gekommen sind, um mit mir zu reden«, sagte Bob, »denn ehrlich gesagt, habe ich gestern abend viel über Sie nachgedacht, und ich hätte Sie heute gehen lassen, falls Sie nicht die nötige Verantwortung für Ihr Tun übernommen hätten.«

Ich saß in Bobs Büro, hatte nicht gut geschlafen und konnte mich nur mit Mühe wach halten.

»Ich danke Ihnen«, erwiderte ich. »Glauben Sie mir, ich habe nur ein einziges Ziel vor Augen, und das lautet, möglichst viel Geld für mich und für diese Firma zu verdienen. Von jetzt an werde ich einfach alles geben und notfalls sogar nachts und am Wochenende arbeiten.«

»Schon gut, wir wollen es nicht gleich übertreiben«, sagte Bob. »Dies ist nur ein Job – Sie sollen auch ein Privatleben haben. Ich bitte meine Angestellten bloß darum, sich hundertprozentig für diese Firma einzusetzen, solange sie hier im Haus sind. Glauben Sie, Sie können das von nun an schaffen?«

Mein Handy klingelte, und ich nahm den Anruf entgegen, da ich hoffte, daß Paula sich meldete. Statt dessen war Jim Turner von Loomis & Caldwell am Apparat. Schlagartig fiel mir ein, daß ich für heute morgen um neun Uhr ein

Treffen mit ihm vereinbart hatte, um die Angebote für die neue Hardware durchzugehen. Mittlerweile war es kurz vor zehn.

»Mein Gott, das tut mir leid«, sagte ich. »Ich fahr gleich los. In zehn Minuten bin ich bei Ihnen, versprochen.«

Jim sagte, er habe heute keine Zeit mehr für mich, und er klang enttäuscht und verärgert. Als ich vorschlug, uns morgen zu treffen, behauptete er, auf der anderen Leitung einen Anruf zu bekommen und legte auf.

»Wer war das?« fragte Bob vorwurfsvoll.

Er hatte immerhin so viel von meinem Telefonat mitbekommen, daß ich ihm nichts vorlügen konnte. Ich erklärte die Situation, und Bob meinte: »Wir dürfen dieses Geschäft nicht verlieren, Richard. Immerhin geht es um achtzigtausend Dollar – vielleicht sogar um mehr –, und er hat noch keinen Cent gezahlt.«

»Wir werden den Kunden schon nicht verlieren.«

»Klingt eher so, als hätten Sie ihn bereits verloren.«

»Ich weiß nicht, wie das passieren konnte«, sagte ich. »Wahrscheinlich habe ich gestern einfach so überstürzt das Büro verlassen, daß ich vergessen habe, mir die Termine für den nächsten Tag auszudrucken, wie ich das sonst immer mache, und…«

»So kann es nicht weiter gehen«, sagte Bob. »Ich versuche hier eine Firma zu leiten, aber Ihretwegen gibt es jeden Tag eine neue Krise.«

»Ich mache ein neues Treffen aus«, sagte ich.

»Besser wäre es«, sagte Bob. »Wenn nicht, dann war's das. Keine zweite Chance mehr.«

Den Rest des Vormittages verbrachte ich damit, Jim Turner zu erreichen. Seine Sekretärin vertröstete mich immer wieder und beharrte darauf, daß er nicht ans Telefon kommen könne. Gegen Mittag ging er dann endlich an den Apparat.

Er klang sogar noch verärgerter als am Morgen und sagte: »Vielleicht muß ich mir eine Firma suchen, die Geschäfte mit mir machen *will*.« Da wußte ich, daß ich bis zum Äußersten gehen mußte. Also ließ ich allen Stolz fahren, weinte erbärmlich und gestand ihm, daß mein Job auf dem Spiel stünde.

»Bitte, geben Sie mir noch eine Chance«, flehte ich ihn an. »Wenn ich dieses Geschäft verliere, ist mein ganzes Leben ruiniert. Bitte!«

Die Strategie ging auf. Turner sagte, er würde morgen zwar kaum im Büro sein, sei aber am Nachmittag bei mir in der Gegend, und so vereinbarten wird, uns um ein Uhr in meinem Büro zu treffen, um gemeinsam die Angebote durchzugehen. Ich dankte ihm überschwenglich, sagte, was für ein großartiger Mensch er doch sei und wie sehr ich es zu schätzen wisse, daß er mir aus der Patsche geholfen habe.

Als ich auflegte, war mein Hemd schweißnaß, und ich stieß einen lauten Seufzer aus, doch dann fiel mir ein, daß Paula sich immer noch nicht gemeldet hatte, und ich griff erneut zum Telefon.

Ich hatte früh am Morgen, noch vor neun Uhr, in Paulas Büro angerufen und auf ihren Anrufbeantworter gesprochen, um mich dafür zu entschuldigen, daß ich am Abend zuvor so ekelhaft zu ihr gewesen war und daß sie mich doch bitte anrufen möge, sobald sie das Band abhörte. Jetzt rief ich erneut an, und Paulas Sekretärin stellte mich zu Chris durch, der gestern abend eine Nachricht für sie auf dem Beantworter hinterlassen hatte. Chris fragte, ob ich etwas Neues wüßte, und als ich verneinte, wollte er wissen, ob ich die Polizei eingeschaltet hätte. Meine Gedanken rasten, und ich erwiderte: »Ja, gleich heute früh.« Dann fragte er noch, ob ich irgendeine Ahnung hätte, wo Paula sein könnte, und wiederum verneinte ich und sagte, ich sei selbst völlig ratlos. Daraufhin bat er mich, ihn anzurufen, sobald ich etwas wisse, und ich gab ihm meine Büronummer, damit er mich gegebenenfalls sofort informieren konnte.

Immerhin wußte ich jetzt, daß ich es nicht länger aufschieben konnte. Ich mußte sofort die Polizei anrufen.

Die Vermittlung stellte mich zum örtlichen Polizeirevier durch. Ich mußte eine Weile warten, dann meldete sich Detective John Himoto und sagte, daß man am Morgen bereits einen Anruf von einem Mann namens Doug Pearson wegen Paula Borowskis vermeintlichem Verschwinden erhalten habe. Ich wollte gerade erklären, daß ich nicht früher angerufen hatte, weil ich immer noch darauf wartete, von Paula zu hören, als Himoto mich unterbrach und fragte, ob ich im Revier vorbeischauen könne oder ob es mir lieber wäre, wenn er mich irgendwann am Nachmittag in meiner Wohnung aufsuchte. Da mir klar war, daß ich, falls ich meinen Job behalten wollte, heute unter keinen Umständen früher gehen durfte, sagte ich: »In meiner Wohnung, gern, wie wäre es mit halb sechs?«

»Erzählen Sie mir ein wenig mehr von der Schlägerei mit diesem Bauarbeiter«, sagte Detective Himoto, der mir gegenüber am Eßtisch saß. Himoto hatte ein großes, rundes Gesicht und eine beginnende Stirnglatze. Er sah wie ein gebürtiger Japaner aus, sprach aber Amerikanisch mit dem breiten Akzent der Bronx.

Mir war nicht wohl bei dem Gedanken, Himoto etwas vorlügen zu müssen, aber für den Fall, daß er aus irgendeinem Grunde auf die Idee kam, bei Bob nachzufragen, mußte ich bei der Geschichte mit dem Bauarbeiter bleiben. Irgendwie spürte ich, daß Himoto mir nicht traute. Wahrscheinlich hatte Doug ihm erzählt, wie ich Paula gegen die Wand geschubst hatte, weshalb Himoto sich bestimmt sagte, wenn Paula etwas schlimmes zugestoßen sei, dann könnte ich nur dafür verantwortlich sein. Ich hatte keine Ahnung, ob er bereits mit der Polizei von New Jersey oder mit einem Beamten der New Yorker Polizei gesprochen hatte und wußte, daß ich im Mordfall Michael Rudnick verdächtigt wurde. Ich selbst würde das Thema natürlich nicht zur Sprache bringen.

»Es war genauso, wie ich es Ihnen erzählt habe«, sagte ich. »Ich ging mit Paula spazieren, irgendein Bauarbeiter hat Paula angepöbelt und eines führte zum anderen. Aber ich weiß nicht, was das mit Paula zu…«

»Welche Baustelle war das?« fragte Himoto.

»Wie bitte?« Plötzlich brannte mein Gesicht, als ob ich Fieber hätte.

»Wo ist es zu dieser Prügelei gekommen?«

Mein Gott, dachte ich, warum sagte ich ihm nicht einfach die Wahrheit? So ritt ich mich nur immer tiefer in den Dreck.

Ich versuchte, mich daran zu erinnern, wo bei uns in der

Umgebung gebaut wurde. War da nicht ein Gerüst in der Lexington? Oder stand das in der Third?

»Ich glaube, es war in der Third Avenue«, sagte ich. »Aber ich weiß es nicht mehr genau.«

»Third Avenue und?«

»Irgendwo in Höhe der Sixtieth Street.«

»Können Sie nicht etwas genauer sein?«

»Tut mir leid, aber wie wär's, wenn wir uns jetzt wieder auf meine Frau konzentrieren?«

»Das versuche ich ja, Mr. Segal. Ich weiß, wie unangenehm es für Sie ist, aber ich muß Sie bitten, auf meine Fragen zu antworten.« Er schlug ein neues Blatt seines Notizblocks auf. »Sie sind also gegen acht Uhr abends mit Ihrer Frau spazieren gegangen, und ungefähr um diese Zeit hat Sie der Bauarbeiter auch zusammengeschlagen.«

»Richtig.«

»Ich dachte immer, Bauarbeiter machen um fünf Uhr Schluß.«

»Eigentlich weiß ich gar nicht genau, ob er wirklich ein Bauarbeiter war«, sagte ich. »Vielleicht war er auch nur irgendein Typ, der auf der Baustelle herumgelungert hat.«

»Verstehe«, sagte Himoto, klang aber ziemlich skeptisch. »Also nach Ihrem Spaziergang sind Sie dann gegen halb neun wieder in Ihrer Wohnung gewesen. Wann haben Sie Ihre Frau zuletzt gesehen?«

»Das muß gegen elf gewesen sein.«

»So spät?« fragte Himoto.

»Ich bin noch mal ausgegangen«, erklärte ich, »und habe mir ein, zwei Drinks genehmigt. Als ich zurückkam, lag Paula schon im Bett.«

»Ein, zwei Drinks? Oder waren Sie nicht vielleicht betrunken, als Sie zurückkamen?«

Falls Himoto mit dem Portier gesprochen hatte, wußte er bereits, daß ich betrunken gewesen war, also hatte es keinen Sinn, noch weitere Geschichten zu erfinden.

»Sagen wir mal, ich habe mir einige Drinks zuviel zu Gemüte geführt«, antwortete ich.

»Doug Pearson behauptet, Sie wären an dem Abend betrunken gewesen. Er sagte, Sie wären schon betrunken von der Arbeit nach Hause gekommen und hätten sich dann mit Ihrer Frau gestritten.«

»Woher zum Teufel will Doug Pearson das denn wissen?«

»Er sagte, Ihre Frau habe ihn gegen neun Uhr abends angerufen. Ich frage mich nur, wann Sie diesen angeblichen Spaziergang unternommen haben, wenn Sie doch betrunken von der Arbeit nach Hause gekommen sind? Oder sind Sie betrunken spazieren gegangen?«

»Doug lügt.«

»Er lügt?«

»Alles, was er sagt, ist gelogen. Ich erzähle Ihnen, wie es gewesen ist. Ich habe mir nach der Arbeit ein, zwei Glas genehmigt, war aber nicht betrunken, bin dann nach Hause gegangen, war mit Paula spazieren und habe erst danach dann einen zuviel gehoben.«

»Und Sie haben sich nicht mit Ihrer Frau gestritten?«

»Das war doch kein Streit. Wir hatten eine *Auseinandersetzung*, eine kleine Auseinandersetzung. Wissen Sie, an Ihrer Stelle würde ich dem, was Doug Pearson sagt, nicht allzu viel Gewicht beimessen. Er hatte nämlich eine

Affäre mit meiner Frau, wissen Sie, und er will mir einfach nur was ankreiden.«

»Wieso behaupten Sie, Doug Pearson hätte eine Affäre mit Ihrer Frau gehabt?« fragte Himoto. In seiner Stimme schwang ein seltsamer Ton mit, aber ich hätte nicht sagen können, ob er Skepsis oder bloß Neugier andeutete.

»Seine Verlobte... Ich meine, seine Ex-Verlobte hat mich im Büro angerufen und es mir gesagt.«

»Nach dem, was Mr. Pearson mir erzählte, hatte er keineswegs eine Affäre mit Ihrer Frau.«

»Er lügt«, sagte ich. »Er hat irgendwas mit dieser Geschichte zu tun und versucht jetzt nur, den Hals aus der Schlinge zu ziehen.«

Himoto wirkte nicht gerade überzeugt, und ich fragte mich unwillkürlich, ob ich nicht vielleicht doch im Irrtum war und Paula und Doug gar keine Affäre gehabt hatten. Es war dumm von mir gewesen, mich einfach nur auf Kirstens Wort zu verlassen.

Himoto schlug die nächste Seite seines Notizblocks auf und sagte: »Mr. Pearson hat mir ebenfalls anvertraut, daß Ihre Frau erstmals vor zwei Wochen in seine Wohnung gekommen ist, und zwar, nachdem sie von Ihnen gegen eine Wand geschleudert wurde – vermutlich im Laufe einer ihrer ›kleinen Auseinandersetzungen‹. Am vergangenen Dienstag dann hat Ihre Frau, so Mr. Pearson, ihn erneut angerufen, da sie Angst hatte, Sie könnten gewalttätig werden, und Mr. Pearson hat ihr geraten, sofort in seine Wohnung zu kommen. Sie hat dieses Angebot allerdings wohl abgelehnt und gesagt, sie wolle einen Spaziergang machen und frische Luft schnappen.«

»Ich faß es nicht«, sagte ich. »Sie glauben also tatsächlich... Ich habe Ihnen doch gesagt, daß meine Frau daheim war, als ich aus der Bar nach Hause kam.«

»Ich sage Ihnen nur, was mir von Mr. Pearson erzählt wurde. Chris Dolan, der Vorgesetzte Ihrer Frau, hat heute ebenfalls auf dem Revier angerufen, und er hat auch einige Bedenken gegen Sie geäußert. Er sagte, Ihre Frau wäre vor einigen Wochen mit einem blauen Fleck auf der Wange ins Büro gekommen...«

»Sie war in der Dusche ausgerutscht.«

»Das hat laut Mr. Dolan auch Ihre Frau behauptet, doch habe man im Büro Angst gehabt, daß dabei eheliche Gewalt im Spiel gewesen sein könnte.«

»Jetzt hören Sie aber auch, ich würde meiner Frau doch niemals etwas antun«, sagte ich. »Haben Sie denn den Verstand verloren?«

»Wie bitte?«

»Sie müssen ja verrückt sein, mir so etwas vorzuwerfen...«

»Schon gut, schon gut. Beruhigen Sie sich wieder«, sagte Himoto.

»Nein, *Sie* beruhigen sich jetzt lieber«, sagte ich. »Meine Frau wird vermißt, und es ist Ihre Aufgabe, sie zu finden. Also dann finden Sie sie endlich auch, verdammt noch mal!«

Himoto rückte verlegen auf der Couch hin und her.

»Ich versuche nur zu begreifen, wann genau sich Ihre Frau am Dienstagabend wo aufgehalten hat«, sagte er, »woran sie vielleicht gedacht hat und in welcher seelischen Verfassung sie gewesen ist. Anschließend trage ich alle Informationen zusammen und komme dann zu einem logischen Schluß. So führe ich nun mal meine Untersuchungen durch – tut mir leid, wenn Sie damit Probleme haben.«

»Hauptsache, Sie finden sie«, sagte ich. »Das allein ist wichtig. Finden Sie meine Frau.«

Himoto schaute mir wieder in die Augen, doch wurde ich unruhig und mußte den Blick schließlich abwenden.

»Sie sagen mir also, daß Sie Ihre Frau zuletzt am Dienstagabend gegen elf Uhr gesehen haben?«

»Korrekt«, sagte ich. »Als ich zu Bett ging, lag sie neben mir.«

»Fehlen irgendwelche Sachen Ihrer Frau?«

»Nein, nicht das ich wüßte.«

»Hat sie Geld mitgenommen, Kreditkarten…«

»Sie hat Ihr Notizbuch dagelassen«, erwiderte ich,

Himoto machte große Augen.

»Ist das normal, daß sie ohne Notizbuch aus dem Haus geht?«

»Nein, eigentlich nicht. Aber vermutlich hätte sie etwas Geld nehmen und einfach verschwinden können – falls sie in Eile war.«

»Glauben Sie, Mr. Segal, daß Ihre Frau selbstmordgefährdet ist?«

»Paula? Überhaupt nicht!«

»Sie hat nie darüber geredet, daß sie sich umbringen will – auch nicht im Spaß, so daß Sie gar nicht geglaubt haben, daß sie es ernst meinen könnte?«

»Nein, ich – na ja, das stimmt nicht ganz. Wenn ich ehrlich sein soll, hat sie mir vor wenigen Tagen von Problemen erzählt, die sie als Jugendliche gehabt hatte. Jedenfalls ist sie wohl einmal in die Garage ihrer Eltern gegangen und hat den Motor laufen lassen. Allerdings war sie damals ziemlich depressiv, und ich glaube kaum, daß sie heute noch so etwas machen würde.«

»Ich frage Sie dies nur«, sagte Himoto, »da Sie mir erzählen, Sie hätten sich am besagten Abend mit ihr gestritten, und von Doug Pearson weiß ich, daß auch die Rede von Scheidung war. Vielleicht ist es also gar nicht so abwegig zu glauben, daß Ihre Frau sich das Ganze zu sehr zu Herzen genommen hat.«

Ich versuchte mir vorzustellen, wie Paula die Wohnung verließ und mit dem Taxi zur Brooklyn Bridge fuhr. Dann sah ich sie am Brückengeländer stehen und mit irrem Blick hinab in den pechschwarzen East River starren.

»Vielleicht sollte Sie dem doch mal nachgehen«, sagte ich, »aber ich glaub's einfach nicht, doch nicht Paula.«

»Was ist mit Feinden?« fragte Himoto. »Gab es jemanden, der aus irgendeinem Grund wütend auf sie war?«

»Nein«, sagte ich. »Niemand.«

»Was ist mit Ihnen?« fragte Himoto.

»Was soll mit mir sein?« fragte ich und überlegte, was er mir jetzt wohl schon wieder vorwerfen wollte.

»Haben Sie irgendwelche Feinde?«

»Nein. Niemand«, erwiderte ich und mußte dabei an die E-Mails denken.

Himoto schloß seinen Notizblock.

»Sagen Sie uns bitte sofort Bescheid, wenn jemand Verbindung mit Ihnen aufnimmt«, sagte er, »doch da seit dem Verschwinden Ihrer Frau bereits achtundvierzig Stunden vergangen sind und Sie noch nichts gehört haben, glaube ich ehrlich gesagt nicht, daß wir noch mit einer Lösegeldforderung rechnen müssen. Aber man weiß ja nie.«

»Und wie geht es jetzt weiter?«

»Im Idealfall?« fragte Himoto. »Im Idealfall spaziert Ihre Frau durch die Tür herein und Sie beide leben glücklich bis an Ihr Lebensende. Bis dahin aber werden wir uns alle Mühe geben, sie aufzuspüren – dabei fällt mir ein: Haben Sie ein Foto jüngeren Datums von Ihrer Frau?«

Ich ging ins Schlafzimmer und brachte ihm eines der Fotos, die ich an unserem Wochenende in Stockbridge aufgenommen hatte. Dabei mußte ich daran denken, daß Paula der Polizei von Jersey ein Foto von mir aus demselben Stapel gegeben hatte.

Als Himoto das Foto in die Innentasche seiner Sportjacke steckte, sagte ich: »Mir wäre es lieber, Sie würden dem keine Beachtung schenken, was Doug Pearson über mich sagt. Ich weiß nicht, ob er eine Affäre mit meiner Frau hatte oder nicht, aber ich weiß genau, daß er mit ihr zusammen sein *wollte*. Erst gestern abend hat er hier angerufen und mich gefragt, wo Paula sei, und wenn Sie mich fragen, klang er wie besessen. ›Sie kommt nie wieder zu Ihnen zurück‹, hat er gesagt, und: ›Mit Paula und Ihnen ist es endgültig vorbei‹. Ich will dem Typen nichts anhängen – ich meine, ich kenne ihn ja kaum –, aber vielleicht sollten Sie *ihn* mal fragen, wo meine Frau steckt.«

Zum ersten Mal glaubte ich zu spüren, daß Himoto auf meiner Seite stand.

»Hat jetzt derselbe Portier Dienst, der auch am Dienstag abend Dienst hatte?« wollte Himoto wissen.

»Ja.«

»Vielleicht sollten wir nach unten gehen und ihm einige Fragen stellen.«

Ich begleitete Himoto zu Raymond, und Raymond sagte, an dem Abend, an dem Paula verschwunden sei, hätte sie einen Besucher gehabt.

»Er trug einen Anzug«, sagte Raymond, »und hatte dunkles Haar.«

»Das muß Doug gewesen sein«, warf ich ein.

Raymond konnte sich allerdings nicht erinnern, wie spät der Mann gekommen, wie lange er geblieben und ob er allein oder zusammen mit Paula wieder gegangen war.

»Ich sehe mir nur die Leute genau an, die das Gebäude betreten«, erklärte Raymond, »nicht die, die wieder gehen.«

Himoto stellte Raymond noch einige Fragen, aber der Portier konnte ihm nicht weiterhelfen. Er schlug allerdings vor, Himoto solle sich an Gebäude-Security wenden, um sich die Bänder der Videoüberwachung der Lobby anzusehen. Nachdem Himoto sich Name und Telefonnummer der Sicherheitsfirma aufgeschrieben hatte, sagte ich: »Sehen Sie, ich wußte doch, daß Doug etwas damit zu tun hat.«

»Aber haben Sie nicht gesagt, Ihre Frau sei zu Hause gewesen, als Sie aus der Bar nach Hause gekommen sind?«

»Sie war ja auch zu Hause«, sagte ich, »aber Doug ist an jenem Abend hier gewesen, und davon hat er Ihnen nichts erzählt, als Sie sich mit ihm unterhalten haben, stimmt's? Sieht fast so aus, als ob er etwas zu verbergen hätte.«

»Zumindest ist es verdächtig«, erwiderte Himoto.

»Werden Sie also noch mal mit ihm reden? Vielleicht weiß er was.«

»Keine Sorge, wir werden zügig jede Spur verfolgen, die wir haben«, sagte Himoto. »Ich laß es Sie wissen, sobald es irgendwelche Neuigkeiten gibt. Und wenn Sie selbst etwas Neues hören, sagen Sie uns bitte auch sofort Bescheid.«

Nachdem Himoto gegangen war, blieb ich noch eine Weile in der Lobby und unterhielt mich mit Raymond über Paula.

»Bestimmt ist alles in Ordnung«, sagte Raymond. »Wahrscheinlich ruft sie noch heute abend bei Ihnen an. Sie werden schon sehen.«

»Ich hoffe, Sie haben recht«, sagte ich und bekam feuchte Augen. »Wenn ihr was passiert ist, dann weiß ich wirklich nicht, was ich machen soll.«

»Ihr geht es sicher gut«, sagte Raymond. »Keine Sorge.«

Kaum war ich wieder in der Wohnung, brach ich in Tränen aus. Der Streß der letzten Tage war einfach unerträglich geworden. Ich sank in die Knie und schluchzte unbeherrscht wie ein kleines Kind.

Nachdem ich mich wieder gefangen hatte, mußte ich an Doug denken und fragte mich, ob er wirklich fähig wäre, Paula etwas anzutun. Mir fiel ein, wie aggressiv er Tennis gespielt und welch irres Grunzen er von sich gegeben hatte, sooft der Schläger den Ball traf. Ich brauchte meine Phantasie nicht überzustrapazieren, um ihn mir als psychopathischen Mörder vorzustellen.

Ich tigerte in der Wohnung auf und ab und malte mir aus, was am Dienstag abend geschehen war. Gegen neun Uhr hatte Paula Doug angerufen. Sie war schrecklich aufgeregt, weshalb Doug darauf bestand, sie zu sehen, ob sie nun wollte oder nicht. Doug blieb eine Weile und versuchte

Paula zu überreden, doch mit ihm zu kommen. Paula aber spürte Gewissensbisse wegen ihrer Affäre und lehnte ab. Gegen zehn Uhr verabschiedete sich Doug schließlich wieder. Als ich dann um elf Uhr nach Hause kam – verprügelt, stinkend und besoffen – war Paula so angewidert, daß sie beschloß, doch noch zu Doug zu gehen. Danach mußte irgendwas passiert sein. Vielleicht hatten sich Paula und Doug verkracht, und Paula wollte sich von ihm trennen. Doug reagierte eifersüchtig und war entsetzlich wütend. Ich sah Doug vor mir, wie er mit rotem, verzerrtem Gesicht Paula erst zusammenschlug und sie dann umbrachte.

Ich ballte die Fäuste so fest zusammen, daß meine Fingernägel sich ins Fleisch gruben. Am liebsten würde ich jetzt nachsehen, wo Doug wohnte und ihn dann zur Rede stellen, aber ich wußte, daß er nur darauf wartete. Himoto hatte er schließlich schon Lügen über mich aufgetischt, und bestimmt war er auch derjenige, der mir die E-Mails schickte. Von Paula würde er wissen, daß die Polizei mich im Zusammenhang mit einem Mord verhört hatte, also war ihm der brillante Einfall gekommen, mich ein wenig unter Druck zu setzen.

Doch dann fiel mir ein, daß es da durchaus etwas gab, das ich tun konnte.

Ich ging an meinen Arbeitsplatz im Gästezimmer und scheuchte Otis auf den Flur. Da ich seine Pisse und Scheiße noch nicht fortgewischt hatte, stank es ganz erbärmlich.

Ich machte den Computer an, loggte mich ins Büro-Netzwerk ein, öffnete das E-Mail-Programm, lud mir einen der Drohbriefe auf den Schirm und antwortete: »VERPISS DICH, DOUG.«

Dann klickte ich auf SENDEN, stellte den Computer wieder ab, und nachdem ich den Hundedreck beseitigt hatte, duschte ich ausgiebig und eiskalt.

Den ganzen Abend über ging ich immer wieder an den Computer, erhielt aber keine neue Mail. Gegen Mitternacht ging ich dann mit Otis spazieren. Er benahm sich besser als die letzten Male, wirkte aber irgendwie traurig.
»Ich weiß«, sagte ich, »Mami fehlt mir ja auch.«
Die Wohnung kam mir ohne Paula auffällig leer und still vor. Um wenigstens ein paar menschliche Stimmen zu hören, stellte ich im Schlafzimmer den Fernseher an, fand das aber erst recht deprimierend. Ich fragte mich, ob sich mir ein Vorgeschmack auf den Rest meines Lebens bot und ob ich von nun an wohl immer allein in einer leeren Wohnung hocken und im Hintergrund den Fernseher laufen lassen würde.
Ich mußte wieder heulen, ließ den Tränen freien Lauf, stellte den Fernseher aus und ging zu Bett. Meist sorgte die Third Avenue für einen konstanten Geräuschpegel in der Wohnung, doch heute abend schien die Stadt ungewöhnlich still zu sein.

Sobald ich aufwachte, setzte ich mich wieder an den Computer und sah die E-Mails durch, doch war auf mein Schreiben noch keine Antwort gekommen.
Himoto hatte sich nicht wieder gemeldet, also beschloß ich, auf dem Revier anzurufen und mich zu erkundigen, ob es etwas Neues gäbe. Eine Frau war am Apparat und sagte, ihres Wissens hätte sich noch nichts getan, doch wollte sie

Himoto die Nachricht hinterlassen, daß ich angerufen hatte.

Als ich zur Arbeit aufbrach, regnete es Bindfäden, doch bekam ich wundersamerweise an der Lexington, Ecke Sixty-fourth gleich ein Taxi. Ich nahm an, daß es für meinen Fall nicht gerade förderlich war, wenn ich heute ins Büro ging, denn die meisten Männer, deren Frauen vermißt werden, warten daheim auf Neuigkeiten von der Polizei. Ich nahm mir daher vor, morgen zu Hause zu bleiben, aber meine Besprechung mit Jim Turner durfte ich unter keinen Umständen versäumen.

In meiner Kabine ging ich gleich an den Computer und überprüfte die E-Mails: Immer noch nichts. Danach rief ich Himoto an und konnte mich sogar kurz mit ihm unterhalten. Er sagte, er habe mit Doug gesprochen und Doug habe zugegeben, am Dienstag abend gegen neun Uhr dreißig bei Paula gewesen zu sein, doch behauptete er, sich nur etwa zehn Minuten in der Wohnung aufgehalten zu haben.

»Warum hat er Ihnen denn vorher nichts davon gesagt?« wollte ich wissen.

»Er sagte, er hätte es nicht für wichtig gehalten«, erwiderte Himoto.

»Wer's glaubt, wird selig«, sagte ich. »Der versucht doch, was zu verbergen.«

Himoto sagte, er verfolge noch einige andere Spuren und wolle sich gegen Abend wieder melden.

Ich meldete mich bei Jim Turners Sekretärin und bestätigte den Termin um eins. Um zehn Uhr nahm ich an einer betriebsinternen Verkaufsbesprechung teil, erkundigte mich nach dem jeweiligen Status unserer laufenden Projekte und sorgte dafür, daß das richtige Personal bereitstand. Dann besprach ich die Aufträge von Jim Turner und Don Chaney, war aber die ganze Zeit über nur halb bei der Sache und machte mir Sorgen wegen Paula. Meine Präsentation war konfus. Ich redete Unsinn, und mir entging keineswegs, wie Steve Ferguson grinste und John Hennessy etwas zuflüsterte. Als ich mit meinem Vortrag fertig war, funkelte ich Steve wütend an, doch der starrte trotzig zurück. Unser Blickduell dauerte mehrere Sekunden, aber am Ende war ich derjenige, der die Augen niederschlug.

Kaum war das Meeting vorbei, ging ich in meine Kabine zurück und fragte meine E-Mails ab. Da stand: »WER ZUM TEUFEL IST DOUG? LANGSAM HABE ICH DIE SCHNAUZE VOLL VON DIESEM MIST. UM ZWÖLF UHR IM TEXAS ARIZONA, RIVER STREET IN HOBOKEN. UND KEINE SPIELCHEN MEHR.«

20

In der Forty-seventh Street nahm ich den D-Train und stieg in der Thirty-fourth in den Path-Train um. Kurz vor zwölf Uhr betrat ich in Hoboken das Texas Arizona, ein schlichtes Restaurant direkt gegenüber der Station.

Als ich in der Tür stand, kam eine Kellnerin auf mich zu und fragte: »Wie viele Personen?«

»Zwei«, antwortete ich. »Glaub ich jedenfalls.«

»Glauben Sie nur?«

»Ein Tisch für zwei sollte reichen, danke.«

Insgesamt waren etwa zehn Gäste anwesend. Ich sah mich um, erkannte aber niemanden, und niemand schien mich zu kennen.

Die Kellnerin führte mich zu einem Platz am Fenster, und ich setzte mich mit dem Gesicht zum Eingang. Sie fragte mich, ob sie mir, solange ich warte, schon etwas zu trinken bringen dürfe, und ich bat um einen Eistee.

Über Lautsprecher dudelte irgendein Bruce Springsteen-Song, und ich starrte aus dem Fenster, nippte an meinem Eistee, blickte auf die Straße vor dem Restaurant und beobachtete den Eingang zur Station. Ich nahm an, daß Doug mit der letzten E-Mail nur vorgegeben hatte, nicht er selbst zu sein, und ich malte mir aus, wie es sein würde, wenn er die Straße überquerte, sich zu mir setzte und mir gestand, daß er Paula umgebracht hatte. Ich sah mich schon über den Tisch springen und ihm meine Gabel ins Gesicht stechen.

Ich tupfte mir die Stirn mit der Serviette ab.

Um viertel nach zwölf begann ich mich zu fragen, ob ich versetzt worden war. Ich entschied, ihm noch zehn Minuten zu geben.

Dann blickte ich zum Eingang hinüber und entdeckte ein großes Muskelpaket mit Jeans und hautengem T-Shirt, die Arme vor der Brust gekreuzt. Er sah wie ein Türsteher aus, war mir aber vorher nicht aufgefallen.

Kurz darauf betrat ein etwa sechzehn Jahre alter Teenager das Restaurant, und ich hätte mich fast an meinem Eistee verschluckt. Schlief ich und hatte einen Alptraum? Eine Halluzination?

Der Teenager blieb kurz vor meinem Tisch stehen und starrte mich direkt an. Ich war mir längst sicher, langsam die Nerven zu verlieren oder irgendeinen psychischen Zusammenbruch zu erleiden. Wie sollte ich mir sonst erklären, daß ich den jungen Michael Rudnick vor mir sah?

Offenbar machte es ihm Spaß, mich in dem Glauben zu lassen, daß ich den Verstand verlor, denn er sagte kein einziges Wort. Er stand einfach nur da und starrte mich mit ausdrucksloser Miene an. Mag sein, daß er nicht ganz wie der alte Rudnick aussah – das Kinn war größer, die Lippen schmaler –, doch war die Ähnlichkeit einfach verblüffend. Er war genauso groß wie Rudnick es gewesen war – groß und schwabbelig –, und sein Gesicht war mit Akne übersät. Er hatte auch dieselben dunklen, bohrenden Augen, die mir einst so zugesetzt hatten, ja, er trug sogar Kleider, wie sie der junge Rudnick früher getragen haben mochte – Jeans und ein weites, ausgebeultes T-Shirt. Doch am erschreckendsten in ihrer Ähnlichkeit war die eine dunkle Braue, die sich wie eine dicke, häßliche Raupe über beide Augen zog.

»Sie wissen, wer ich bin, nicht wahr?« fragte er.

Unfaßbar. Selbst seine Fistelstimme klang wie die des jungen Rudnick.

»Natürlich erkenne ich Sie. Sie sehen genauso aus wie…«

»Mein Vater«, sagte er.

Immerhin wußte ich jetzt, daß ich nicht den Verstand verlor. Und ich begriff, daß er damals vermutlich auch auf dem Polizeirevier gewesen war.

Die Kellnerin kam und fragte Rudnick Jr., ob er etwas zu trinken wolle.

»Nein, danke«, erwiderte er, ohne den Blick von mir zu lassen. »Ich glaube nicht, daß ich allzu lange bleibe.«

Die Kellnerin fragte mich daraufhin, ob ich etwas zu essen bestellen wollte, und ich schüttelte den Kopf. Sie ging.

»Also. Was wollen Sie von mir?« fragte ich.

»Sie wissen, was ich will.«

»Nein«, sagte ich. »Das weiß ich nicht.«

»Ich will Ihr Geständnis.«

»Was für ein Geständnis?«

»Jetzt tun Sie nicht so blöd.«

»Wenn Sie mir nicht sagen, was Sie…«

»Ich weiß, daß Sie meinen Vater umgebracht haben.«

»Habe ich nicht.«

»Sie lügen.«

»Ich habe Ihren Vater nicht umgebracht. Ich verstehe gar nicht, wie Sie auf so eine Idee kommen.«

Plötzlich sah ich mich wieder auf dem Parkplatz, wie ich mich über Michael Rudnick beugte und ihm das Messer in den Unterleib trieb.

»Sie haben es getan, ganz bestimmt«, sagte Rudnick Jr. »Sagen Sie der Polizei einfach, daß Sie der Täter sind, sonst...«

»Sonst was?« fragte ich und überlegte, ob er mir damit etwas über Paula andeuten wollte.

»Sonst finden Sie heraus, was es mit dem ›sonst‹ auf sich hat«, sagte er.

»Ich sage Ihnen, Sie machen einen Fehler.«

»Ich weiß, daß Sie es getan haben«, erwiderte er. »Wenn Sie es nicht getan hätten, wären Sie jetzt nicht hier.«

»Ich wollte nur wissen, wer mich belästigt.«

»Ich weiß auch, was damals im Büro meines Vaters passiert ist.«

»Nichts ist in seinem Büro passiert.«

»Sie wollten über ihn herfallen.«

»Wir hatten nur ein Mißverständnis.«

»Es hat Zeugen gegeben, also hören Sie verdammt noch mal auf, mich zu belügen!«

Die Kellnerin und einige Gäste schauten zu uns herüber. Der muskelbeladene Typ kam an unseren Tisch.

»Alles in Ordnung?« fragte er Rudnick Jr.

»Na klar«, antwortete Rudnick Jr. »Alles bestens. Gehen Sie nur ruhig wieder zurück zur Tür. Ich bin in wenigen Minuten bei Ihnen.«

Der Schrank funkelte mich an und kehrte dann wieder auf seinen Platz an der Tür zurück.

»Freund von Ihnen?« fragte ich.

»Mein Leibwächter«, erwiderte Rudnick Jr.
»Leibwächter? Warum brauchen Sie…?«
»Zu meinem Schutz.«
»Schutz wovor?«
»Was glauben Sie wohl? Sie haben meinen Vater umgebracht. Woher soll ich wissen, daß Sie mich nicht auch noch umbringen wollen?«

»Das ist doch lächerlich«, gab ich zurück. »Ihr Vater hat ausgesagt, ein Jugendlicher sei auf dem Parkplatz über ihn hergefallen. Sehe ich vielleicht wie ein Jugendlicher aus?«

»Ein paar Teenager haben ihn gefunden. Offenbar war er verwirrt.«

»Die Polizei hat mich deswegen schon zweimal verhört. Meinen Sie nicht, die hätte mich schon längst verhaftet, wenn sie auch nur den geringsten Anhaltspunkt hätte, der gegen mich spräche?«

»Was ist denn an dem Tag im Büro passiert, an dem Sie über ihn hergefallen sind?« fragte Rudnick Jr. »Oder wollen einfach alles leugnen?«

»Es stimmt, ich war an jenem Tag in seinem Büro, und wir haben uns gestritten, aber ich bin nicht über ihn *hergefallen*.«

»Sie waren nicht allein. Man hat Sie gesehen.«

»Hören Sie, ich möchte eigentlich nicht darüber reden. Ich weiß doch genau, wie sehr Sie sich darüber aufregen.«

»Ach so, jetzt wollen Sie mich also beschützen, wie?«

»Ja«, sagte ich, »in gewisser Weise schon.«

»Ich weiß genau, was passiert ist.«

Ich schwieg und fragte dann: »Woher denn?«

»Wie meinen Sie das?«

»Sie sagten, Sie wissen, was passiert ist. Aber woher wissen Sie das?«

Er hatte den Blick inzwischen abgewandt, und ich wußte, daß ich auf der richtigen Spur war.

»Ich weiß es einfach.«

»Woher? Haben die Beamten es Ihnen erzählt? Hat Ihre Mutter es Ihnen erzählt? Wenn sie es getan haben, stünde mein Wort gegen das Ihres Vaters. Woher wollen Sie wissen, daß ich nicht lüge, daß ich mir nicht einfach alles ausdenke?«

»Davon reden wir doch jetzt gar nicht«, sagte Rudnick Jr., wollte mir aber immer noch nicht in die Augen blicken.

»Komm schon, sagen Sie es mir. Hat Ihr Vater etwas über mich erzählt?«

»Nein.«

»Woher wollen Sie dann also wissen, daß ich nicht lüge? Sie hätten mir diese E-Mails nicht geschickt und sich nicht diese Mühe gemacht, wenn Sie sich nicht völlig sicher wären. Nur warum sind Sie sich so sicher?«

»Lassen Sie mich doch in Ruhe, Sie Arschloch«, sagte Rudnick.

»Dieser andere Junge und ich, wir waren nicht die einzigen, stimmt's?« fragte ich. »Hat Ihr Vater auch Tischtennis mit Ihnen gespielt? Hat er gerufen: ›Jetzt kriegst du was zu spüren!‹«

»Halten Sie den Mund!«

»Deshalb glauben Sie, daß ich es getan habe, stimmt's? Weil Sie ihn selbst am liebsten umgebracht hätten.«

»Halten Sie den Mund, Sie verdammtes Arschloch!«

Der Leibwächter kam wieder auf unseren Tisch zu,

wurde aber von Rudnick mit einer Handbewegung aufgefordert, Abstand zu halten.

»Ich warne Sie«, sagte Rudnick mit plötzlich rot angelaufenem Gesicht. »Dies ist Ihre letzte Chance. Wenn Sie jetzt nicht ans Telefon gehen und sofort die Polizei anrufen, wird es Ihnen noch leid tun – sehr leid.«

Ich sah auf meine Uhr – es war schon nach halb eins.

»Hören Sie«, sagte ich zu Rudnick Jr. »Ich muß zurück in die City, aber mir scheint, Sie sollten es mal mit einem Therapeuten probieren. Ihr Vater hat Ihnen in Ihrer Kindheit schrecklich weh getan, und davon haben Sie sich ganz offensichtlich noch nicht erholt. Meine Frau kennt in der Stadt einen guten Mann – Dr. Carmadie. Den Vornamen habe ich vergessen. Sie sollten ihn mal aufsuchen.«

»Sie irrer Dreckskerl«, sagte Rudnick und stand auf. »Mögen Sie in der Hölle schmoren.«

Rudnick Junior starrte mich einige Sekunden lang wutentbrannt an und verließ dann mit seinem Bodyguard das Restaurant. Als ich an der Kasse meine Rechnung zahlte, fiel mein Blick auf die Uhr an der Wand – es war zwölf Uhr sechsunddreißig. Ich würde gerade noch rechtzeitig zu meiner Verabredung nach Manhattan zurückkommen.

Ich hastete über die Straße zur Station. Am Fuß der Treppe fiel jemand von hinten über mich her und hielt meine Arme fest. Und plötzlich stand Rudnick Junior wieder vor mir.

»Sie haben doch wohl nicht geglaubt, daß ich Sie so leicht davonkommen lasse, wie?« fragte er.

Während sein Leibwächter mich festhielt, hämmerte mir Rudnick Jr. die Faust ins Gesicht. Nach jedem Schlag wurden die Schmerzen größer, und mein Kopf flog immer wieder aufs Neue in den Nacken. Ich ahnte, daß irgendwas Hartes in seiner Faust steckte. Vielleicht trug er auch einen Schlagring, jedenfalls konnte ich nur mühsam durch die Nase atmen, und mir war schwindlig, fast, als würde ich gleich ohnmächtig werden.

Nachdem er mir noch ein paar kräftige Schläge in den Magen verpaßt hatte, hielt mir Rudnick Jr. eine Klinge an den Hals, bohrte mir die Spitze ins Kinn und sagte: »Das war für meinen Vater, du verdammtes Arschloch.« Dann zog er mit dem Messer einen Schnitt in meine Haut.

»Kommen Sie«, mahnte der Leibwächter, »wir sollten von hier verschwinden.«

»Gestehe«, sagte Rudnick Jr. »sonst kannst du was erleben«, und dann rannte er mit seinem Leibwächter die Treppe hinauf.

Sekundenlang blieb ich zusammengekrümmt liegen und versuchte, wieder zu Atem zu kommen. Mein Gesicht brannte, und ich schmeckte Blut auf den Lippen. Irgendwann humpelte ich schließlich zum Drehkreuz.

Während ich auf dem Bahnsteig wartete, versuchte ich, die Spuren dieser Begegnung so gut wie möglich zu beseitigen. In meiner Hosentasche fand ich ein Taschentuch und wischte mir damit das Blut von den Lippen, doch das Papier sog sich gleich voll und war nicht mehr zu gebrauchen. Die Lippen bluteten nicht mehr, aber mir tropfte immer noch Blut auf Hemd und Jackett.

Ich brauchte nicht lange auf einen Zug nach Midtown zu warten. Da mich die Leute anstarrten, drehte ich mich zur Tür um und beachtete sie nicht weiter. Im Plexiglas der Tür spiegelte sich mein Gesicht. Ich erkannte mich selbst kaum wieder.

In der Thirty-fourth Street wartete ich auf einen D-Train, doch nach fünf Minuten war immer noch nichts von einem Zug zu sehen. Erst wenige Minuten vor eins hielt einer an, und als ich in der Forty-seventh Street ausstieg, drängelte ich mich durch die Menge – wer mein Gesicht sah, machte mir rasch Platz – stürmte aus dem Bahnhof und rannte, so schnell mir dies meine schmerzenden Rippen erlaubten, über die Sixth Avenue ins Büro. Im Fahrstuhl sah ich auf die Uhr. Es war fünf Minuten nach eins.

Karen saß am Empfang und rief mir zu, daß Jim Turner mit Bob im Konferenzraum sei. Mein Gesicht tat höllisch weh, und ich konnte vor Schmerzen kaum den Mund bewegen, doch gelang mir trotz allem ein Lächeln, als ich den Konferenzraum betrat.

»Schön, Sie zu sehen, Jim«, sagte ich. Ich hielt ihm die Hand hin, sah dann aber, daß noch Blut daran klebte, und zog sie rasch zurück. Bob und Jim starrten mich entsetzt an.

»Entschuldigen Sie bitte mein Äußeres«, sagte ich immer noch angestrengt lächelnd. »Mir ist auf der Forty-eighth Street gerade ein kleines Mißgeschick passiert.«

»Was Sie nicht sagen«, meinte Jim.

»Tja, ich bin mit einem Fahrradkurier zusammengestoßen«, erklärte ich. »Sie wissen sicher selbst, wie verrückt diese Typen sind. Egal, jedenfalls bin ich hingefallen und sehe deshalb ein wenig ramponiert aus, aber der Junge war viel schlimmer dran. Ich bin bei ihm geblieben, bis der Krankenwagen kam, schätze aber, er kommt durch. Doch genug davon, reden wir über das Projekt.«

Ich erklärte, wie unsere Firma die neuen PCs und Server in das Linux-Netz integrieren wollte und fand, eine meiner besseren Präsentationen zu geben, doch hatte ich kaum einige Minuten geredet, als Turner auf seinen Beeper blickte und sagte: »Tut mir leid, ich muß sofort gehen. Ein dringender Fall in meinem Büro.«

»Okay, kein Problem«, erwiderte ich. »Wollen Sie den Scheck gleich hierlassen?«

»Nein, heute lieber nicht«, sagte er. »Ich rufe Sie an.«

»Sind Sie sicher?« fragte ich. »Wenn wir nämlich die Sache mit der Bezahlung erledigt hätten, könnten wir morgen gleich...«

»Tut mir leid, ich muß jetzt wirklich los.«

Kaum hatte Turner den Konferenzraum verlassen, sagte Bob zu mir: »Sie sind gefeuert.«

»Gefeuert?« fragte ich verblüfft. »Wieso denn? Es war doch nicht meine Schuld, daß sich sein blöder Beeper gemeldet hat.«

»Es geht nicht um den Beeper.«

»Ach so, Sie meinen das Blut auf meinem Hemd. Das kann ich Ihnen erklären...«

»Machen Sie es doch nicht schwieriger, als es schon ist. Räumen Sie einfach Ihren Schreibtisch, und wir schicken Ihnen das letzte Gehalt per Post zu.«

»Hören Sie, ich weiß, ich habe mich in letzter Zeit vielleicht ein bißchen seltsam aufgeführt, aber dafür gibt es eine ziemlich gute Erklärung.«

»Ich will sie nicht hören.«

»Sie verstehen nicht – wissen Sie, meine Frau wird vermißt.«

Mit einem Blick, als wäre ich verrückt, fragte Bob: »Vermißt?«

»Ja. Die Polizei kümmert sich um den Fall – vermutlich ist sie sogar entführt worden.«

»Ich will wirklich nichts mehr davon hören«, sagte er. »Ich habe mich entschieden, und dabei bleibe ich.«

»Glauben Sie mir nicht? Rufen Sie doch die Polizei an und fragen sie nach.«

»Bitte, Richard.«

»Ist es wegen des Schecks? Ich rede gleich mit Turner und erkläre ihm alles. Ich …«

»Das wird nicht nötig sein.«

»Aber es ist nicht fair«, rief ich.

»Fair?« fragte Bob. »Ich glaube, ich bin unendlich fair zu Ihnen gewesen. Ich kann mir nicht vorstellen, daß irgendwer sonst in meiner Lage so fair zu Ihnen gewesen wäre. Ich habe Ihnen jede nur erdenkliche Gelegenheit gegeben, in dieser Firma zu Erfolg zu kommen. Ihnen wurde sogar eine Beförderung in Aussicht gestellt, und trotzdem hat sich nichts geändert. Sie behaupten mir gegenüber, auf Besprechungen zu sein, die es gar nicht gibt, Sie kommen zu spät und gehen zu früh, Sie dehnen Ihre Mittagspause auf zwei Stunden aus, Sie sind mit sämtlichen Projekten im Verzug. Und als wäre das nicht schon genug, werden Sie auch noch in einem Mordfall verdächtigt, tauchen hier mit blauen Flecken auf, als wären Sie verprügelt worden und erzählen irgendwelche unmöglichen Geschichten. Heute beschwert sich Steve dann auch noch darüber, daß Sie ihm vorgeworfen hätten, Ihnen Drohmails zu schicken …«

»Deshalb feuern Sie mich also?« fragte ich. »Weil Steve sich beschwert hat?«

»Nein, mit Steve hat das nichts zu tun. Das hat allein mit Ihnen zu tun, Richard. Ich glaube eigentlich immer noch, daß Sie ein ganz anständiger Kerl sind, aber es gibt da gerade offenbar ein paar Probleme in Ihrem Leben, und ich an Ihrer Stelle würde mich jetzt erst einmal darum kümmern.«

»Wie können Sie Steve nur glauben?« fragte ich verzweifelt. »Er ist nicht mal Jude!«

Bob schüttelte den Kopf.

»Sie sollten lieber gehen, Richard, bevor ich wirklich wütend werde.«

In meiner Kabine suchte ich einige persönliche Sachen zusammen und verstaute sie in einer Kiste, darunter auch eine Zip-Diskette mit allen Informationen über die von mir angeworbenen sowie über einige potentielle Kunden. Rein technisch gesehen brach ich damit das Gesetz, da ich vertraglich unterschrieben hatte, daß mit Arbeitsbeginn bei Midtown Consulting alle Kundendateien in den Besitz der Firma übergingen, doch würde ich unter keinen Umständen mit leeren Händen von hier verschwinden.

Die Nachricht von meiner fristlosen Entlassung mußte sich wie ein Lauffeuer verbreitet haben, da mir auffiel, daß mir alle Leute aus dem Weg gingen. Die Kiste mit meinen Habseligkeiten im Arm lief ich über den langen Flur auf den Ausgang zu und sah mehrere Sekretärinnen und einige Mitarbeiter, die ihre Köpfe aus den Kabinen steckten und meinen Abgang beobachteten. Sie konnten es wahrscheinlich kaum erwarten, mich endlich loszuwerden, damit sie gleich über mich tratschen konnten: »Richard Segal wurde gefeuert…« »Schon das Neuste gehört? Richard Segal ist heute gefeuert worden.« Später würden sie dann am Mittagstisch über mich reden: »Erinnerst du dich noch an diesen Typen, von dem ich dir erzählt habe? Diesen Richard Segal? Du weißt schon, der Kerl, den sie wegen eines Mordes verhört haben. Na ja, jedenfalls sah er wie verprügelt aus, als er heute ins Büro kam und wurde daraufhin fristlos gefeuert. Ehrlich, stimmt wirklich. Und weißt du was? Jetzt behauptet er auch noch, seine Frau sei vermißt. Der Typ ist doch echt nicht normal, oder?« Ich meinte sogar zu hören, wie eine Sekretärin zu kichern begann.

Dann kam mir auch noch Steve Ferguson entgegen. Er war offenbar aus einem der Flurbüros gekommen, doch mußte ich so in Gedanken gewesen sein, daß ich ihn erst entdeckte, als er nur noch wenige Meter von mir entfernt war.

Im Vorübergehen sagte er auf seine typisch lakonische und keineswegs ernst gemeinte Art: »Viel Glück, Richard«, aber schon im nächsten Augenblick hatte ich die Kiste fallengelassen und mich auf ihn gestürzt. Darauf war er nicht vorbereitet gewesen. Ich verpaßte ihm einen Hieb an den Hinterkopf, der ihn in die Knie gehen ließ. Sekretärinnen kreischten, doch ich hörte nicht auf und zielte mit meinen Fäusten immer wieder auf Steves Kopf.

Sekunden später, so schien mir, lief ich bereits über die Forty-eighth Street zur Fifth Avenue. Wie in Trance war ich aus dem Büro nach draußen geeilt. Ich konnte selbst nicht fassen, was ich gerade getan hatte. Nicht nur, daß ich vor den Augen einer Vielzahl von Zeugen einen ehemaligen Mitarbeiter zusammengeschlagen hatte, ich hatte auch die Kiste mit sämtlichen Informationen über meine Kunden liegenlassen. Wenn ich mich jetzt nach einem neuen Job umsehen wollte, würde ich meiner künftigen Firma nichts anbieten können. Und nach dem Aufstand, den ich gerade veranstaltet hatte, konnte ich Bob oder irgendeinen anderen führenden Mitarbeiter von Midtown wohl kaum um ein Empfehlungsschreiben bitten. Wie ich Steve kannte, würde er mich sicher anzeigen. Und das war genau, was ich in meinem Leben jetzt brauchte – noch mehr Ärger mit der Polizei.

Es war neblig, und die Straßen waren naß. Als ich auf der Forty-eighth Street die Fifth Avenue überquerte, an eben jener Kreuzung also, an der ich Michael Rudnick zum ersten Mal wiedergesehen hatte, fiel mir ein schwarzer Käfer auf, und ich hörte die Stimme des jungen Rudnick in meinem Kopf sagen: »Gestehe, sonst wirst du was erleben.« Vielleicht war es doch falsch gewesen, Rudnick aus dem Restaurant gehen zu lassen, ohne die Polizei anzurufen. Wie sein Vater war er bestimmt ein Irrer, der Paula entführt hatte und sie irgendwo als Geisel gefangen hielt. Nach der Art zu urteilen, wie er mich zusammengeschlagen hatte, war ihm Gewalt jedenfalls nicht völlig fremd. Möglicherweise hätte ich sogar herausgefunden, wo er Paula gefangen hielt, wenn ich es nicht so eilig gehabt hätte, nach Manhattan zurückzukommen.

Auf der Park Avenue entdeckte ich *noch* einen schwarzen Käfer, der von einem Schwarzen mit grauem Haar gefahren wurde, während im ersten Käfer ein Weißer gesessen hatte. Auf der Lexington fiel mir gleich aufs Neue ein schwarzer Käfer auf. Diesmal saß jedoch eine junge Frau mit glattem, dunklem Haar am Steuer. Ich lief über die Straße und hieb mit den Fäusten ans Fahrerfenster. Die Frau glotzte mich an, als wäre ich verrückt. Dann hörte ich die Stimme des jungen Michael Rudnick: »Jetzt kriegst du was zu spüren!« Und ich hämmerte gegen die Scheibe und schrie: »Halten Sie die Schnauze! Verdammt, halten Sie doch endlich die Schnauze!« Der Verkehr setzte sich wieder in Bewegung, und die Frau gab Gas. Ich rannte hinter ihr her, bis ich begriff, was ich da eigentlich tat, weshalb ich auf den Bürgersteig zurückkehrte und unter einer Markise stehenblieb. Mir war übel und schwindlig. Ein Mann fragte mich, ob alles in Ordnung sei, aber ich schrie ihn an, er solle mir verdammt noch mal von der Pelle bleiben. Mit den Händen stützte ich mich auf den Knien ab, bis ich wieder zu Atem kam, dann ging ich nach Hause.

Ich spritzte mir kaltes Wasser ins Gesicht und kühlte die verletzte Hand mit einer Packung tiefgefrorener Erbsen. Rippen und Hände pochten zwar immer noch ziemlich unangenehm, doch nahm ich nicht an, daß ich mir irgendwelche Knochen gebrochen hatte.

Auf meinem Anrufbeantworter waren keine neuen Nachrichten. Ich rief im Polizeirevier an und sprach Detective Himoto aufs Band.

»Hallo, hier ist Richard Segal. Überprüfen Sie bitte einen Teenager namens Rudnick, wohnhaft in Cranbury. Es ist eine lange Geschichte, aber Michael Rudnick, sein Vater, wurde vor einigen Wochen umgebracht, und ich fürchte, aus Rache hat der Junge nun Paula entführt. Rufen Sie mich bitte an, wenn Sie irgendwelche Fragen haben.«

Als ich auflegte, war ich plötzlich sicher, daß Paula tot war.

Otis hatte gebellt, seit ich zur Tür hereingekommen war, doch da mir nicht danach war, ihn wieder einzuschließen, ignorierte ich ihn einfach und dachte mir, daß er früher oder später schon wieder aufhören würde.

Ich hatte rasende Kopfschmerzen, und meine Knöchel taten wieder weh, also ging ich in die Küche, schluckte ein paar Tylenol und legte mir erneut die gefrorenen Erbsen auf die Hand, als mir auffiel, daß Otis nichts mehr zu fressen hatte. Seit gestern morgen war sein Napf nicht aufgefüllt worden, was erklärte, weshalb er sich so verrückt aufführte. Ich holte eine Dose Alpo aus der Vorratskammer und suchte in der Schublade nach dem Dosenöffner. Gerade als ich die Schublade schließen wollte, fiel mir auf, daß irgendwas nicht stimmte. Ich holte tief Luft und versuchte krampfhaft, die Ruhe zu bewahren. Doch dann sah ich auch in der Spülmaschine und in den übrigen Schubladen nach und begriff, daß ich mich nicht getäuscht hatte – das Schlachtermesser blieb verschwunden.

In rasender Eile ging ich sämtliche Möglichkeiten durch, aber es schien mir nur eine in Frage zu kommen – die Polizei war in meine Wohnung eingebrochen und hatte das Messer als Beweismittel an sich genommen.

Ich überprüfte die Wohnungstür: Von einem Einbruch keine Spur. Dann rief ich Raymond über das Haustelefon an, doch er sagte, seines Wissens habe niemand den Ersatzschlüssel benutzt.

Vielleicht log Raymond, deckte die Polizei.

In panischer Angst durchwühlte ich noch einmal die

Schublade und leerte sie schließlich auf den Tisch aus. Ich durchsuchte die ganze Küche, selbst den Müll, aber das Schlachtermesser blieb unauffindbar. Bestimmt ließ die Polizei es gerade in irgendeinem Labor auf Spuren von Michael Rudnicks Blut untersuchen. Wahrscheinlich hatte sie sogar schon Kameras in meiner Wohnung installiert und beobachtete mich längst. Ich sah in der Küche nach, dann im Wohnzimmer und im Eßzimmer, fand aber keine Kamera.

Plötzlich wußte ich wieder ganz genau, wo das Schlachtermesser war – im Schlafzimmer natürlich.

Ich ging ins Schlafzimmer und sah in den Schubladen der Frisierkommode und in denen des Nachtschränkchen nach – nichts. Otis war mir gefolgt, und als hätte er die Tollwut, bellte er jetzt die Tür von Paulas Kleiderschrank an.

Der Schrank stand in einer Zimmerecke, gleich neben dem Bad, und ich machte ihn so gut wie nie auf. Ich ging darauf zu, blieb dann aber wieder stehen. Irgendwie roch es seltsam. Der Geruch erinnerte mich daran, wie Paula und ich gleich nach dem College nach New York gezogen waren. Wir hatten damals in der Amsterdam Avenue eine heruntergekommene Wohnung in einem Haus ohne Fahrstuhl bewohnt, und unser Vermieter hatte überall Rattengift ausgelegt. Monatelang hatten die Wände noch diesen widerlichen Geruch verströmt.

Doch dies hier roch viel schlimmer als tote Ratten.

Otis knurrte, und Michael Rudnick lachte, als er mich mit Paula im Schlafzimmer kämpfen sah. Ich war betrunken, hielt drohend das Schlachtermesser in der Hand und schrie: »Wo ist er denn, dein Lover, he? Wo ist er denn?«

Und während ich noch die Schranktür anstarrte, hörte ich Michael Rudnick rufen: »Jetzt kriegst du was zu spüren!« Seine Stimme war so laut und deutlich, als ob sie aus meinem Kopf käme.

»Halt den Mund!« schrie ich. »Halt den Mund!«

Doch er hörte nicht auf: »Jetzt kriegst du was zu spüren! Jetzt kriegst du was zu spüren!«, und dann sah ich, wie Paula mein Gesicht zerkratzte, wie sie mir mit den Fingernägel ins Gesicht fuhr, als ich mit dem Messer auf sie losging – eine weitere Erinnerung, die mich überkam, weil ich die Blutstropfen auf dem Boden gleich neben dem Schrank sah. Bislang hatte ich sie für mein eigenes Blut gehalten.

Langsam drehte ich den Knauf und zog die Tür einen Spaltbreit auf. Der Geruch, der mir entgegenschlug, war so widerwärtig, daß ich mich fast übergeben hätte. Dann riß ich die Tür schließlich ganz auf und rang japsend nach Luft. Paulas aufgeblähter Leichnam stand mit dem Gesicht zu mir, aufrecht, eingezwängt zwischen aufgehängten Kleidern. Das Schlachtermesser steckte noch in ihrer Brust, die weit aufgerissenen Augen starrten mich direkt an.

Ich taumelte zurück ins Zimmer, fort vom Schrank. Otis bellte lauter, als ich je einen Hund bellen gehört habe, ein höllisches Gekläffe, das mir in den Ohren weh tat.

Ich stürzte ins Bad und erbrach mich. Dann kehrte ich ins Schlafzimmer zurück und hoffte, nur schlecht geträumt zu haben, doch Paula war immer noch da, das Messer in der Brust, die kalten, stierenden Augen auf mich gerichtet.

Otis bellte wie verrückt, als er mir auf den Flur folgte. Da mußte ein Irrtum vorliegen – ich hatte doch nicht meine eigene Frau umgebracht. Bestimmt war der junge Rudnick irgendwie in die Wohnung gelangt und hatte Paula mit eben jenem Messer getötet, mit dem ich seinen Vater umgebracht hatte. Oder Doug hatte es getan. Am Dienstag abend, als ich besoffen und besinnungslos dagelegen hatte, hätte er in die Wohnung kommen und Paula erstechen können.

Ich griff zum Telefon in der Küche und wählte 911. Als sich die Zentrale meldete, wurde mir klar, daß die Polizei mir niemals glauben würde. Wie wollte ich ihr erklären, daß Doug oder Rudnick meine Frau umgebracht hatte, wenn ich es selbst nicht einmal glauben konnte.

»Hallo?« sagte die Frau in der Zentrale. »Ist dort jemand? Hallo?«

»Ja«, sagte ich mit plötzlich belegter Stimme. »Ich bin hier.«

»Möchten Sie einen Notfall melden?«

»Nein, ich will einen Mord melden.«

»Einen Mord?«

»Ja«, antwortete ich. »Mein Name ist Richard Segal, und ich habe meine Frau umgebracht.«

Ich erklärte ihr, daß die Polizei Paulas Leichnam dort finden würde, wo ich ihn zurückgelassen hätte, nämlich im Kleiderschrank im Schlafzimmer, und dann nannte ich ihr meine Adresse und die Wohnungsnummer. Sie wollte, daß ich am Telefon blieb, bis die Polizei eintraf, aber ich sagte ihr, daß ich jetzt gehen müsse.

Ich trank in der Küche ein Glas kaltes Wasser und trat dann auf den Balkon. Es war immer noch neblig, und ein kühler Wind streifte mein Gesicht.

Ich kletterte auf das Geländer und holte tief Luft, sah hinab auf den sich wie rasend drehenden Bürgersteig und sah Paula an, die auf mich wartete.

Ich schloß die Augen. In der nächsten Sekunde fiel ich so schnell, daß sich mein Gesicht anfühlte, als wollte es zu platzen. Dann schlug ich mit einem lauten *Krach* auf den Boden auf.

Ich öffnete die Augen. Verschwommen sah ich Füße vor mir herumlaufen und hörte Stimmen, die mir sagten, ich solle mich ›nicht rühren‹ und das alles ›wieder gut‹ werde.

Auf einmal fühlte ich höllische, unerträgliche Schmerzen in den Beinen und Armen, an Rücken und Nacken.

Paula kniete neben mir.

»Paula«, murmelte ich. »Paula...«

Ich wollte aufstehen, benommen und blutig wie ich war, doch jemand hielt mich fest.

»Paula«, sagte ich erneut. »Paula...«

Aber sie war fort. Nur Fremde standen um mich herum.

»Aus welchem Stock ist er gesprungen?«

»Weiß nicht.«

»Ich hab's gesehen – aus dem fünften.«

»Dem *fünften*? Verdammt...«

»Scheiße, guck dir sein Gesicht an.«

»Herrje, der arme Kerl.«

»Keine Sorge, Mann. Das wird schon wieder.«

Jason Starr
im Diogenes Verlag

Top Job
Roman. Aus dem Amerikanischen
von Bernhard Robben

Bill Moss ist knapp über dreißig, wohnt in New York und hat eigentlich das Zeug zu einem echten Aufsteiger, er hat sich nämlich sowohl im Studium als auch in seinem ersten Job erfolgreich geschlagen. Doch die Lage auf dem Arbeitsmarkt treibt ihre spätkapitalistischen Blüten, Bill sollte froh sein, nach zweijähriger Arbeitslosigkeit endlich einen schlechtbezahlten Job als Telefonverkäufer zu ergattern. Ist er aber nicht, sondern doppelt unter Druck: Sein Abteilungsleiter schikaniert ihn nach allen Regeln der Kunst, und seine Freundin will heiraten. Daß Bill nicht genug verdient, um eine Familie zu gründen, führt zu einer handfesten Beziehungskrise. Die Lage scheint sich zu bessern, als Bill völlig unerwartet zum Abteilungsleiter befördert wird – doch dann kommt alles nur noch schlimmer.

»Ein Psychothriller mit völlig neuem Sujet: Jason Starr zerrt vor allem dadurch an den Nerven, daß er mit der neuen kollektiven Angst vor wirtschaftlichem Abstieg und Arbeitslosigkeit spielt. Der Thriller fühlt den Puls einer Gesellschaft, in der man ohne erfolgreichen Job sich selbst nicht mehr spannend finden kann. Das Beklemmende an *Top Job* ist der gnadenlose Realismus.« *Bettina Koch / Spiegel Online, Hamburg*

Die letzte Wette
Roman. Deutsch von Bernhard Robben

Maureen und Leslie kennen sich seit der Schulzeit und sind trotz unterschiedlicher Karrieren der Ehemänner dick befreundet geblieben. Joey beneidet den gutaussehenden David um seinen Erfolg bei Frauen, sein

Geld und sein glückliches Familienleben mit Frau und Wunschkind. Doch eines Tages gesteht David dem Verlierer Joey, daß er völlig am Ende ist, weil er von einer wahnsinnigen Ex-Geliebten erpreßt wird.

»Ein spannender, kurzweiliger, dabei aber rabenschwarzer Roman über die Unfähigkeit, mit dem Leben zurechtzukommen, und die Fähigkeit, dennoch weiterzuexistieren.«
Martin Lhotzky/Frankfurter Allgemeine Zeitung

»Jason Starr ist ein phantasievoller Autor und schreibt so rabenschwarz wie im Hollywood der vierziger Jahre. Als ein gescheiter Krimi noch ein richtiger Lesegenuß war.«
Martina I. Kischke/Frankfurter Rundschau

Ein wirklich netter Typ
Roman. Deutsch von Hans M. Herzog

Der New Yorker Tommy Russo ist zweiunddreißig, und sein Traum, ein berühmter Schauspieler zu werden, verblaßt zusehends; seine Tage verbringt er mit Wetten bei Pferde- und Hunderennen, nachts arbeitet er als Rausschmeißer in einer Bar in Manhattan. Als sich ihm die Gelegenheit bietet, einer von fünf Besitzern eines jungen Rennpferds zu werden, will Tommy diese Chance unbedingt ergreifen. Auf einmal hat er einen neuen Traum: ein berühmter Rennpferdbesitzer zu werden, auf der Bahn von Hollywood Park die Siege seiner Galopper zu feiern! Da gibt es nur ein kleines Problem... Er braucht zehntausend Dollar, um Mitglied der Besitzergemeinschaft zu werden. Was mit Notlügen und kleinen Diebstählen beginnt, führt bald zum völligen Realitätsverlust.

»Starr ist teuflisch boshaft und läßt seine Figuren mit faszinierender Ausweglosigkeit in ihrer ganz privaten Hölle landen. Exzellent!«
Ingeborg Sperl/Der Standard, Wien

Raymond Chandler
im Diogenes Verlag

»Mit Philip Marlowe schuf Chandler eine Gestalt, die noch heute weltweit als der Prototyp des Privatdetektivs gilt. Humphrey Bogart in der Rolle des Philip Marlowe hat diesen Typus auch optisch bis heute unverdrängbar festgeschrieben.«
Kindlers Literatur Lexikon

»Ich halte es für möglich, daß der Ruhm des Autors Raymond Chandler den des Autors Ernest Hemingway überdauert.« *Helmut Heißenbüttel*

Gefahr ist mein Geschäft
und andere Detektivstories. Aus dem Amerikanischen von Hans Wollschläger

Der große Schlaf
Roman. Deutsch von Gunar Ortlepp

Die kleine Schwester
Roman. Deutsch von Walter E. Richartz

Der lange Abschied
Roman. Deutsch von Hans Wollschläger

Das hohe Fenster
Roman. Deutsch von Urs Widmer

Die simple Kunst des Mordes
Briefe, Essays, Notizen, eine Geschichte und ein Romanfragment. Herausgegeben von Dorothy Gardiner und Kathrine Sorley Walker. Deutsch von Hans Wollschläger

Die Tote im See
Roman. Deutsch von Hellmuth Karasek

Lebwohl, mein Liebling
Roman. Deutsch von Wulf Teichmann

Playback
Roman. Deutsch von Wulf Teichmann

Mord im Regen
Frühe Stories. Deutsch von Hans Wollschläger. Vorwort von Philip Durham

Erpresser schießen nicht
und andere Detektivstories. Deutsch von Hans Wollschläger. Mit einem Vorwort des Verfassers

Der König in Gelb
und andere Detektivstories. Deutsch von Hans Wollschläger

Englischer Sommer
Drei Geschichten und Parodien, Aufsätze, Skizzen und Notizen aus dem Nachlaß. Mit Zeichnungen von Edward Gorey, einer Erinnerung von John Houseman und einem Vorwort von Patricia Highsmith. Deutsch von Wulf Teichmann, Hans Wollschläger u.a.

Meistererzählungen
Deutsch von Hans Wollschläger

Frank MacShane
Raymond Chandler
Eine Biographie. Deutsch von Christa Hotz, Alfred Probst und Wulf Teichmann. Zweite, ergänzte Auflage 1988

Eric Ambler
im Diogenes Verlag

Seit 1996 erscheint eine Neuedition der Werke Eric Amblers in neuen oder revidierten Übersetzungen.

Der Levantiner
Roman. Aus dem Englischen von Tom Knoth

Die Maske des Dimitrios
Roman. Deutsch von Matthias Fienbork

Eine Art von Zorn
Roman. Deutsch von Malte Krutzsch

Topkapi
Roman. Deutsch von Elsbeth Herlin und Nikolaus Stingl

Der Fall Deltschev
Roman. Deutsch von Mary Brand und Walter Hertenstein

Die Angst reist mit
Roman. Deutsch von Matthias Fienbork

Schmutzige Geschichte
Roman. Deutsch von Günter Eichel

Der dunkle Grenzbezirk
Roman. Deutsch von Walter Hertenstein und Ute Haffmans

Bitte keine Rosen mehr
Roman. Deutsch von Tom Knoth

Anlaß zur Unruhe
Roman. Deutsch von Dirk van Gunsteren

Besuch bei Nacht
Roman. Deutsch von Wulf Teichmann

Waffenschmuggel
Roman. Deutsch von Tom Knoth

Ungewöhnliche Gefahr
Roman. Deutsch von Matthias Fienbork

Mit der Zeit
Roman. Deutsch von Matthias Fienbork

Das Intercom-Komplott
Roman. Deutsch von Dirk van Gunsteren

Doktor Frigo
Roman. Deutsch von Matthias Fienbork

Schirmers Erbschaft
Roman. Deutsch von Nikolaus Stingl

Nachruf auf einen Spion
Roman. Deutsch von Matthias Fienbork

Außerdem lieferbar:
Ambler by Ambler
Eric Amblers Autobiographie
Deutsch von Matthias Fienbork

Die Begabung zu töten
Deutsch von Matthias Fienbork

Wer hat Blagden Cole umgebracht?
Lebens- und Kriminalgeschichten
Deutsch von Matthias Fienbork

Über Eric Ambler
Zeugnisse von Alfred Hitchcock bis Helmut Heißenbüttel. Herausgegeben von Gerd Haffmans unter Mitarbeit von Franz Cavigelli. Mit Chronik und Bibliographie. Erweiterte Neuausgabe

Stefan Howald
Eric Ambler
Eine Biographie. Mit Fotos, Faksimiles, Zeittafel, Bibliographie, Filmographie und Anmerkungen